A. E. Fröhlich

Der ungläubige Pfarrer

Eine Erzählung

A. E. Fröhlich

Der ungläubige Pfarrer
Eine Erzählung

ISBN/EAN: 9783742813497

Hergestellt in Europa, USA, Kanada, Australien, Japan

Cover: Foto ©Andreas Hilbeck / pixelio.de

Manufactured and distributed by brebook publishing software
(www.brebook.com)

A. E. Fröhlich

Der ungläubige Pfarrer

Der

ungläubige Pfarrer.

Eine Erzählung

von

A. E. Fröhlich.

Zürich,
Druck und Verlag von Friedrich Schulthess.
1862.

Der ungläubige Pfarrer.

Von

A. E. Fröhlich.

I.

Der Schulrath Kleiner hatte unter anderen auch die Schulen zu Waldbrunn zu beaufsichtigen. Dieses Dorf ist eine Stunde von der Stadt entfernt. Nach dem Besuche der Schulen hatte er gestern den Abend noch bei seinem Freunde, dem alten Pfarrer Kiesel von Waldbrunn, zugebracht. Er hatte sich mit ihm gefreut über die neuen, immer keckeren und siegreicheren Schriften der kritischen Theologie und so mit ihm und dann auch auf dem angenehmen Spaziergange des Heimweges einen heiteren Abend genossen.

In seinem Berichte an den Erziehungsrath über die Schulen in Waldbrunn schrieb dann der Schulrath unter anderem Folgendes:

In der untern Schule zu Waldbrunn, man kann nicht sagen, lehrt, sondern ist noch immer angestellt der greise Schulmeister Walter. Der Pfarrer Kiesel sowohl als ich, wir haben schon öfter versucht, ihn zu bewegen, er möchte sein Schulamt freiwillig niederlegen und haben ihm einen Ruhegehalt versprochen. Allein der alte Walter

1

sagt: So lange ich noch arbeiten kann, gebe ich nicht ab und wird mich auch die Gemeinde, der ich länger als fünfzig Jahre diene, nicht absetzen; die Großväter, deren Enkel ich jetzt noch lehre, werden mich nicht fortjagen. Und in der That, so wenig mehr dieser alte Mann leistet, er ist gleichsam mit der Gemeinde verwachsen und er kann nicht leicht entfernt werden. In seiner Schule wird meist nur in der Bibel gelesen, der Katechismus und das Gesangbuch auswendig gelernt, nothdürftig etwas geschrieben und gerechnet, hingegen viel gesungen.

Die obere Schule aber zu Waldbrunn ist eine der besten im ganzen Lande. Ihr Lehrer Ries ist ein denkender, unterrichteter Mann. In seiner Schule herrscht Munterkeit. Er erzieht durch Freiheit zur Freiheit. Wie meisterhaft die Schüler rechnen, ist schon früher berichtet worden, auch wie sie angehalten werden, schriftdeutsch so rein als möglich nachzuerzählen; viele haben es darin schon ziemlich weit gebracht, und es hört sich nicht mehr viel von der Rauhheit ihrer bäurischen Mundart; und hilft die reine Schriftsprache überhaupt die Rohheit des Bauernstandes mildern. Der Lehrer hat darüber ganz gesunde Ansichten und befleißt sich auch im Verkehr mit Jedermann des Hochdeutschen und einer reinen und feinen Aussprache. In dieser trugen die Schüler auch Gedichte von Schiller und Göthe, Heine, Platen, Freiligrath, Herweg, Sallet und andern der neueren Klassiker vor. Vom Auswendiglernen des Katechismus, des Gesangbuches, des biblischen Spruch-

buches ist natürlich in einer solchen Schule und unter
einem so gebildeten Lehrer nicht die Rede, was auch
nur zu billigen. Zum Beweise, daß mit der Anschau-
ung und dem Urtheil zugleich auch das Gedächtniß
geübt werde, zeigten die Schüler vielfache Kenntnisse in
der Botanik, der Mineralogie und Zoologie. In der
Geographie war es überraschend zu hören, mit was
für einer Sicherheit die Schule die Zahlen der Bevölkerung aller Länder und aller größeren Ortschaften angeben konnte.

Der blühende Zustand dieser Volksschule ist voraus
dem Ortsgeistlichen, dem gelehrten Pfarrer Kiesel zu
verdanken. Er hat den Lehrer erzogen, besucht die Schule
oft und hat früher selbst in diesem und jenem Fache
die Schüler unterrichtet. Er ist überhaupt ein würdiger
Geistlicher und einer der wenigen Ausgezeichneten. Auch
in seinem hohen Alter ist er noch täglich bemüht, seine
Kenntnisse zu vermehren; er besitzt eine reiche Bibliothek
und auf seinem Arbeitstische sind neben älteren und
ältesten Werken auch die neuesten Schriften eines Paulus,
Strauß, Baur und der andern, welche auf der heiteren
und offenen Bahn Lessings sicher und kühn fortschreiten.
Der alte Kiesel hat sich alle Ergebnisse der Forschungen
dieser so tief gelehrten scharf- und freisinnigen Männer
zu eigen gemacht. Er freut sich, ihre Tage noch erlebt
zu haben. Daneben ist ihm auch die neuere Philosophie,
die Natur- und Länderkunde unserer Tage nicht unbekannt. Er hält auch die besten Tagesblätter und Zeitschriften, und es ist eine Freude, mit welcher jugendlichen

1 *

Lebendigkeit der Greis sich über alle die Fortschritte der
neueren Wissenschaft ausspricht, wie ihm auch im Einzelnen hiefür das Gedächtniß noch treu geblieben, wie
klar und weithin er in die Geschichte zurückblickt und
ihre Entwicklung versteht. Er ist bekannt als Mitarbeiter
einiger gelehrten Zeitschriften und liefert in dieselben
noch immer fleißig Recensionen und auch selbstständige
eigene Abhandlungen. Neben dieser vielseitigen wissenschaftlichen und literarischen Thätigkeit sind ihm seine
kirchlichen Verrichtungen immer noch ein leichtes Geschäft,
er hält die Predigten und Kinderlehren sonntäglich in
gewohnter Lebendigkeit. Um Gedanken ist ein so be-
lesener Mann nie verlegen. Auch seine Unterweisungsstunden und den Konfirmationsunterricht ertheilt er stetsfort regelmäßig. Da seine Gemeinde nur klein ist, so
bleibt ihm noch viele Muße für seine Studien. Er
führt so zwar ein etwas einsames, aber ein idyllisches
Leben. Er genießt seit Jahrzehnten der vortrefflichsten
Gesundheit. Sein Pfarrhaus hat aber auch eine eben
so gesunde als hübsche Lage. Kiesels Arbeitszimmer sieht
in eine ungemein schöne Landschaft. Wer da den noch
so rüstigen Greis unter den Schätzen der Wissenschaft
so glücklich und in ungestörtem Frieden sieht, der kann
nicht anders, er muß ihn beneiden und wird sich selbst
ein höheres Alter nicht anders als unter solchem Glücke
wünschen.“ So berichtete der Schulrath Kleiner.

II.

Ganz einsam lebte der Pfarrer Kiesel nicht. Seine Haushälterin Martha war eine nahverwandte Waise, welche er schon vor vierzig Jahren an Kindesstatt angenommen hatte. Denn er selbst, obschon einmal verheirathet, war kinderlos geblieben. Neben dieser Martha diente im Pfarrhause seit Jahren die viel jüngere Magd Sabine. Beide theilten sich in die Haus- und Landgeschäfte, und bei der Arbeit hätte Niemand bemerken können, daß Martha eigentlich die Tochter des Hauses sei; nur in der Kleidung unterschieden sie sich, Martha trug städtische Kleidung, Sabine die ländliche Tracht. Sie, um vieles stärker als Martha, war doch nicht die arbeitsamere; im Gegentheil lud sie so viel Arbeit sie konnte, auf die Martha ab, und diese ließ sich des Friedens wegen Manches gefallen.

Eines aber setzte Martha fort, so ungern es Sabine von Anfang an gesehen hatte. Martha hegte von je eine besondere Hinneigung zu Kindern. Sie war nun schon etliche vierzig Jahre alt. Zwar würde ihr Niemand so viele Jahre geschätzt haben, denn ihre hohe, wohlgewachsene Figur und ihr Gesicht war noch ziemlich jugendlich, ihre Farbe noch frisch, ihr dunkelbraunes, freundliches und seelenvolles Auge noch klar und lebendig, ihr lichtes Haar noch reich und glänzend und ohne eine Spur von Ergrauen.

Sie war in ihren Zwanziger Jahren mit einem jungen, rechtschaffenen, geschickten und anmuthigen Hand-

werker verlobt. Dem Pfarrer war diese Verbindung zuwider, aber er konnte sie nicht hindern; die Frau Pfarrerin
that den Liebenden Vorschub. Das waren der Martha
glücklichste Tage. Sabine war damals noch nicht Magd
im Pfarrhause; eine zu jener Zeit in demselben dienende
ältere Frau war der Martha gefällig und so gewann
diese manche freie Stunde, mit ihrem Verlobten allein
zu sein in ihrer Stube oder auf Spaziergängen in der
schönen Gegend. Sie beide saßen manchen Sonntag-
abend selig auf einem der Hügel und Berge des Thales
und freuten sich der Gegenwart und Zukunft.

Sie wollten Hochzeit machen; allein der Pfarrer
wußte dies von einer Frist zur andern zu verzögern.
Endlich erkrankte die Frau Pfarrerin ernstlich; Martha
konnte sich ihr nicht entziehen. Da aber die Krankheit
unheilbar geworden zu sein schien, drängte der Bräutigam,
der Pfarrer möchte seiner Frau eine andere Pflegerin
suchen; er selber müsse, da seine Eltern gestorben, seinem
Hauswesen eine Hausfrau vorstellen. Der Pfarrer be-
schwor die Martha, ihn doch nicht zu verlassen und versprach ihr, wenn sie noch ausharre, feierlich, sie als
alleinige Erbin seines ganzen Vermögens einzusetzen.
Martha bestimmte ihren Verlobten, noch Geduld zu
haben bis zum Tode der Frau Pfarrerin, der nicht mehr
ferne zu sein schien. Allein der trat nicht so bald ein
und Monate auf Monate vergingen, und vor der Frau
Pfarrerin starb der Bräutigam an einem hitzigen Fieber.

Nun hatte Martha das Glück ihres Lebens genossen;
es folgten für sie die traurigsten Zeiten. Die Frau

Pfarrerin wurde immer hülfsbebürftiger und konnte doch
nicht sterben. Hingegen starb die alte Magd und kam
die junge Sabine ins Haus.

Es vergingen bis zum Tode der Frau Pfarrerin
noch einige Jahre. Martha hatte ausgehalten, aber jetzt
wollte sie das Haus verlassen, um nicht in demselben
der Welt gleichsam absterben zu müssen. Der Pfarrer
aber bat sie dringend, sie möchte ferner seinem Hauswesen vorstehen, und nur in diesem Falle werde sie seine
Haupterbin bleiben.

Es widerstand der Martha, auf solche Weise ihr
Leben zu verkaufen, aber sie hoffte auf irgend eine Er-
lösung. Allein es verging ein Jahr nach dem andern;
sie wurde älter; sie hatte nur noch die Wahl, einen
vielleicht noch schwierigeren Dienst als Haushälterin zu
übernehmen, ohne Aussicht auf eine Versorgung im
Alter, oder sie mußte eben im Pfarrhause bleiben.

Wie sie sah, daß dieses nun einmal ihr Loos sei,
nahm sie sich mit neuem Eifer des Hauswesens an und
mit ungemeiner Thätigkeit und Einsicht half sie den
Wohlstand des Pfarrers fördern, sie wußte ja, daß sie
so auch für ihre eigene Zukunft arbeite und sich ein
sorgenfreieres Alter bereite.

Sie nahm zu an Erfahrungen und Fertigkeiten, und
wie sie selber im Hause und auf dem Felde, im Garten
und Stalle, in der Küche und dann wieder am Spinn-
rade, und nähend und strickend arbeitete, gewann das
Haus mancherlei Ueberfluß.

Sie war aber dem Pfarrer noch auf andere Weise hülfreich und durchaus unentbehrlich geworden.

Er hatte schon seit ihrer Kindheit ihre schöne Handschrift benutzt und durch die Martha sich stetsfort vieles abschreiben lassen, theils eigene Handschriften, theils Auszüge aus Büchern. Er hatte sie auch die französische Sprache gelehrt und sie konnte mit Geschmack übersetzen. Und so erschien bisweilen eine ihrer Uebersetzungen, irgend ein Auszug aus einem selteneren Werke in einer Zeitschrift unter Kiesels Namen, ohne daß dieses Martha selber erfuhr. Unter solchen öfteren Beschäftigungen mit Abschreiben und Uebersetzen lernte sie Mancherlei. Sie kam auch nach und nach zu einiger Bücherkunde und fand in Kiesels reicher Bibliothek und unter den vielen Sendungen, die ihm von Buchhändlern zukamen, manches Buch, das ihre Lernbegierde reizte oder von welchem sie zum Voraus wußte, daß es die Lücken ihres Wissens ausfüllen und ihre Kenntnisse vermehren würde.

Da sie nur wenige Stunden Schlafes bedurfte, las sie zumal im Winter, nachdem sie bis zum Nachtessen gesponnen oder genäht hatte, noch tief in die Nacht hinein oder am Morgen wieder in aller Frühe. Man sah sie niemals stricken, ohne daß sie nicht zu gleicher Zeit ein Buch vor sich hatte. Sie wußte, daß Kiesel für seine Aufsätze in den Zeitschriften ein ziemliches Honorar erhielt und hatte nach den von den Verlegern mit Geld ankommenden Briefen berechnet, wie hoch sich diese Einnahmen Kiesels jährlich belaufen. Sie wußte auch, daß sie ihn durch ihr Abschreiben und Uebersetzen nicht wenig

förderte und daß sie so auch sein Vermögen vermehren
und hiemit ihr eigenes Erb vergrößern helfe und so war
sie in dieser ihrer literarischen Mithülfe um so eifriger
und unverdrossener.

Sie war aber auch durch diese Beschäftigungen, durch
ihr vieles Lesen und das tägliche Gespräch mit Kiesel
zur Einsicht gekommen, wie er zur Bibel stehe, zur Theologie und zu seinem Amte. Manches Buch, welches er
als unvernünftig und verderblich kritisirte, erschien ihr
beim eigenen Lesen gut und schön und durchaus biblisch.
Sie las die Bibel selbst um so eifriger. Einen längeren
Abschnitt derselben zu betrachten, etwa auch mit Be-
nutzung einer Erklärung, damit fing sie jeden Tag an.
Sie war schon von der frühe verstorbenen Frau Pfarrerin,
an welcher sie eine wirkliche Mutter hatte, zum täglichen
Lesen der heiligen Schrift angehalten worden. Der Streit,
in welchem der Pfarrer gegen die Bibel stand, hatte sie
nach und nach zu einer Kämpferin für die Schrift gemacht. In den Gesprächen, sowie in den Predigten und
Kinderlehren des Pfarrers fand sie immer weniger Be-
friedigung; um so mehr hielt sie sich an das Evangelium, an die Schriften ausgezeichneter Christen, besonders
auch an Dichtungen in christlichem Geiste.

Sie liebte die Musik ungemein, hatte eine Altstimme
von seltener Schönheit und sang viel und wußte eine
Menge Lieder. Gerne hätte sie Klavier spielen lernen,
aber der Pfarrer war nicht zu bewegen, ihr ein Instrument zu kaufen. Da lehrte sie der alte Organist auf der
kleinen Orgel der Kirche einige Psalmen spielen. Sie

hatte es schnell gelernt und ihren Meister bald über-
troffen. An Sonntagabenden sang sie bisweilen allein
oder mit einigen Kindern in der Kirche und spielte dazu
selbst die Orgel.

Es war ihr überhaupt ein Bedürfniß, Kinder um
sich zu haben. Sie hatte daher zumal den Winter hindurch einige jüngere Mädchen aus den benachbarten
Häusern an ihrer Seite, unterrichtete sie in weiblichen
Arbeiten und während sie selber spann oder nähete, erzählte sie ihnen lehrreiche Geschichten und ließ sich von
den Kindern wieder erzählen, besonders das, was sie
schon in der Kinderbibel gelesen, oder sie ließ sie auswendig gelernte Kirchenlieder aufsagen oder sang mit
ihnen geistliche und weltliche Lieder. Den Kindern war
es ein Fest, zur Martha zu kommen. Es wünschten noch
mehr Mädchen nach den Schulstunden ins Pfarrhaus
während der Abendstunden gehen zu dürfen, allein der
Raum der etwas kleinen Wohnstube erlaubte es nicht.
Darum hätte Martha schon lange gerne eine eigene
Arbeitschule errichtet. Es wäre ihr dazu in dem nahen
Schulhause von den Gemeindevorstehern gern eine Stube
eingeräumt, geheizt und erleuchtet worden. Allein der
Pfarrer gab ihr zu verstehen, daß sie so zu viel den
häuslichen Geschäften zu widmende Zeit versäumen und
zu lange und zu oft außer dem Hause sich aufhalten
würde. Er sehe zwar die Nothwendigkeit einer solchen
Arbeitschule wohl ein, er habe auch solche in den andern
Gemeinden, wo er schon Pfarrer gewesen, eingerichtet
und sie haben einen gesegneten Fortgang gehabt. „Aber

du weißt, sagte er dann ferner zu Martha, hier in Waldbrunn sind die Verhältnisse ganz andere. Fast die ganze
Bevölkerung geht täglich in die benachbarte Stadt auf
den Taglohn und an die Fabrikarbeit. Die Töchter
alle, sobald sie der Schule entlassen sind, laufen in die
Fabriken. Am frühen Morgen verlassen sie ihr Haus;
Abends spät kehren sie ermüdet zurück, essen noch etwas
und gehen alsbald zu Bett, um frühe wieder zur Arbeit
zu eilen. Selber die Mütter und die jüngeren Kinder, die
nicht in den Fabriken arbeiten, sind einige Stunden des
Tages außer ihrem Haus und Dorf, da sie in der
Mittagsstunde den in der Stadt Arbeitenden dorthin
das Mittagessen bringen und mit dem Verweilen daselbst
und dem Hin- und Herlaufen täglich drei und auch vier
Stunden für ihre Tagesarbeit verlieren. Dieser Zeitverlust wäre freilich zu vermeiden. Die Fabrikarbeiter alle
könnten sich in der Stadt gemeinschaftlich kochen lassen,
sie würden es besser und wohlfeiler haben, aber die
Waldbrunner haben hiefür wie für noch manches Andere
keinen Verstand. Sie zu belehren, mußte ich leider schon
lange aufgeben. Da hilft Alles nichts. Die Töchter
hätten es freilich nöthig, nähen, stricken und flicken zu
lernen; allein, wenn auch eine Arbeitsschule da wäre,
sie hätten nicht Zeit, eine solche zu besuchen. Sie würden
auch nicht lernen wollen, ihre Kleider selber zu verferti-
gen; sie kaufen lieber modischen Flitter. Auch in dieser
Hinsicht zerstört die Fabrike die gute, alte Hausordnung
und mit dieser das Gemeindewesen. Der wenn auch
reichliche Verdienst der Fabrikarbeiter ist ein geringer

Erſatz gegen den Schaden, den der Fabrikarbeiter an
Leib und Seele erleidet und durch ihn ſein Haus und
Dorf und Land. Die Waldbrunner verdienen viel, aber
ihr Wohlſtand vermehrt ſich doch nicht. Der mühſam
erworbene Wochenlohn wird vom Samſtagabend bis
zum Montagmorgen mit ſeltenen Ausnahmen vertaumelt.
So lange dieſes Unweſen fortdauert, würde auch eine
Arbeitsſchule wenig nützen. Daß du bisweilen die jüngeren
Mädchen der Nachbarhäuſer zu dir kommen läßt, dawider habe ich nichts. Es hilft mit, eine friedliche Nach-
barſchaft erhalten. Doch wäre es wohl nützlicher, ſtatt
die Kinder die oft ſo abergläubiſchen und fabelhaften
Geſchichten aus dem alten und zum Theil auch aus dem
neuen Teſtament herplappern zu laſſen, du würdeſt ihnen
von den Wundern der Natur erzählen. Lies ihnen Hebels
Habermuß; ſing mit ihnen ſeine Sonntagsfrühe oder
den Morgenſtern, oder das Spinnlein und dergleichen.“
„Das thue ich auch, ſagte Martha, aber merkwürdig,
die Kinder ſingen eben ſo gerne: Wer nur den lieben
Gott läßt walten; oder: Gelobet ſeiſt du Jeſus Chriſt,
daß du Menſch geboren biſt; den aller Weltkreis nicht
beſchloß, der liegt nun in Mariens Schooß; oder: der
Herr iſt auferſtanden heut, deß ſind wir alle hocherfreut;
auch hören die Kinder lieber davon reden, wie Jeſus
in der Krippe und Moſes in ſeinem Käſtchen lag, als
wie das Saatkorn in der Furche liegt, und lieber davon,
wie Jeſus die Tauſende mit wenigen Broten ſpeist, als
davon, wie es Garben gibt aus einem Samenwurf.
Den Erntewagen haben ſie vor Augen, er erregt nicht

ihre Einbildungskraft und nicht ihre Andacht, wie wenn
sie hören, wie der Herr die Tausende speist." „Andacht!"
sagte der Pfarrer: das Kind denkt wie ein Kind, es
schlummert in kindlichen Träumereien; wenn aber die
Erwachsenen aus solchen nicht erwachen, sind es kindische Träumereien." „Den Kindern ist das Himmelreich", antwortete Martha. „Das heißt dort, erwiederte
der Pfarrer: den Kindern ist der Himmel, will sagen,
nicht eine obere selige Welt; denn eine solche gibt es
nicht: Himmel ist Luft unten und oben; Himmel ist
eigentlich die ungestörte Ruhe, Heiterkeit und Seligkeit
eines noch harmlosen, von Rang, Ehre und Herrschsucht
freien Sinnes". „Ich denke aber, entgegnete Martha,
es heißt etwas mehr als das, wenn der Herr öfter sagt:
Wahrlich ich sage euch: es sei denn, daß ihr umkehret
und werdet wie die Kinder, so werdet ihr nicht in das
Himmelreich kommen. Wer sich nun selbst erniedrigt wie
das Kind, der ist der Größte im Himmelreich. Es ist
damit wohl auch eine Wiedergeburt angedeutet. Denn
der Herr sprach ja auch: Ich preise dich Vater, Herr des
Himmels und der Erde, daß du solches den Weisen
und Klugen verborgen hast und hast es den Unmündigen
geoffenbaret". „Dieses will sagen, antwortete der Pfarrer:
die orthodoxen, auf ihren Katechismus versessenen, auf
ihre längst veralteten Systeme und Bekenntnißschriften
stolzen und fanatischen, verketzerungssüchtigen Schriftgelehrten, die Mucker, Frömmler, Pietisten und Prose-
lytenmacher zu Jerusalem mit ihren breiten Denkzetteln
und den großen Quasten und Säumen an ihren Kleidern,

mit ihrer heiligen Braminenschnur, die verstehen meine
reine Vernunftlehre nicht; ich mußte mir, um diese unter
die Menschen zu bringen, möglichst vorurtheilsfreie
Schüler suchen, die schlichten, kindlich anhänglichen Fischer
vom galiläischen See, diese Menschen von gesundem
Verstand, von einfachster Lebensweise und Genügsamkeit,
von Geduld, That- und Schnellkraft, wie sie in ihrem
Gewerb und auf dem tückischen, oft so stürmischen See
geübt wird. Diese Fischer, deren Element von Kindheit
auf das Wasser war, das reine, klare, lautere Element,
das, wenn es auch bisweilen der Sturm aufregt und
an den seichteren Stellen trübt, doch bald wieder sich
ebnet und wie die göttliche Vernunft den Himmel ab-
spiegelt und alle Schönheiten der irdischen Natur, —
diese Fischer waren die Unmündigen, welche die Ver-
nunftoffenbarungen des Nazareners verstanden. Und solche
Unmündige hätten allerdings auch die verkehrten, orthodoxen Schriftgelehrten werden sollen, wenn sie in das
Himmelreich der Vernunftwahrheiten hätten eingehen
wollen. Insofern kann da allerdings von einer Wiedergeburt die Rede sein. Aber sonst soll jeder suchen, ein
vollkommener Mann zu werden. Wir sollen nicht Kinder
sein am Verständniß, nicht Kinder, die sich wiegen und
wiegen lassen von jeglichem Wind der Lehre durch Schalk-
heit der Menschen, durch Täuscherei auf dem Schleichwege
der Irrthümer".

„Kinder werden wir doch bleiben, antwortete Martha;
denn unser Wissen ist Stückwerk. Und an der Bosheit
seid Kinder, sagt ja auch der Apostel. Und Kinder des

Allerhöchsten sollen wir sein. Und wie viele ihn aufnehmen, denen hat er Macht gegeben, Gottes Kinder zu werden. Und selig sind die Armen im Geist. Am Munde der Eltern, am Munde zunächst der Mutter hängt das unmündige Kind, um nach und nach mündig zu werden. Der Schüler ist nicht über dem Meister. Ich suche immer kindlicher das Wort des Herrn aufzufassen und ihm auch zu vertrauen. Wie ein Kind sich von seiner Mutter, so fühle ich mich abhängig von ihm. Ich beneide die Kinder um mich her, die ihm aufs Wort trauen und die noch von keinem Zweifel beunruhigt sind, die er aber auch herzt und die Hände auf sie legt und sie segnet. Und so traue ich denn auch kindlich seinem Wort: Wer ein solches Kind aufnimmt in meinem Namen, der nimmt mich auf". „Das heißt aber, sagte der Pfarrer, die Kinder aufnehmen in seinem Namen, wenn man sie von ihrem zartesten Alter an nichts hören läßt, was der gesunden Vernunft widerspricht. Aller Aberglauben wehrt ihnen, zu ihm zu kommen. Ihr seid allzumal Kinder des Lichts, heißt es, und Kinder des Tages; wir sind nicht von der Nacht, noch von der Finsterniß. Wandelt als Kinder des Lichts. Habet nicht Gemeinschaft mit den unfruchtbaren Werken der Finsterniß. Und wahrlich die meisten Katechismen, Kinderbibeln, Kirchenlieder und Kirchengebete sind unfruchtbare Werke der Finsterniß". „Offenbar aber, antwortete Martha, verstanden die Apostel nicht solche Werke unter denen der Finsterniß. Denn der Apostel der Liebe sagt: Wer da sagt, er sei im Licht und hasset seinen Bruder, der ist noch in der

Finsterniß; und Paulus: Die Frucht des Lichtes ist allerlei Gütigkeit und Gerechtigkeit und Wahrheit; und der Herr selbst: Wer Arges thut, der hasset das Licht und kommt nicht an das Licht, auf daß seine Werke nicht gestraft werden; und unter diesen Werken hat er doch wahrlich weder Katechismen, noch Gebet- oder Lieder-bücher verstanden. Ich bin das Licht der Welt, sagt er, folget mir nach. Und so dient es mir selber zur Erleuch-tung und inniger Freude, wenn ich sehe, wie das Licht der Welt auch in die Herzen der Kinder um mich her scheint und ich höre, wie er auch in ihrem Munde sich ein Lob zubereitet hat".

„Nun, nun, sagte der Pfarrer, ich sehe es ja nicht ungern, daß du bisweilen an einem Nachmittag oder Abend die Nachbarkinder zu dir kommen läßt. Ich würde freilich mit ihnen etwas pädagogischer verfahren; du kannst dir ja das aus meinen Kinderlehren abmerken, und hättest seit Jahren dir manches entnehmen können, wie man unterrichten und was Alles man namentlich im Religionsunterrichte vermeiden und umgehen soll. Aber es scheinen die Frauen überhaupt für die Päda-gogik weniger Sinn zu haben." „Und doch, antwortete Martha, spricht Gott selber: Wie eine Mutter will ich euch trösten, und vergleicht der Herr selber seine ganze Thätigkeit mit der hegenden, pflegenden, schützenden und sich aufopfernden Mutterliebe der Bruthenne. Ist denn die Pädagogik eine neu erfundene Kunst? Und können nur die Pädagogen erziehen und wer hat denn sie er-zogen? Das wäre sehr traurig. Das Wort Gottes sagt

den Vätern nicht nur, sondern auch den Müttern: Ziehet
die Kinder auf in der Zucht und Ermahnung des Herrn.
Und der ungläubige Mann wird ja geheiligt durch das
Weib".

„Je nun, schloß der Pfarrer, das Weib will auch
immer Recht haben. So lange das Kind der Milch bedarf, möget ihr sie ihm reichen. Den Vollkommenern
gehört dann die starke Speise; und für diese sorgt dann
allerdings eine vernünftige Pädagogik".

III.

Martha saß eines Abends wieder unter ihren Kindern, sie selber spann, die Mädchen näheten und strickten
und wiederholten ihr, eines nach dem andern, die Erzählung, welche sie in der vorigen Stunde gehört hatten.
Dann erzählte ihnen Martha eine neue Geschichte. Darauf
zeigten die Kinder ihre Arbeiten, wurden auf die Fehler
derselben gewiesen oder belobt und erhielten neue Aufgaben. Während sie diese machten, sangen sie, die Kinder
die obere Stimme, Martha dazu ihren schönen Alt. Es
war gar lieblich zu hören und anzuschauen. Im heitern
und schmucken, grünlich angestrichenen Zimmer schien
noch die Abendsonne des Herbsttages; vor den Fenstern
blüheten noch Blumen, die Blätter des Wein- und
Obstgeländers am Hause waren schon bunt geworden
und durch die noch grünen spielten die gelben, rothen
und braunen Blätter; die Herbstweiden, auf welche man

zunächst hinuntersah, prangten noch frisch; das Gebirg
strahlte in seltener Klarheit. Aber so sehr es den Blick
hinaus und dorthin zog und zu den prächtigen Abend-
wolken, er verweilte eben so gerne im Zimmer und sah
auf diese hübschen, sorgfältig gekämmten und reinlich
gekleideten Kinder und auf ihre muntere Lehrerin. In
ihre Lieder stimmte auch der Kanarienvogel im Käfigt
und schien mit ihnen in die Wette zu singen; und von
den nahen Matten klangen die Glocken herein der noch
im Grünen weidenden Heerde. Der Friede des Ganzen
spiegelte sich auch im heiteren Angesicht der Martha.
Die Kinder waren diesen Abend besonders aufmerksam
und fleißig und sangen mit großer Lust.

Die Zeit war verflossen. Martha mahnte die Kinder,
ihre Arbeiten zusammenzulegen und heimzugehen. Die
Mädchen baten noch, ihr liebstes Lied singen zu dürfen.
Martha stimmte es ihnen an. Aber kaum hatten sie
einige Zeilen gesungen, schlug es auf die Thürfalle, daß
die Kinder zusammenfuhren und flog die Thüre auf und
schrie die Magd Sabine auf der Schwelle stehend: „Will
denn das verdammte Beten und Plären heute wieder
gar nicht enden? Muß ich alle Arbeiten allein machen?
melken und noch Gras abhauen und einführen und der
Kuh das Futter zurecht machen und den Säuen die
Tränke, und die Hühner einthun und das gefallene Obst
noch auflesen? oder sollen es im Vorbeigehen diese kleinen
Freßmäuler da wieder wegstehlen? Dieses Zusammen-
hocken muß mir gewiß noch aufhören. Diese kleinen
Rotznasen und Mißfinten bringen mir Koth ins Haus

und in die Stube, und hinter ihnen muß ich jedesmal
den Hausgang und das Zimmer wieder wischen. Machet
daß ihr fortkommt, ihr Großen".
„Wie thust du doch wieder! sagte Martha ganz gelassen. Schämst du dich nicht vor den Kleinen? Heißest
ihr Beten und Singen ein verdammtes Geplär? Ist das
nicht gottlos? Sagst, sie hätten Obst gestohlen. Ich
selbst habe jedem einen Apfel und ein paar Zwetschgen
gegeben, wie du ja auch Kindern von Leuten gibst, denen
du wohl willst; und Niemand hindert dich daran. Sagst,
die Kinder da seien schmutzig und machen das Haus
kothig. Da siehe, selbst unter ihren Stühlen ist der
Stubenboden ohne Flecken und ganz weiß geblieben.
Unrath kam jetzt in die Stube, aber nicht durch die
Kinder. Uebrigens an den Hausgeschäften ist nichts versäumt. Kaum drei Minuten länger sind wir beisammen-
geblieben als sonst. Die Kinder gehen jetzt, und am
nächsten Montag kommen sie wieder. Ja, ja, kommet
nur, liebe Kinder; es muß jemand die Sabine erzürnt
haben; sie ist nicht immer in so böser Laune; aber die
Schühlein müßt ihr jedes Mal recht abputzen und säuber-
lich sein in Allem. Am Ende wird euch selber die Sabine
noch rühmen und jedem einen Apfel oder eine Birne
geben. Reicht ihr jetzt ordentlich die Hand und saget:
Behüt Euch Gott und zürnet nicht". Die Kinder thaten
so. Sabine, obschon ihr Blick noch zornig war, konnte
ihnen die Hand nicht verweigern. Martha aber, ohne
weiter mit der Sabine ein Wort zu verlieren, ging an
ihre Abendgeschäfte, mähete noch, während Sabine in

2 *

der Küche zu thun hatte, das für den Abend und den folgenden Tag nöthige Futtergras, welches im Obstgarten des Pfarrhauses seit der Grummeternte wieder ziemlich gewachsen war, melkte darnach die Kuh, fütterte die Schweine, besorgte den Hühnerhof, las dann Obst auf, bestellte etwas im Garten und sah zuletzt noch nach ihren Blumen.

Indessen war Sabine, nachdem sie verrichtet, was in der Küche zu thun war, noch in einige Häuser im Dorf geeilt, mit denen sie näher bekannt war, deren Gunst sie erhalten wollte und wo sie vernehmen konnte, was täglich in der Gemeine vorgegangen, um es in ihrer Weise dann dem Pfarrer wieder zu berichten. Aus diesen nicht zunächst dem Pfarrhause gelegenen Häusern kamen keine Kinder in der Martha Arbeitsstunden. Sabine durfte daher rühmen, wie sie heute wieder einmal der Martha die Meinung gesagt und ihr die Betschwester vorgehalten habe. Das hörten diese Weiber nicht ungerne, sie waren der Martha weniger freundlich, weil diese sich mit ihnen in ihre Klatschereien nicht einließ.

Noch vernahm Sabine an diesem Abend, die Cholera, welche in der Umgegend schon seit einigen Wochen viele Menschen weggerafft und von welcher Waldbrunn bisher verschont geblieben war, sei nun hier auch aufgetreten und es liegen bereits in etlichen ärmeren Haushaltungen einige Männer und Frauen gefährlich krank.

IV.

Als Sabine dieses beim Nachteffen berichtete, er-
schrak der Pfarrer zusehends. Bald aber sagte er:
„Am Ende ist's doch nur ein Waldbrunner Geschwäß,
ein Brunnengeschwäß. Schwerlich wird in irgend einem
anderen Orte der Welt so viel gelogen als hier; nirgends
alles Unglaubliche so dumm und leichthin geglaubt und
herumgeboten wie hier. Ich bin nun über dreißig Jahre
Pfarrer unter diesem Klatsch-Völklein zu Waldbrunn.
So viel Ungesundes noch unter ihnen und an und in
ihnen ist, von Seuchen sind sie doch in dieser langen
Zeit frei geblieben. Es ist hier aber auch Waffer und
Luft und Grund und Boden so gesund, daß Menschen
und Vieh und alles Gewächs bestens gedeiht. Und so
wird es wol nur ein leeres Geschwäß sein, daß auch
hier Leute an der Cholera erkrankt seien".

Als aber Sabine nähere Umstände angeben und die
erkrankten Personen benennen konnte, wurde der Pfarrer
wieder nachbenklicher. Das Nachteffen wollte ihm nicht
schmecken. Martha sagte: „Deffen ob Cholerakranke im
Dorfe seien oder nicht, können wir noch diesen Abend
ganz gewiß werden. Es ist noch nicht zu spät. Wenn
Sabine nicht noch in die Häuser der Cholerakranken
gehen will, die sie genannt hat, so gehe ich selber hin.
Diese armen Leute sind mir nicht unbekannt". „Ich
verbiete Dir hinzugehen, erwiederte der Pfarrer mit
Heftigkeit. Das wäre ja die Dummheit selber, muth-
willig sich von der Pest anstecken zu laffen, sie selber zu

holen, um sie in's eigene Haus zu bringen"? „Ich gehe
nicht mehr hin, rief die Sabine, auch wenn mich die
Martha hinschicken wollte. Ja wenn Ihr selbst hingehet,
Martha, diese Nacht noch oder morgen oder wann es
sein mag, so sollte man Euch nicht mehr in's Haus
herein lassen. Ich mag von Euch nicht angesteckt sein".
„Das sind schöne Reden in einem Pfarrhause, antwortete
Martha. Ist es denn nicht eine der ersten Pflichten
eines Seelsorgers, die Kranken zu besuchen, sie zu trösten und den Sterbenden beizustehen? Mußte ich nicht
noch jüngst aus Gaberels Geschichte der Genfer Refor-
mation die Stelle übersetzen von der Krankenpflege? Ist
dort nicht erzählt, wie Calvins und Bezas Amtsgenossen
in feierlichen Gebetstunden sich dem Tode weiheten, dann
das Loos zogen, welche von ihnen den Spital der Pest-
kranken besuchen sollten, und wie jene Prediger sich für
diesen Dienst anboten, sich zu demselben herbeidrängten
und in ihm wetteiferten"? „Ich ließ jene Stelle übersetzen, erwiederte der Pfarrer, gerade um zu zeigen, wie
sie damals der römischen Werkheiligkeit kaum entgangen,
sogleich wieder in eine neue verfielen und auch in den
alten Irrthum, den Ruhm und das erträumte Verdienst
des Martyrerthums zu suchen. Auch waren damals die
Verhältnisse ganz andere. Der römische Priester hatte
den Sterbenden noch die letzte Oelung gebracht, die
Seligsprechung der Kirche. Da erforderte schon die Klug-
heit, daß die reformirten Prediger sich hüteten, hierin
das Vertrauen der Gemeinden nicht zu verlieren. Hat
ja doch der mir auch noch in so manchen andern Din-

gen verhaßte, ja verwünschte Calvin den Kranken und
Sterbenden das Abendmahl erlauben, also die alte,
abergläubische Wegezehrung, das römische Viaticum bei-
behalten wollen. Ja, ja das wäre den Waldbrunnern
eben recht, wenn ihnen nach einem leichtfertigen Leben
noch die Absolution ans Sterbelager gebracht würde.
Das hieße recht wieder den alten Aberglauben pflanzen;
Unvernunft und Dummheit befestigen. Die Waldbrunner
haben das nicht nöthig. Das Völklein ist leichtfertig;
Leichtfertigkeit ist zum Unglauben geneigt und Unglauben springt alsobald in Aberglauben über. Ich habe
daher aus Grundsätzen, um auch hierin die Leute an
ein vernünftiges Denken zu gewöhnen, die Kranken und
Sterbenden weniger besucht; ich möchte nicht mit einem
Pfaffen verwechselt werden, der ihnen das Sterbesakrament bringt".

„Wir haben darüber schon öfter geredet; sagte
Martha. Anderer Meinung bin ich noch nicht geworden.
Es ist nicht einmal klug, die Kranken und Sterbenden
nicht zu besuchen. Der katholische Geistliche in aller
Welt thut es und muß es thun. Es gehört zu seinem
Kirchendienst. Die Kirche schickt ihn mit ihrem Trost und
Heil. Wenn daher die Waldbrunner sehen, wie in den
benachbarten katholischen Ortschaften der Geistliche bei
Tag und Nacht zu den Sterbenden eilt, so sagen sie:
Ein reformirter Geistlicher hat es denn doch in allen
Theilen viel bequemer, er hat nicht so viele Festtage
und Gottesdienste, er muß nicht Beichte sitzen, er kann
Kranke und Sterbende besuchen oder nicht; es giebt

reformirte Geistliche, sie haben eines sterbenden Ge-
meindegenossen wegen in ihrem ganzen Leben und während einer fünfzig- oder sechzigjährigen Amtsdauer nicht
Eine einzige Stunde gewacht, sie sind eines Sterbenden wegen kein einziges Mal in ihrem ganzen Leben
in der Nacht aufgestanden und haben nie einen nächtlichen Gang gemacht, auch nur eine Viertelstunde weit.
Ich habe auch verständige und gar nicht übelwollende
Waldbrunner schon so reden hören".

„Das Sterbesakrament, erwiederte der Pfarrer, ist
ein Aberglauben der krassesten Art. Und ich muß ver-
muthen, durch Sektirer verführt haben es diejenigen
Waldbrunner, die frömmer sein wollen als andere Leute,
ihren Sterbenden schon heimlich gereicht. Jüngst konnte
ich nicht anders, ich mußte den sterbenden jüngeren
Schulmeister noch besuchen. Er hatte zu viel getrunken
und sich so eine schnelle Auszehrung zugezogen. Natürlich sprach ich ihm, wie er so da im Sterben lag, von
seinem Laster der Trunksucht. Er aber hatte die Frechheit, mir zu sagen: „Laßt mich ruhig, Herr Pfarrer,
ich bin mit meinem Gott versöhnt; ich habe ihm meine
Sünden bekennt; ich bin der Gnade Jesu Christi gewiß, der auch für mich sein theures Blut vergossen
hat". So trotzig und unvernünftig fuhr er in seinen
Sünden dahin. Der Pietist Peter aber, der mit seiner
finstern Miene in der Sterbekammer stand, sagte: „Herr
Pfarrer, der Heiland hat vom Kreuze auch diesem reui-
gen Sünder da zugerufen: Heute noch wirst Du bei
mir im Paradiese sein". Wahrscheinlich hatte dieser

Peter dem Sterbenden noch das Abendmahl gereicht. Denn es war Unruhe entstanden, als ich ins Haus getreten, und es wurde ein Schrank verschlossen in der Krankenstube, eben als ich die Stubenthüre öffnete. Die Bibel lag noch offen auf einem Tische unten am Bette des Sterbenden; und wie ich sah, war gerade die Stelle vom Abendmahl im ersten Briefe an die Korinther aufgeschlagen. Statt solchen Aberglauben bei Sterbenden und ihrer Umgebung zu nähren und dieses Aberglaubens wegen selber um Mitternacht zu wachen und jede Stunde der Nacht bereit zu sein und in der tiefsten Dunkelheit und bei jeder Witterung, in Sturm und Regen, in Winter und Kälte, durch Koth und Schnee oder über schlüpfriges Eis Nachtfahrten zu machen, ist es wol in der That besser, sich des gesunden Schlafes zu erfreuen, um nicht zu einem alten Nachtwerke, sondern zu einem neuen Tagwerke im Dienste des Lichtes, der Vernunft und der Freiheit zu erwachen. Was ein solches der Wissenschaft gewidmetes einzelnes Tagewerk und das Tagewerk des ganzen Lebens ist, das weiß freilich weder ein Waldbrunner zu beurtheilen noch auch mit seltenen Ausnahmen ein römischer Priester".

„Man kann auch hier, erlaubte sich Martha zu sagen, das eine thun und das andere nicht lassen, studiren und kuriren. Der Arzt muß auch beides. Die Seelsorge gehört doch auch zum Amte. Weide meine Lämmer, heißt nicht nur: studire die Natur der nützlichen und schädlichen Kräuter. Gehet hin! heißt es, wenn in alle Welt, so gewiß auch in alle Häuser".

„Diese Hausbesuchungen, erwiederte der Pfarrer, nützen auf der Welt nichts und sind nur Zeitverlust. Man trifft die Leute nicht einmal an: was arbeiten kann, ist auf dem Felde oder in den Fabriken der Stadt. Zu Hause sind nur die Unmündigen und Greise. Diese meinen, vor dem Pfarrer fromm reden zu müssen, kramen ihren alten Aberglauben aus, und sind doch nicht mehr zu belehren. Am liebsten ist ihnen aber der Pfarrer, der mit ihnen über Dorfgeschichten plaudert, ihr Geklatsch anhört und sie schon dadurch Kurzweil finden. Da ist ihnen denn der alle diese Dummheiten anhörende Pfarrer ein freundlicher und leutseliger und braver Seelsorger. Ich treibe wahrlich die bessere Seelsorge, wenn ich auf meinem Studirzimmer von früh bis spät der Wissenschaft lebe“.

Sabine, die während der Pfarrer und Martha so lebhaft im Gespräch waren, sich das Essen wohl schmecken ließ, sagte endlich: „Die Leute sind mit Euch, Herr Pfarrer, recht wohl zufrieden, sie sagen: Ihr lasset sie doch in Ruhe und stürmet nicht viel in ihre Häuser und mischet Euch nicht in das, was in den Häusern vorgehe und einen Pfarrer nichts angehe; auch seiet Ihr nicht neugierig, was die Leute essen und trinken, noch weniger begehret Ihr selbst zuzusitzen und so für Eure Seele zu sorgen. Es gibt genug Pfarrer, die Hausbesuche machen, wenn die Leute Brot und Kuchen backen, oder ein Schwein schlachten und zum neuen Wein Würste essen oder sonst eine Mahlzeit halten in der Ernte, oder bei einer Taufe oder Hochzeit. Die Leute

sagen: Ihr seiet nicht einer dieser Schmarotzer; die
Leute sind mit Euch zufrieden".

„Ich höre, bemerkte dagegen Martha, oft das Gegentheil: Es seien gar viele Häuser im Dorfe, in welche
der Pfarrer während seines dreißigjährigen hiesigen Auf-
enthaltes noch nie gekommen; er besuche selbst die Kranken und Sterbenden nicht, wenn man nicht nach ihm
schicke und auch dann komme er nur selten. Und die
Berghöfe habe er einzig im ersten Jahre seiner hiesigen
Amtsführung besucht und seither gar nie mehr".

Das hörte der Pfarrer nicht gern. Er sagte: „Es
ist schon spät geworden"; nahm ein Licht, und gute
Nacht wünschend ging er auf sein Zimmer.

„Das ist wieder recht dumm von Euch, Martha",
sagte Sabine, indem sie mit Gepolter ihren Stuhl an
die Wand mehr warf als stellte und das Geschirr ab-
tischte, daß es klirrte; „verflucht dumm. Dem alten
Mann noch unruhige Gedanken zu machen gerade vor
dem Schlafengehen. Er klagt ja ohnehin seit einiger
Zeit über Schlaflosigkeit. Jetzt wird er wieder nicht einschlafen können oder früh wieder erwachen. Dann wird
er läuten drei und vier Mal und auch die andern
wecken".

„Das aber wird Dich wenig kümmern, sagte Martha;
Du bist ihm noch nie aufgestanden, Du schläfst ruhig
fort und läßt mich nachsehen und so schlaf denn wohl."

V.

Der Pfarrer hatte wirklich eine schlaflose Nacht. Die Cholera, die jahrelangen Versäumnisse der Hausbesuche, die Berghöfe, in welche er seit dreißig Jahren nie hinaufgestiegen, dazu neue Verdrießlichkeiten, die ihm die Gemeindevorsteher machten, da sie von ihm für dieses Jahr wieder eine höhere Beisteuer an die Kosten der Gemeindeverwaltung forderten, und die beleidigende Weise, mit welcher sein Gegner, der Gemeindammann Rauber, diese Steuer verlangte, dann die immer festere Entschiedenheit, wie ihm Martha entgegen trat und mahnte und warnte: das Alles ließ ihn nicht zum Einschlafen kommen. Die Luft dünkte ihn schwüler als selbst in der Hitze des Sommers. Er läutete mehr als Ein Mal und verlangte Zuckerwasser. Erst gegen Morgen fand er den Schlaf und war wider seine Gewohnheit nicht frühe an der Arbeit. Im Gegentheil er fühlte sich zu dieser gar nicht gestimmt, und ging im Obstgarten seines Pfarrgutes auf und ab, wo man ihn am Morgen sonst noch nie erblickt hatte und wo man ihn nur in der letzten Abendstunde gemächlich hin und her schreiten und seine Abendpfeife rauchen sah.

Jetzt blickte er nach dem Wetter, um das er sich sonst weniger bekümmerte, er schaute an den Himmel; der war gegen Süden klar; der Föhn hielt das Gebirg dort offen und die schnell aufgestiegenen Wolken des Morgennebels an die nördliche Bergreihe gedrückt. Das Wehen dieses Föhns war schwül und abspannend. Es fühlte sich aber sonst die zwei oder drei Wochen her, seit die Cholera ins Land gekommen, etwas Unbehagliches und Drückendes in der Luft, das viele Leute schwitzen machte, auch wenn sie nicht arbeiteten. Der Pfarrer hatte das nicht wahrgenommen. Jetzt aber dünkte es ihn doch, es sei etwas Unheimliches in der Luft, und der Himmel habe eine ungewöhnliche gelbliche Färbung. Leute gingen am Pfarrgute vorbei; sie grüßten und er hinwieder, er wagte aber nicht zu fragen: ob die Cholera wirklich im Dorfe sei. Endlich trat aber jener Peter selber näher, den der Pfarrer einen Pietisten genannt, und sagte: „Ich habe Euch, Herr Pfarrer, so weit zurück ich denken mag, noch nie am Morgen schon spazieren sehen; denn Ihr seid ja immer an der Arbeit und hinter Euren Büchern. Aber jetzt wird es Euch eben auch hinausgetrieben haben. Ich merke, Ihr sehet Euch um, ob auch in der Luft Zeichen der Cholera seien. Denn die haben wir nun auch im Dorfe. Diese Nacht ist eine alte Frau daran gestorben."

„Die kann auch vor Altersschwäche gestorben sein", sagte der Pfarrer. „Nein nein, antwortete Peter, der Bezirksarzt hat sie besucht und erklärt: es sei die Cholera und man soll sich vor Verkältung hüten, mit Essen und Trinken sich nicht beschweren, die Stuben und Kammern fleißig durchlüften und übrigens suchen, einen gefaßten Muth zu haben". „Das wird das beste sein, sagte der Pfarrer; der Bezirksarzt wird aber auch gesagt haben, man habe sich vor Ansteckung zu hüten, man soll sich ohne Noth nicht in Gefahr begeben".

„Im Gegentheil, erwiederte Peter, der Arzt sagte im
Gemeindehaus, wo viele Väter und Mütter um ihn
standen: Wir sollen unerschrocken sein und einer dem
andern helfen, die Erkrankten sollen wir suchen in
Schweiß zu bringen und ihre Glieder, wenn sie ihnen
erkalten, durch Reiben erwärmen. Es seien schon viele
Eltern und Kinder, die den andern beigestanden, unan-
gegriffen geblieben, und viele, die sich auf alle Art ge-
schont und vorgesehen, haben doch dem schnellen Tod
nicht entfliehen können. Es wäre gut, Herr Pfarrer,
wenn Ihr jetzt überall im Dorfe herumginget und den
Leuten Muth einsprächet und dafür sorgtet, daß sie
nichts versäumen, was zur Pflege und Abwehr nöthig
ist. Denn es ist zu befürchten, es bleibe nicht nur bei
zwei oder drei Todesfällen. Ihr werdet es auch merken:
es ist eine Choleraluft; auch sammelt sich da in unsern
Bergen ein Gewitter, diese sind im Herbst sonst bei
uns sehr selten; und es heißt, die Gewitterluft ver-
mehre die Macht der Krankheit und während des Don-
nerns und Blitzens ergreife sie auch die Gesundesten
unversehens, daß sie Knall und Fall jählings todt
hinstürzen".

Der Pfarrer schaute nicht ohne Aengstlichkeit in die
schwarzen Wolken, die sich in den nächsten Bergen sam-
melten und sagte: „Wir wollen hoffen, das Gewitter,
das sich allerdings zusammenzuziehen scheint, reinige und
erfrische wieder die Luft. Denn eben dazu entstehen ja
die Gewitter nach den Gesetzen der Natur, daß sie aus
der Luft die schädlichen Dünste vertreiben, und die Erde

erschüttern, um Stockungen zu lösen, das Wachsthum
zu fördern und Alles wieder zu verjüngen mit dem
Thau und Feuer des Himmels; ein Gewitter ist eben
die Feuertaufe". Peter antwortete: „Er machet seine
Engel als Winde und seine Diener als Feuerflammen.
Er schauet die Erde an, so bebet sie, und rühret die
Berge an, so rauchen sie. Berge verschmelzen wie Wachs
vor dem Herrn, vor dem Herrscher der ganzen Erde.
Auch in unserm Land und in unserm Dorf mußten wir
nur bei unserm Gedenken schon öfter sagen: Er schlug
die Weinstöcke mit Hagel, die Obstbäume mit Schlossen; das Vieh gab er dem Hagel preis und die Heer-
den den Wetterstrahlen. Vor ihm her gehet Pestilenz,
und Seuche fährt aus, wo er hintritt. Aber er wird
auch erretten vor der Pestilenz, die im Finstern schleicht,
vor der Seuche, die am Mittag verderbet. Ich habe in
diesen Tagen oft an diese Worte gedacht. Wenn ich
höre, daß an andern Orten täglich so viele Leute sterben, ganze Züge von Särgen auf die Gottesäcker gebracht werden; und der Himmel ist immer klar und die
Luft noch immer sommerwarm; aber die Leute sind still
und auch in Feld und Wald ist alles lautlos wie im
Grab und selber die Todtenglocke wird nicht mehr ge-
läutet, um nicht den Schrecken noch größer zu machen:
ja da sage ich in diesen Tagen oft: das ist die Seuche,
die am Mittag verderbet. Aber du, Herr, bist meine
Zuversicht. Es wird mir kein Uebel begegnen und keine
Plage wird sich meiner Hütte nahen. Wohl dem Men-

schen, der seine Hoffnung setzet auf den Herrn, dessen
Stärke der Herr ist".

„Ja das ist immer gut, sagte der Pfarrer, auf die Vorsehung vertrauen, die bei Allem die besten Absichten
hat". Peter fuhr fort:

„Der Grund, darauf ich gründe
Ist Christus und sein Blut.

Man kann rechtes Vertrauen nicht haben, wenn man
nicht abgewaschen und rein ist durch das Blut des
Lammes. Doch das alles sollet Ihr besser wissen, Herr
Pfarrer; Ihr sollet ja alle zu dem Arzte führen, der
einzig heilen kann. Ich muß jetzt aufs Feld zu meinen
Leuten, die schon an der Arbeit sind. Behüt Euch Gott,
Herr Pfarrer". Dieser erwiederte das: „Behüt Euch
Gott"! nur mit halber Stimme, denn daß Peter noch
am Ende und mit Nachdruck sagte: „man muß ge-
waschen sein im Blute des Lammes" hatte des Pfarrers
Zorn erregt; wie er denn diese und ähnliche Worte
gar nicht hören konnte, ohne gegen Aberglauben und
Unvernunft mit neuer Bitterkeit immer wieder loszu-
brechen.

Dieser Peter, dachte er, hat seinen Anhang, sie
glauben seinen finstern und verrückten Meinungen eher
als den heitersten Aussprüchen der Vernunft. Ich zweifle
nicht, er wird nun seinen Gläubigen sogar predigen,
die Cholera sei ein Gericht Gottes über die Welt, weil
diese nicht an das Blut des Lammes glaubt.

Während der Pfarrer noch in solchen Gedanken den
Obstgarten auf und abging, kam Martha mit der Nach-

richt: es sei ein Knabe da aus einem entlegneren Hause des Dorfes, die Cholera habe seinen Vater angegriffen und dieser verlange nach seinem Seelsorger. Der Pfarrer war verlegen. „Ihr müßt sogleich gehen, sagte Martha; die Krankheit macht oft sehr schnell; der Kranke hat eine zahlreiche Haushaltung, noch mehrere unerzogene Kinder; er hat Euch wol noch Etwas aufzutragen; er wird Trost bedürfen und nicht minder seine Frau und seine Kinder“. Der Pfarrer ging in seine Wohnung zurück, noch unschlüssig, ob er dem Rufe zum Kranken folgen wolle oder nicht. „Ich wartete noch bis nach dem Mittagessen, sagte Sabine. Es soll minder ansteckend sein, wenn man bei solchen Krankenbesuchen etwas im Magen habe. Zudem seht Ihr ja, ist ein Gewitter im Anzug“. „Das soll Euch nicht abhalten, fuhr Martha fort; trinkt noch ein Glas Wein und dann geht in Gottes Namen. Wenn Ihr jetzt zeigt, daß Ihr Euch nicht fürchtet und Euch der Kranken annehmet, könnet Ihr viele Versäumnisse im Hausbesuch wieder gut machen. Die Leute werden jetzt die Furchtlosigkeit und Hingebung doppelt hoch anrechnen“. „Ich ginge nicht, sagte Sabine nochmals; es donnert ja schon, es fallen schon Tropfen; wartet doch nur; Ihr könnt immer noch früh genug kommen“. „Die Hauptsache ist; bemerkte endlich der Pfarrer, ob der Kranke noch bei Besinnung ist oder nicht. Wäre er bereits bewußtlos, so könnte ich ja nicht mehr mit ihm reden und auch er mir keinerlei Auftrag geben. Und den Aberglauben möchte ich auch jetzt nicht unterstützen, daß sie meinten, der

Kranke wäre selig gestorben, weil der Pfarrer noch bei
ihm gewesen und der habe mit ihm gebetet, während
der Sterbende bereits nichts mehr gehört". „Und gehet
Ihr zu Einem, fuhr Sabine fort, müßt Ihr zu allen
Andern gehen; dann bringt Ihr die Krankheit ins Haus;
doch vorher verlasse ich dann meinen Dienst; ich wollte
doch ein Narr sein und eines einfältigen Hausbesuchs
wegen, der auf der Welt nichts nützt, todtkrank werden, Schmerzen ausstehen und gar das Leben verlieren.
Aber sehet, Ihr habt keine Wahl mehr, das Gewitter
bricht los und bis Nachmittags werdet Ihr jetzt jedenfalls warten müssen".

Der Pfarrer wartete und aß zu Mittag, obgleich
das Gewitter schon früher schnell vorübergegangen war.
Bald nach dem Mittagessen kam die Nachricht, der
Hausvater sei gestorben. Martha erkundigte sich, ob er
bis ans Ende seiner bewußt geblieben sei? Ja, hieß
es und er habe noch öfter nach dem Pfarrer sehnlichst
verlangt. „Ihr müßt jetzt durchaus zur Wittwe, sagte
Martha zum Pfarrer, Ihr müßt sie und die Kinder trösten; Ihr müßt auch, gerufen oder nicht gerufen,
die andern Cholerakranken besuchen. Sonst nimmt dieses Zaudern und diese Pflichtversäumniß kein gutes
Ende". „Du bist nicht mein Vorgesetzter, erwiederte der
Pfarrer unwillig, und ich werde mich besinnen". Sabine bestärkte ihn: „Ihr habt ganz recht; am Ende
schreibt Euch Martha noch vor, was Ihr am Sonntag
predigen sollt. Ihr werdet jetzt sonst mehr zu thun bekommen wegen der Leichengebete. Aber davon einen

Theil, einmal den der Armen, überließ ich dem Sigrist oder Schulmeister zu halten. Man wird doch nicht verlangen, daß der Pfarrer alle Tage in die Kirche gehe und sich krank bete".

„Das sind doch gottlose Reden, sagte Martha; viel eher als die Krankenbesuche könnten solche Lästerungen die Cholera oder andres Unglück über ein Haus und zumal über ein Pfarrhaus bringen".

Der Pfarrer bemerkte Nachmittags, die Straßen seien noch gar zu naß; auch fühle er sich etwas unwohl und er blieb zu Hause.

VI.

Tags drauf aber schrieb ihm sein Freund, der Schulrath Kleiner aus der Stadt: „Es ist im hiesigen Tagblatt über Sie eine böswillige Mittheilung erschienen; Sie besuchen überhaupt die Kranken nicht und dringend gebeten zu den von der Seuche Ergriffenen, seien Sie doch nicht zu diesen gekommen. Daß Sie den Aberglauben nicht fördern wollen, als könne man ohne den Pfarrer nicht selig sterben, begreife ich gar wohl und billige ich ganz und gar. Aber wie ich höre, kommt diese Einsendung ins Tagblatt von Ihrem Gemeindemann Rauber, welcher sucht, die Bürger gegen Sie zu erregen, und welcher auch, wie ich vernommen, bei der Regierung über Sie geklagt, Sie als altersschwach dargestellt und begehrt hat, daß man Ihnen einen Vikar

ordne. Daß Sie nicht altersschwach seien, sondern an
Leibes- und Geisteskräften noch ein ganzer Mann, darüber habe ich mich gehörigen Orts mit Nachdruck und
unter Vorlegung einiger Ihrer letzten wissenschaftlichen
Arbeiten ausgesprochen. Aber es ist doch gut, Sie besuchen jetzt, freilich mit der größten Vorsicht für Ihre
eigene Gesundheit, hin und wieder einen Cholerakranken. Hier und in der Umgegend ist die Krankheit im
Abnehmen und so wollen wir hoffen, auch in Ihrer
Gemeinde mehren sich die Krankheitsfälle nicht weiter".

Es kam so; die Seuche schwand sehr bald gänzlich,
aber nicht so die gegen den Pfarrer entstandene Unzu-
friedenheit.

· Es kam in den schlaflosen Nächten, die nun folgten, ihm selbst in den Sinn, er müsse suchen, Versäum-
tes wieder einzuholen, er wolle nun alle Haushaltungen
besuchen und mit den entferntesten, mit denen auf den
Berghöfen, den Anfang machen.

Er bestellte daher den Sigrist auf den ersten schönen
Tag zum Begleiter auf die Berghöfe. Er kleidete sich
sonntäglich, und machte sich auf den Weg. Bei seinem
Fortgehen sagte Sabine: „Ihr geht nur der Martha
wegen, damit sie Euch die Berghöfe nicht immer wieder
vorhalte. Ob Ihr dort hin gehet oder nicht; die Leute
bleiben dieselben; sie sind ja, ohne daß Ihr sie be-
suchet, dennoch fleißiger in die Kirche gekommen als
die Waldbrunner; sie wissen wohl, daß die Leute zum
Prediger kommen müssen und daß der Pfarrer nicht in
alle Häuser herumlaufen kann, um jedem besonders zu

prebigen. Ich wäre ruhig zu Hause geblieben, nur um zu zeigen, daß ich mich nicht meistern lasse".

"Der Gang wird mir wohl thun, bemerkte der Pfarrer; und einen Ferientag darf ich mir wohl einmal erlauben". "Möge er Euch erfrischen, sagte Martha; Bewegung ist Euch nöthig und wird Euch wieder zu einem bessern Schlaf verhelfen".

Als der Pfarrer und der Sigrist über den Kirchhof neben den frischen Gräbern der an der Cholera Verstorbenen vorbei gingen, sagte der Pfarrer: "Wir wollen hoffen, Sigrist, Ihr habet für Cholerakranke das letzte Grab gemacht". "Ich gönne jedem das Leben gerne, antwortete der Sigrist; unsereiner aber lebt eben auch vom Sterben, und ein paar Cholerawochen sind für die Sigristen, wenn sie selber gesund bleiben, grade nicht die schlimmste Zeit". "Man sollte nicht so eigennützig sein, sagte der Pfarrer, und in der allgemeinen Noth nicht so nur an sich denken". Der Sigrist antwortete: "Das thun nicht nur die Sigristen, auch die Pfarrer nehmen selber in der Cholerazeit für ihre Leichengebete die Gebühren. Es betet eben jeder ums tägliche Brot, der auf und der unter der Kanzel, der Arzt welcher den Kranken zum Tod verhilft, und der Schreiner, der ihnen den Sarg macht". "Nun, nun, sagte der Pfarrer, wir wollen dem ganzen Dorfe gute Gesundheit, den noch krank Liegenden balbige Genesung wünschen, dem Schreiner, daß er fürder mehr Brautbetten und Wiegen zu machen habe denn Särge, und den Sigristen, daß sie recht oft zu Hochzeiten und Tau-

fen zu läuten haben". „Das iſt ein rechtſchaffener
Wunſch, Herr Pfarrer, antwortete der Sigriſt, und ſo
wünſche auch ich, daß ich noch lange zur Kirche läuten
möge und daß Ihr noch lange ſo geſund und friſch,
wie Ihr das ſeit ſo vielen Jahren konntet, die Kanzel
beſteigen möget". „Es iſt wahr, erwiederte der Pfarrer,
ſo vorgerückt ich an Jahren bin, ich fühle mich im ge-
ringſten nicht gealtert, ich kann den ganzen Tag arbeiten, noch beſſer als in meinen jüngern Jahren; alle
meine Sinne ſind noch geſund; und da man aus der
Gegenwart mit einiger Sicherheit auf die Zukunft ſchlie-
ßen kann, darf ich faſt zuverſichtlich hoffen, ich werde
noch mehrere Jahre den Dienſt an dieſer Kirche ver-
ſehen können". „Menſchlichem Anſehen nach könnet Ihr
das auch", ſagte der Sigriſt.

Wie die Beiden dann durchs Dorf und darnach durch
die Felder gingen, machten die Leute mancherlei Bemerkungen. „Es muß etwas Außerordentliches vorge-
fallen ſein, ſagten die einen, daß der Pfarrer ſchon ſo
frühe durchs Dorf geht und zwar im Sonntagsrock; er
wird wol irgendwohin ausreiſen zu einem Freund oder
zu einem Pfarrerverein, bemerkten die andern". „Der
Pfarrer iſt geſund und munter, wurde weiter geſagt;
die Cholera hat ihm wenig Sorgen gemacht". „Er iſt
ein Greis von ſeltner Rüſtigkeit; ſagten andre freundlicher; wie feſt und aufrecht er noch geht, noch immer
derſelbe ſtattliche Mann; die langen weißen Haare bei
ſeiner geſunden Geſichtsfarbe laſſen ihn gar nicht älter
ſcheinen". Viele grüßten ihn freundlich, beſonders Töch-

ter und Frauen, die er confirmirt hatte, und Eltern,
deren Kinder gerade jetzt bei ihm in die Unterweisung
gingen. Auch er grüßte Jedermann leutselig, nannte
Jeden mit Namen und wußte im Vorübergehn etwas
passendes zu sagen und zu fragen. „Es ist nur Schade,
wurde bemerkt, wenn er vorüber war, daß er nicht mehr
zu den Leuten kommt und daß er ein so gelehrter Herr
ist, der die ganze Woche nur hinter seinen Büchern sitzt".

Es war wieder ein warmer Tag. Als es dann den
Berg hinauf ging, wurde es dem Pfarrer auf dem jähen
und holprigen Weg durch die enge Schlucht hinauf
immer heißer. „Ziehet den Rock aus, sagte der Sigrist,
ich will ihn Euch tragen". „Ich würde mich erkälten,
meinte der Pfarrer; die Luft zieht etwas frisch die
Schlucht herunter. Erkältungen sind in der Cholerazeit
doppelt gefährlich; dagegen ist der Schweiß gesund. Auf
den Höfen setze ich mich dann an den ersten besten
Ofen; die Leute dörren jetzt ihr Obst und da finden
wir schon warme Ofen".

Der Weg wurde noch steiler und steiniger; er hatte
tiefe Gleise und es war stete Vorsicht nöthig, nicht in
dieselben hinunterzutreten und etwa einen Fuß zu ver-
renken. „Es ist unbegreiflich, sagte der Pfarrer, daß die
Berghöfe nicht eine bessere Straße machen". „Das
kommt daher, antwortete der Sigrist, die Waldbrunner
brauchen diesen Weg so viel oder noch mehr als die
Berghöfe; wir müssen aus dem Dorf in den Wald und
in die Bergmatten hinauf; da sagen die auf den Höfen:
ihr Waldbrunner müßt den Weg machen; und wir

wollen, daß sie straßen". „Und so plaget Ihr Euch
selber, sagte der Pfarrer und plaget Euer Vieh und
verderbet Eure Wagen, statt daß Ihr mit vereinten
Kräften das gemeinsame Uebel beseitigen solltet und
könntet". „Ihr habt wol Recht, sagte der Sigrist; aber
es bleibt eben mancher in der Welt im alten und tiefen Gleis".

Der Pfarrer ging langsamer; er spürte, daß er lange
nicht mehr gestiegen. Er athmete schwer; sein Herz
pochte sichtbar. Er mußte öfter stille stehen. „Ich bin
doch früher leicht durch unsre Berge gegangen, sagte er,
aber freilich selten oder nie einen so abscheulichen Weg".
„Nicht einzig der Weg macht Euch keuchen, erwiederte
der Sigrist; Ihr traget eben eine Bürde; Eure 76 oder
77 Jahre merket Ihr auf dem ebenen Stubenboden
Eures Stubirzimmers oder in Eurem Lehnsessel nicht
so sehr; hier aber müßt Ihr sie den Berg hinauf tragen, da ziehen sie an". „Ich habe sonst einen festen
Willen, bemerkte der Pfarrer, und ich habe schon ganz
andre Hindernisse überstiegen, und auch diese Schwie-
rigkeit muß überwunden sein, so halsbrechend der Weg
ist; er und nur er macht mir so warm, von einer Last
meiner Jahre verspüre ich gar nichts, und mein Wille
ist noch fester als nie". „Es heißt überall, antwortete
der Sigrist, Gottes Gewalt vorbehalten, und überall
heißt es am Ende: bis hieher und nicht weiter".

„Hilf"! schrie der Pfarrer und lag schon hingestürzt.
Er hatte einen Mißtritt in eines der tiefen Geleise gethan, fiel auf den linken Arm und schlug den Kopf an

das steinige Bord. Der Sigrist suchte ihn aufzurichten; aber der Pfarrer lag regungslos in einer Ohnmacht. Ein Wässerlein rann in der Nähe. Der Sigrist nähte darin das weiße Taschentuch, mit dem sich der Pfarrer die Stirne getrocknet, und wusch ihm die Schläfe und drückte das Tuch aus wiederholt ihm über den Kopf. Endlich kam der Daliegende wieder zu sich selber und konnte nach einer Weile mit Hülfe des Begleiters sich aufrichten und zuletzt stehen. Er war aber todesblaß und zitterte und an der linken Seite des Gesichtes war er verwundet und blutete.

„Sitzet noch etwas am Borde ab, sagte der Sigrist; und erholet Euch; wir wollen dann langsam wieder zurück". „Nein, nein, rief der Pfarrer, vorwärts, hinauf, ich habe einen festen Willen, ein Wurzelbaum, der jedem begegnen kann, soll meinen Vorsatz nicht brechen". Umsonst suchte der Sigrist ihn zur Rückkehr zu bewegen. „Ihr seid blaß, sagte er, Ihr zittert noch immer, Ihr athmet schwer, das neue Steigen wird Euch das Herzklopfen noch vermehren, Ihr könntet noch einmal stürzen". „Es hilft jetzt Alles nichts, fuhr der Pfarrer fort, ich will heute ohne anders auf die Berghöfe". „So will ich Euch führen, sagte der Sigrist und wollte ihm den linken Arm unter seinen rechten nehmen. Der Pfarrer stieß einen Schmerzensschrei aus: „Rühret mich nicht an auf der linken Seite, ich bin da wahrscheinlich gequetscht". Der Sigrist wollte nachsehen, ihm den Rock ausziehen und den Arm waschen. Der Pfarrer gab es nicht zu, den Arm ließ er hangen, denn biegen konnte

er ihn nicht, um ihn in eine Schlinge zu legen. Er
ließ sich nun rechts führen und kam endlich, nachdem
er noch einige Male hatte abfitzen müssen, auf die Höhe.
Der Sigrist begleitete ihn bis zu den Häusern; dann
verließ er ihn und ging eigenen Geschäften nach.

VII.

Der Pfarrer aber trat sogleich ins erste Haus; denn
er hatte im Sinn, alle die sieben Höfe des Berges,
welche zu seiner Gemeinde gehörten, zu besuchen. In
diesem ersten Hause wohnte die Großmutter Salome
mit dem Tochtermann und seinen Kindern; die Mutter
war gestorben. Die Leute empfingen ihn freundlich, aber
nicht ohne Verwunderung. „Das ist wol eine Aenderung
vor Eurem Tode, sagte die Großmutter, daß Ihr uns
besucht. Aber besser Ein Mal als gar nie". Der Pfarrer antwortete: „Ihr habet nicht nöthig, Ihr Leute auf
den Höfen da, daß der Pfarrer zu Euch komme und
Euch an Schul- und Kirchenbesuch mahne, Ihr seid
immer die ersten und die zahlreichsten in der Kirche, und
Eure Kinder mangeln selten oder nie in den Unterweisungen, was um so mehr zu rühmen, da Ihr einen so
mühsamen, ja gefährlichen Kirchen- und Schulweg habt.
Daß Ihr den nicht bessert? auch Eurer Kinder wegen?"
„Es ist schon lange davon die Rede, erwiederte der
Hausvater; es wird wol einmal geschehen müssen; indessen sind wir noch immer hin und hergekommen; wir

achten uns der Steine wenig". „Deſto ſchwerer wird es
uns Alten, fuhr die Großmutter fort, zur Kirche zu
gehen, ſo oft, als wir wünſchen. Ach Ihr glaubet nicht,
Herr Pfarrer, was das traurig iſt, an einer heiligen
Weihnacht zu Hauſe bleiben zu müſſen und nicht zu
des Herren Nachtmahl gehen zu können, oder wenn zur
Paſſionszeit noch Eis und Schnee den Weg füllt, oder
es dann noch ſonſt Unwetter macht, und man da ſelber
an einem hohen Donnerſtag oder an einem Charfreitag
oder am heiligen Oſterfeſt nicht vor den Herren kommen, nicht in der Gemeinde ihn rühmen und preiſen
und nicht an ſeinem Tiſch des Herren Leib und Blut
empfangen kann. Ach lieber Gott, wie einſam ſitzen wir
alten Leute dann da oben; und alles andre Volk konnte
zur Kirche gehen und den Kelch trinken. Ihr glaubet
nicht, Herr Pfarrer, was für traurige und wehmüthige
Tage dann gerade die Feſtzeiten für uns ſind". Der
Pfarrer antwortete: „Liebe Großmutter, Ihr könnet
dann in Eurer ſtillen Einſamkeit nur um ſo ungeſtör-
ter und andächtiger ſein; Gott iſt ein Geiſt und die
ihn anbeten, ſollen ihn im Geiſt und in der Wahrheit
anbeten; er wohnt auch nicht in Tempeln von Men-
ſchenhänden gemacht; auch habet Ihr ja das Evangelium, darin iſt der rechte Trank und das Brot des
Lebens".

„Wenn ich aber nun daſitze, ſagte die Großmutter,
und leſe und leſe, das heißt eben. nicht zum Herren
ſelber gehen und ihm nachgehen und vor ihm erſcheinen,
das iſt nicht des Herren Tiſch, da kann man nicht ſin-

gen mit der Gemeinde, wie der Pfalmist singt: Wie
soll ich dem Herrn vergelten alle seine Wohlthat, die
er an mir thut? Ich will den heilsamen Kelch nehmen und des Herren Namen predigen. Ich will dem
Herren meine Gelübde bezahlen vor allem seinem Volk.
Da höre ich nicht, nachdem ich des Herren Leib und
Blut empfangen, aus seines Dieners Mund: Lobe den
Herren meine Seele und was in mir ist seinen heiligen
Namen, der Dir alle Deine Sünde vergiebt und heilet
alle Deine Gebrechen; der Dein Leben vom Tod er-
löset und Dich krönet mit Gnade und Barmherzigkeit".

Der Pfarrer antwortete: „Der Mensch lebt nicht
vom Brot allein, sondern von jeglichem Wort, das
durch den Mund Gottes ausgehet".

„Das verstehe ich wohl, sagte die Großmutter; aber
unser Herr sagt ja deutlich: Nehmet, esset; und trinket
Alle daraus. Er gab uns nicht nur das Wort, sondern
auch das Sakrament. Wenn ich schon lange ans Brot
denke, das stillet mir den Hunger nicht. Der Schnee
auf den Bäumen zur Weihnachtszeit ist eben nicht das
Frühlingsbluft, und das Denken ans Blust giebt mir
nicht die Erquickung eines Maiensonntags. Ich habe es
oft von meinen Großeltern gehört, es sei vor hundert
Jahren ein frommer Vikar in unsrer Gemeinde gewesen,
der sei zu allen Festzeiten auf die Berghöse heraufgekommen und habe geprebigt hier in dieser Stube, weil
es die größte ist auf den Höfen; und den alten Leuten
habe er das Nachtmahl ausgetheilt. Bisweilen habe er
am heiligen Himmelfahrts- oder am Pfingstfeste auf der

Matte da draußen unter den blühenden Bäumen noch
eine Abendpredigt gehalten; und sei dann das ganze
Dorf Waldbrunn heraufgekommen und aus der Umgegend noch viele Leute und selber die aus den katholischen Dörfern. Und das seien dann ganz andere Festtage gewesen, als wie sie jetzt geschändet werden, da
zu Weihnachten, Ostern, Himmelfahrt und Pfingsten alle
Wirthshäuser erfüllt sind von Mannen und Weibern,
Söhnen und Töchtern, ihre wüsten Lieder durchs Dorf
tönen oder im Sommer ihr Kegelspiel oder ihr Schie-
ßen und Trommeln und Trompeten. Sie wandeln nicht
nach meinen Geboten, spricht der Prophet, und meine
Sabbathe entheiligen sie".

„Gegen diesen Unfug in den Wirthshäusern an den
Sonn- und Festtagen habe ich immer geeifert, sagte der
Pfarrer, und werde ich eifern, so lange ich predigen
kann; aber es hilft nicht viel, weil der Prediger von
der Polizei nicht unterstützt ist". „Da soll der Pfarrer
zuerst den Regenten predigen, fuhr die Großmutter
fort, daß sie den Fuß nicht vom Sabbath kehren, wie
der Prophet spricht; daß sie das Heilige des Herren
ehrenwerth halten". „Ich ließ es, sagte der Pfarrer, an
Mahnungen, ja Strafreden zunächst gegen unsre Gemeindevorsteher zu Waldbrunn nicht mangeln. Aber da
hilft Alles nicht. Ihr kennet unsern Ammann Rauber;
er selber ist ein Säufer. Er erlaubt dem jungen Volk
allen Unfug, nur um von ihm wieder zum Ammann
gewählt zu werden. Das ist das Unglück der Zeit, und
es wird noch wachsen, daß die unerfahrenen und leicht-

fertigen jungen Leute in einer Gemeinde mitsammt den
alten Lumpen und einigen herrschsüchtigen Dorfvögten
in jeder Gemeindeversammlung die Mehrheit sind und
auch das Verderblichste und Verkehrteste durchsetzen. Es
ist da auch wie der Prophet sagt: Kindische sollen über
sie herrschen; und das Volk wird Bedrückung treiben,
Einer über den andern und ein Jeglicher über seinen
Nächsten; der Knabe wird stolz thun wider den Alten
und der Geringe wider den Geehrten".

„Da habt Ihr Recht, Herr Pfarrer, sagte die Großmutter. Das hat mir an Euren Unterweisungen gefallen, daß Ihr nach dem Gesetz die Jugend anhaltet, die
Alten zu ehren. Wenn sie's nicht mehr thut, so wird
es ihr eben auch nicht mehr wohl ergehen auf Erden.
Zwar wollten unsre jungen Leute auch schon gegen mich
aufbegehren; aber das leide ich nicht; da brauche ich
das scharfe Wort der heiligen Schrift: Wer Vater und
Mutter fluchet, der soll des Todes sterben: deß Leuchte
wird verlöschen mitten in der Finsterniß. Ein Auge, das
den Vater verspottet und verachtet, der Mutter zu gehorchen, das müssen die Raben am Bach aushacken und
die jungen Adler fressen. Ich habe daher auch immer
noch das Heft in der Hand behalten. Und ich verwalte
noch immer mein Vermögen und regiere mein Haus.
Ich möchte nicht abhängig sein von meinen Kindern.
Sie sind zwar recht gegen mich; ich könnte nicht klagen; aber ich sehe an alten Nachbarn und Nachbarinnen,
die ihr Vermögen ihren Kindern unbedingt herausge-
geben, daß es den Alten übel bekommen. Sie haben im

Hause gar nichts mehr zu bedeuten; sie gehen schon vor
ihrem Ende wie Gespenster um, man tritt ihnen aus
dem Weg, sie werden bald zur Ueberlast; man mag
ihren Tod nicht erwarten und zuletzt heißt es: Gott
hat uns endlich von den alten Leuten und ihrem ewigen Kummern, klagen und jammern erlöst". „Das würde
Euch doch nie begegnen, Großmutter, sagte der Hausvater, ihr Tochtermann, weder von mir noch von meinen Kindern". „Das weiß ich wohl, antwortete die
Großmutter; aber danke Du Gott, daß er mich noch
immer aufrecht erhält und daß Du nicht nöthig hast,
Deinen Kindern eine Stiefmutter zu suchen. Was machen denn unsre Kinder in der Schule, Herr Pfarrer,
und wie hält sich unsre zweitälteste Tochter die Verena,
die auf Ostern soll unterwiesen werden, lernt es brav
in der Unterweisung"? „Sie ist eine gar aufmerksame
Schülerin, sagte der Pfarrer und den Unterricht schreibt
sie gar sorgfältig ab". „Es schreibt mir nur zu viel,
fuhr die Großmutter fort, und ich will es Euch nur
sagen, Herr Pfarrer, nehmet mir das nicht übel, das
gefällt mir nicht, daß die Kinder so viel schreiben müssen und daß sie so wenig auswendig lernen. weder aus
der heiligen Schrift, noch aus dem Liederbuch; einen
Katechismus haben sie gar nicht. Ihr habet aber eben
den Heidelberger Katechismus nie gebraucht; Ihr habt
sogar gegen ihn geprebigt und das hat mir, als ich
noch in die Kirche gehen konnte, jedes Mal wehe gethan; denn der Heidelberger Katechismus ist ja ein
gutes Buch und ist ja ganz und gar die Lehre der hei-

ligen Schrift, wie es denn ja auch heißt: Kurzer Unterricht christlicher Lehre. Ich kann ihn jetzt noch ganz
auswendig, alle 193 Fragen und Antworten nebst allen
Zeugnissen. Ich sage oft an Sonntagsnachmittagen, wo
ich sonst in die Kinderlehre gegangen, eine Frage auf,
und da ist mir, ich sei wieder jung; und ich erbaue
mich immer von neuem an den so kräftigen lehr= und
trostreichen Antworten. Da die Kinder den Katechismus
noch auswendig lernen mußten, da herrschte noch Ein
Glaube bei Alten und Jungen; die Eltern konnten die
Kinder selber unterrichten und behören und dafür sorgen, daß die Kinder in der Kinderlehre wohl bestanden
und der Haushaltung Ehre machten. Jetzt ist das Alles
nicht mehr möglich. Das Kind dünkt sich weiser als die
Mutter, weil es seinen Religionsunterricht selber schreibt,
und die Mutter davon nichts versteht. Der Heidelberger
Katechismus war und ist ein heiliges Buch. Aber die
Schrift, die das Kind schreibt und mit vielen Fehlern
schreibt, die ihm nicht einmal alle nachgewiesen und
verbessert werden können, diese meist so besudelte Schrift
ist ihm kein heiliges Buch. Und doch bildet sich das
dumme Kind viel ein auf sein Geschreibsel und verachtet drüber seine Mutter und seine Bibel und sein
Lieberbuch und verderbt viel, gar viel Zeit mit diesem
Abschreiben oft in die Nacht hinein und kann doch nichts
Rechtes auswendig, nichts von dem, das der einzige
Trost im Leben und im Sterben ist. Und darum ist die
Jugend viel ungehorsamer als früher; so viel Ihr selber Gehorsam prediget, Herr Pfarrer; ohne es zu wollen,

macht Ihr selbst die Jugend übermüthig durch Eure
Unterweisung. Nichts für ungut".

Der Pfarrer war etwas betroffen. Er konnte sich
nicht sagen, daß die Großmutter in allen Theilen Un-
recht habe. Er war auf diese Nachtheile eines abge-
schriebenen Religionsunterrichtes noch nie so aufmerksam
gemacht worden und zwar wie jetzt aus dem Munde
der Erfahrung. Er hatte selbst schon viel über Pädagogik geschrieben und hielt sich für einen Kenner des
Schulwesens; aber daß man auch durch die beste Sittenlehre der Vernunft die heilige Schrift nicht ersetzen
könne, das sah er nicht im geringsten ein. Er antwortete: „Man kann nicht immer beim Alten stehen bleiben, liebe Frau; die Welt geht vorwärts. Die Jugend
hat noch viel Anderes und ebenso nothwendiges zu
lernen als den Katechismus und schon deßwegen muß
der Religionsunterricht einfacher und naturgemäßer sein".
„Ihr spaßet, Herr Pfarrer, sagte die Großmutter. Einfacher ist ja nichts als das Wort unsers Herrn und es
bleibt ewig dasselbe. Die Worte auch der Weisesten sind
gegen Gottes Wort nur Wind und Spreuer. Die Gelehrten sind oft eitel und heißen ihre Meinungen Weisheit. Gottes Weg ist ohne Wandel. Die Rede des Herrn
ist durchläutert. Da ist nichts zu bessern, zu mehren oder
zu mindern. Das ist vielleicht den Klugen und Weisen
verborgen, aber den Unmündigen ist es geoffenbaret.
Das tägliche Brot der Seele bleibt dasselbe, wie das
tägliche Brot des Leibes und das wächst nach derselben
Ordnung wie von Anfang. Da wird die Welt ewig

4

beim Alten verbleiben, wie es ja heißt: Forthin so
lange die Erde stehet, soll nicht aufhören Saat und
Ernte, Frost und Hitze, Sommer und Winter, Tag und
Nacht".

„Aber, antwortete der Pfarrer, Ihr habt ja doch
selber auf Euern Feldern neue Futterkräuter, die Ihr in
Eurer Jugend nicht kanntet, und gegen die Ihr auch
eine Zeitlang ein Vorurtheil hattet". „Das ist wahr,
sagte die Großmutter; der Landmann ist bedächtig und
an das, was noch nicht bewährt ist, will er nicht Zeit
und Mühe verlieren, und das Gewisse nicht mit dem
Ungewissen vertauschen. Aber auch die neuen Futterkräuter sind ja nicht erst in unsrer Zeit erschaffen, sie
sind auch vom Anfang der Welt her, da die Erde aufgehen ließ Gras und Kraut, sie waren aus andern
Ländern nur noch nicht in unser Land gebracht. Es ist
damit wie mit einem Theil der heiligen Schrift, den
man früher weniger gelesen oder gar nicht beachtet und
den man jetzt mit Nutzen liest. Es ist aber nicht ein
neues Buch, wie Ihr meinet, daß man solche auch im
Religionsunterricht machen müsse, weil doch die Welt
vorwärts schreite. Himmel und Erde werden vergehen,
aber meine Worte werden nicht vergehen. Die Welt
aber liegt im Argen. Ihr selber beklagt ja die Sonn-
tagsentheiligung und wollet darin nicht mit der Welt
vorwärts gehen. Vielmehr muß man immer wieder auf
Gottes Wort zurückkommen".

Indessen hatte die Enkelin der Großmutter, die
Verena, für den Herren Pfarrer, der fast nie Wein

trank, den Kaffee gekocht und brachte ihn herein. Und
der Pfarrer fing nun an, mit der Tochter zu reden,
ermahnte sie, Gott zu danken, daß er ihr eine so gute
Großmutter gegeben, für die Erhaltung derselben zu
beten, ihr ja in allen Dingen zu folgen, um ihre und
des Hauses Ehre und Freude zu sein. Er sprach dies
im Tone der Herzlichkeit, so theilnehmend, freundlich
und väterlich, daß die Großmutter Freude dran hatte.
Als Verena wieder aus der Stube und an die Arbeit
gegangen war, sagte die Großmutter: „Ich sehe, Herr
Pfarrer, Ihr meinet es recht gut mit den Kindern; ich
kann es drum gar nicht begreifen, daß Ihr sie nicht
den Heidelberger Katechismus lernen lasset".
    Dem Pfarrer war sein Schlagwort auf der Lippe:
er macht die Leute dumm. Allein die Frau vor ihm
bewies ihm das Gegentheil. Er sagte daher: „Es freut
mich, daß Ihr mir zutrauet, ich meine es mit der Jugend wohl; es ist auch so. Ich unterweise sie nach meiner Ueberzeugung; denn sonst wäre ich unwahr, und
der Unterricht eines Heuchlers könnte auch nicht gesegnet
sein". „Das ist wohl wahr, sagte die Großmutter; aber
es ist traurig, wenn die Pfarrer nicht mehr einig mit
der Bibel sind und über sie hinaus wollen. Ihr wisset
ja, was Paulus denen sagt, die ein anderes Evangelium
predigen möchten, so es doch kein anderes ist. Und so
kann ich nicht anders, als Gott zu bitten, Er möge
Euch erleuchten".
    Indessen war es der Großmutter aufgefallen, daß
während der Pfarrer den Kaffee trank, er, um das Brot

4 *

zu zerschneiden, sich nicht seiner linken Hand mit be-
diente, sondern das Brot auf den Tisch gelegt, es mit
der Rechten zerstückelte. Die Großmutter sagte: „Ihr
scheint Schmerzen im linken Arme zu haben, daß Ihr
ihn nicht bewegt; habt Ihr etwa die Gicht in demselben oder etwas der Art?" Der Pfarrer erzählte nun,
wie er im Heraufsteigen hingestürzt sei. „Aber, sagte
die Großmutter, warum habt Ihr das doch nicht auf
der Stelle gesagt, daß wir Euch sogleich hätten waschen
und Umschläge machen können. Geschwind laßt es doch
alsobald geschehen"! „Nein, sagte der Pfarrer; ich will
jetzt heim und dann um so eher wieder kommen; ich
wollte zwar heute die andern Höfe auch noch besuchen;
aber ich spüre, es ist doch besser, daß ich wieder um-
kehre".

Die Großmutter war ihm nun näher getreten und
sagte: „Ich sehe erst jetzt, denn meine Augen nehmen
ab; erst jetzt sehe ich, daß Ihr auch auf der linken
Seite des Gesichtes und an der linken Schläfe verletzt
seid und unterronnenes Blut habt. Auch ist Euch der
Arm offenbar geschwollen. Lasset Euch doch noch etwas
helfen; wir haben allerlei gute Hausmittel". Der Pfarrer weigerte sich. Er hatte Scheu, selber nachzusehen
oder nachsehen zu lassen, was für einen Schaden er
genommen. Daß es nicht bloß eine äußere Hautver-
letzung sei, spürte er aus den zunehmenden Schmerzen.
Wie er sie bisher überwunden und mit einer gewissen
Heiterkeit das Gespräch geführt, damit bewies er allerdings die ungemeine Stärke seines Willens.

Er nahm Abschied. Die Großmutter sagte: „Wir sind beide schon hochbetagt; ich komme schwerlich mehr zur Kirche hinunter, als wenn sie mich neben die Kirche in unser letztes Wohnhaus bringen. Ich wünsche, daß Euch Euer Arm bald geheilet sei, und daß Ihr bald wieder zu uns heraufkommen könnet. In unserm Alter darf man nichts mehr verschieben. Lasset Euch unsre Verena recht empfohlen sein. Der Heiland gebe Euch die Gnade, ihm seine Kinder zuzuführen. Wir selber können ja nichts besseres wünschen, als bald zu ihm zu kommen“. „Ja, sagte der Pfarrer, wir sollen alle Kinder des Lichtes werden“. „Und, setzte die Großmutter noch hinzu, wandeln im Lichte, wie Er im Lichte ist“.

Der Sigrist war gerufen worden. Und den Berg hinunter ließ sich von ihm der Pfarrer gerne führen. Er mußte öfter absitzen. Die Schmerzen wuchsen und die Folgen der starken Erschütterung durch den Fall spürte der Pfarrer mehr und mehr; er ging immer langsamer und konnte nur mit äußerster Anstrengung das Pfarrhaus erreichen.

Als sie an der Kirche vorbei gingen, sagte der Sigrist: „Ihr werdet am Sonntag kaum predigen können“. „Warum nicht, antwortete der Pfarrer, über Nacht wird Alles gut; ich werde wohl schlafen, denn ich bin müde genug“. .

Martha sah ihn mühselig daherkommen und ging ihm erschrocken entgegen. „Es ist nur ein unbedeutender Unfall, sagte der Pfarrer. Siehe wieder ein säuberes Müsterchen des Verstandes und der Ordnung der Wald-

brunner, daß sie Gemeindestraßen haben, auf denen man
Gefahr läuft, wenn nicht das Leben zu verlieren, doch
unglücklich zu werden selber auf dem Kirchen - und
Schulweg; und muß ich doch auch eine so große Polt-
zeisteuer zahlen, um am Ende selber noch ein Opfer der
allgemeinen Nachlässigkeit der Gemeindeverwaltung zu
werden".

VIII.

Wie er in den Pfarrhof kam, stand die Sabine am
Brunnen und merkte bald, was geschehen und schrie:
"Hab' ich es nicht gesagt, diese Hausbesuchungen nützen
nichts; aber die Jungfer Martha muß in allem Recht
haben, sie kann Euch jetzt auch besorgen". "Thu doch
nicht so, sagte der Pfarrer; das sind unvermeidliche
Zufälle unsrer zerbrechlichen Natur, wir müssen sie mit
Geduld ertragen; durch Ungeduld vermehren wir nur
die Uebel". "Ja, ja, sagte Sabine, wäret Ihr nur mit
Geduld zu Hause geblieben, so wäret Ihr noch frisch
und gesund wie am Morgen. Aber die Martha ist
Schuld, sie hat Euch noch darin bestärkt, die Berghöfe
zu besuchen". "Jetzt ist nicht Zeit zum Wortwechsel",
sagte Martha, und führte den fast Hinsinkenden in sein
Zimmer.

Er wünschte etwas auszuruhen und allein zu sein.
Indessen ließ sich Martha den Vorfall vom Sigrist erzählen.

Bald dann wünschte der Pfarrer zu Bett gebracht zu werden. Als Martha ihm den Rock abnehmen wollte, war es nicht möglich den linken Aermel abzuziehen; der Arm war zu geschwollen; der Aermel mußte aufgetrennt werden. Der Arm blieb hangen, doch die Finger waren noch bewegbar. Martha verlangte, es solle sogleich nach dem Arzte geschickt werden, der müsse den Arm unter- suchen. „Durchaus nicht, sagte der Pfarrer; der Arm wird morgen schon wieder besser sein, gebrochen ist er nicht, das spüre ich wohl, und die Geschwulst wird sich, so bald ich den Arm ruhig hinlegen kann, schnell ver- lieren". Martha wollte gleichwohl den Arzt holen lassen. Da rief Sabine: „Ihr habt ja gehört; Er will ihn nicht; Er ist noch immer ohne Arzt gesund worden; Er hat eine starke Natur. Und wer muß den Arzt bezahlen? Wollet Ihr ihn auf Eure Kosten kommen lassen, Jungfer Martha"? „Eher, sagte diese, als daß der Kranke ohne Hülfe sei". „Was krank, sagte Sabine, er ist nicht krank; das Umpürzeln ist keine Krankheit; er wird morgen schon wieder hinter seinen Büchern sitzen. Von Rechts wegen sollte man seine Schmerzen Euch auflegen, denn Ihr seid an der ganzen verdammten Geschichte Schuld".

Martha schwieg. Sie versuchte noch öfter den im Bett Liegenden von der Rothwendigkeit einer ärztlichen Untersuchung und Behandlung zu überzeugen. Umsonst, der Pfarrer half sich von je mit einfachen Hausmitteln; er war aber auch fast nie ernstlich krank gewesen und vorübergehendes Unwohlsein konnte er leicht durch Fasten und irgend ein Thee heben. „Aber, sagte Martha, mit

Thee kann man einen verrenkten Arm nicht heilen, der muß wieder eingerichtet werden". „Er ist nicht aus dem Gelenk, sagte der Pfarrer, nur die Geschwulst hindert die Bewegbarkeit". Martha machte ihm nun die ganze Nacht kalte Umschläge. Er konnte nicht schlafen; die Schmerzen wuchsen. Er hatte Fieber. Tags darauf stand er auf und mit seiner Willensstärke wollte er es durch‍setzen und wieder arbeiten. Aber bald verspürte er dazu seine Untüchtigkeit; sein Kopf war nicht heiter; in sei‍nem ganzen Wesen fühlte er sich sehr matt und zer‍schlagen. Er ging wieder zu Bett. Nach einer unruhigen Nacht stund er wieder auf und war noch immer leidend. So trieb er es bis zum vierten Tag und wollte von einem Arzte immer noch nichts wissen. Da kam aus der Stadt der Schulrath Kleiner, der von seines Freundes Unglück gehört, fand diesen zwar außer dem Bett, aber doch sehr krank, obschon der Pfarrer nicht krank sein wollte. Der Schulrath begehrte den Arm zu sehen, da er bemerkt hatte, daß die linke Hand fast schwarz war von unterlaufenem Blute. „Es ist nur eine Quetschung, sagte der Pfarrer; sie wird bald gehoben sein; die kal‍ten Umschläge haben die Hitzen im Arme schon merklich gemindert". Wie der Schulrath den Arm erblickte, noch immer außerordentlich geschwollen, von unterronnenem Blute bis zur Achsel fast schwarz, steif und starr, sagte er: „Ich kann nicht begreifen, daß Sie den Arzt nicht sogleich haben rufen lassen. Da muß kräftiger einge‍schritten werden; offenbar ist da mehr als eine Quetschung. Auch sollten Sie nicht immer wieder versuchen aufzu‍

stehen. Sie sind offenbar krank und bedürfen Ruhe und
vor allem aus des Arztes. „Aber meine Arbeiten! sagte
der Pfarrer; ich sollte durchaus einige in Zeitschriften
versprochene Aufsätze vollenden“. „Daran ist jetzt zunächst nicht zu denken, erwiederte der Schulrath, sonst
kommen Sie gar nicht mehr an die Arbeit oder erst
nach längerer Zeit. Denken Sie lieber an Ruhe als an
Arbeit; Sie haben ja in Ihrem langen Leben viel gearbeitet“. „Nichts thun, wäre mein Tod, sagte der Pfarrer; aber ich hoffe noch Manches, das ich angefangen,
zu vollenden und ferner nützlich zu sein“. „Um so eher
müssen Sie nun die Hülfe des Arztes suchen“, sagte der
Schulrath. Und der Pfarrer willigte endlich ein.

Gerne hätte der Schulrath ihn noch auf den Gedanken geführt, einen Vikar anzustellen; aber er fürchtete, mit diesem Ansinnen den Kranken noch mehr zu
erschüttern. Doch sprach er davon mit Martha, als er
mit ihr allein war. „Das sehe ich kommen, sagte sie,
und mit dem Vikar für mich eine schwere Zeit“. „Das
wollen wir nicht fürchten, antwortete der Schulrath;
ich werde dann auch dafür sorgen helfen, daß ein geistreicher, wissenschaftlich gebildeter junger Mann her-
komme, an welchem unser Freund nicht nur Hülfe, sondern auch Freude hat“. „Er wird an Keinem Freude
haben, erwiederte Martha; nur kein Vikar, nur kein
Vikar, hat er seit Jahren gesagt, und im Gefühl seiner
Rüstigkeit oft sich gerühmt: wer immer fort arbeitet,
sich selbst nicht versäumt und nicht aufgiebt, hat nie
einen Vikar nöthig. Bequemlichkeit und Trägheit machen

alt vor dem Alter. Und solche Pfarrer will er fast in allen sehen, die einen Vikar haben müssen. Auch ich möchte jetzt sagen: nur kein Vikar, nur kein Vikar! Sie werden sehen, der Pfarrer wird sich gegen einen solchen aufs äußerste sträuben".

So kam es. Der Arzt erschien. Er erklärte, die Speiche des Armes sei aus dem Gelenk gewichen; sie wieder einzufügen, sei überhaupt schwierig, zumal bei älteren Leuten, hier aber sei es eine Unmöglichkeit; er selbst sei zu spät gerufen worden, der Arm werde nun eine gewisse Steifheit behalten; aber der selber sei nicht die Krankheit. Der Pfarrer sei offenbar schlagflüssig, in Folge dessen wahrscheinlich sei er gestürzt und nicht durch einen Mißtritt; und einer drohenden weiteren Lähmung müsse gewehrt und der Kranke aufs sorgfältigste und mit kräftigen Mitteln behandelt werden.

Das geschah. Sogleich nach dem Unfall hatte Martha ihr Lager in einem Vorgemach seines Schlafzimmers aufgeschlagen, um ihm in jeder Stunde der Nacht Hülfe reichen zu können. Durch diese und des Arztes Sorgfalt und die fast ängstliche Genauigkeit, mit welcher der Kranke sich nun den ärztlichen Verordnungen unterzog, gelang es, daß der Pfarrer nach einigen Wochen wieder anfing zu genesen. Mittlerweile waren seine kirchlichen Verrichtungen durch einen Hülfsprediger aus der Stadt versehen worden.

IX.

So war der Wintermonat gekommen und der Konfirmationsunterricht sollte beginnen und die Konfirmanden wöchentlich wenigstens drei oder vier Unterweisungsstunden erhalten. Der Pfarrer saß wieder an seinem Schreibtisch und mochte wenigstens zur Unterhaltung etwas lesen; er war aber noch schwach, sein Gang schwankend, auch hatte sein Gehör und Gesicht sehr abgenommen. Dennoch meinte er, die Konfirmanden in seinem Zimmer unterrichten zu können. Der Arzt aber untersagte das. Auch Sabine wollte nicht, daß so viele Knaben und Töchter ins Pfarrhaus kommen. „Die ganze Haushaltung liegt jetzt ohnehin auf mir, sagte sie, da die Martha immer um den Pfarrer sein muß; und während sie in der Stube und Wärme sein kann, habe ich jetzt Alles allein zu thun in der Küche und im Stall; und da sollte ich nun in der Woche noch ein paar Mal die Stuben und den Hausgang fegen von all dem Koth, den die Buben und Mädchen mitbringen"? „Wartet Ihr, sagte sie dem Pfarrer, mit den Unterweisungsstunden, bis Ihr selber sie wieder in der Schule geben könnet; nach dem Neujahr wird das schon möglich sein; denn offenbar werdet Ihr wieder von Tag zu Tag stärker". Martha mißrieth dies. Sie sagte: „Wenn der Arzt es erlaubte, daß Ihr selbst die Unterweisungen jetzt schon hieltet, so wollte ich Gang und Stube gerne zwei Mal selber wieder wischen oder fegen; auch könnten ja auf den Boden Tücher gelegt werden.

Aber der Arzt hat Euch ja für einmal noch jede Arbeit untersagt und vor allem die Unterweisung, weil sie Euch am meisten anstrenge". Martha sah auch voraus, daß bei dem abnehmenden Gehör und Gesicht des Pfarrers allerlei Unfug unter den Konfirmanden in dem engen Raum der Stube eines Pfarrhauses unvermeidlich sein würde, zumal der Pfarrer auch in seinen besten Jahren nur seinen Gedanken nachhängend in den Unterweisungen und Kinderlehren wenig Aug und Ohr für seine Umgebung zu haben schien.

Der Pfarrer sann auf ein Auskunftsmittel. Der Konfirmationsunterricht mußte beginnen und durfte nicht verschoben werden, das würde in vielen Haushaltungen und auch in der Gemeinde Unwillen erzeugen und ein um so dringenderes Verlangen nach einem Vikar. „Ich mache das so, sagte er endlich zu seinen Hausgenossen: der Hülfsprediger aus der Stadt hält noch für mich bis zum Neujahr die Predigten und Kinderlehren. Und da ich den Konfirmationsunterricht seit Jahren nach meinen eigenen Heften diktire, so lasse ich dies bis zum Neujahr durch unsern trefflichen Lehrer Ries thun. Ich verspreche ihm zum voraus eine Entschädigung und er ist froh, neben seinem geringen Lohn auch noch etwas zu verdienen. Bis zum Neujahr, da ich dann die Geschäfte meines Amtes selber wieder werde verrichten können, ist dann ein großer Theil des Unterrichtes dictirt, den ich dann anfange zu erklären und zu wiederholen". „So würde ich auch machen, sagte Sabine; dawider kann Niemand etwas haben. Und wenn die Unterweisungs-

Kinder nicht so viel in den Unterricht laufen müssen,
das ist den Leuten just recht".

Der Martha gefiel dieser Ausweg nicht. Sie dachte,
wenn nur diktirt sollte werden, so könnte ja auch sie
diktiren. Ja, sie traute sich selbst so viel Kraft zu, Zucht
und Ordnung in einer Schule zu erhalten, und so viel
christliche Erkenntniß und so viel Erfahrung dessen, was
das Herz eines Konfirmanden bedarf und was seinem
Geist und Gemüth eingeprägt werden muß, daß sie
selber den Muth gehabt hätte, einen Konfirmationsunterricht zu ertheilen. Habe ich doch, dachte sie, so unzählige Male in der verkehrten Art, wie der Pfarrer
das Ganze und Einzelne dieses Unterrichtes angefangen
und betrieben, gemerkt, wie Alles ganz anders nach der
Anleitung des Evangeliums selbst sollte vorgenommen
werden. Sie rieth dem Pfarrer ab, den Lehrer zum Diktiren anzustellen. Umsonst. Der Pfarrer traf mit dem
Lehrer die Abrede, nachdem er ihm eine Flasche guten
Wein hatte vorstellen lassen. Er sagte ihm, was er ihm
Entschädigung geben wolle, wie aber der Lehrer auch
selbst dafür sorgen müsse, daß die Sache von den Eltern
und der Gemeinde gut aufgenommen werde. Der Lehrer
versprach das Beste und fühlte sich geschmeichelt, einen Theil
des Konfirmationsunterrichtes übernehmen zu können. Er
dachte: alle Geschäfte eines Pfarrers zu verrichten, müßte
mir ein Leichtes sein.

In der Gemeinde war schon seit einigen Wochen
ein Fragen: Wer jetzt wohl die Unterweisungskinder
unterrichten werde? Der Helfer könne doch nicht so oft

wöchentlich aus der Stadt nach Waldbrunn kommen;
der Konfirmationsunterricht könne aber auch nicht bis
in den Sommer hinaus verzögert werden, denn auf
Ostern müssen die Kinder zum Tische des Herrn gehen;
das sei von je so Brauch und Ordnung, und im Sommer
könnte der Landarbeiten wegen der Unterricht nicht mehr
regelmäßig besucht werden. Jetzt verkündigte der Helfer
eines Sonntags von der Kanzel, der Konfirmationsunterricht beginne Tags darauf um die gewohnte Stunde,
um eilf Uhr Vormittags; die obere Klasse der Unterweisungskinder sollen sich daher zur rechten Zeit im
Schulhause einfinden. „Es scheint, hieß es nun im Dorfe,
der Helfer werde auch den Konfirmationsunterricht ertheilen.“

Als aber am Montag die Unterweisungskinder zum
Mittagessen nach Hause kamen, sagten sie: „Denket euch,
der Lehrer Ries soll uns nun unterweisen“. Er sagte
uns auch, der kranke Pfarrer habe ihn dafür angestellt.
Die Lehrer seien auch heutzutage so gelehrt als die
Pfarrer, und es würde ihm gar nichts machen, für den
Pfarrer auch zu predigen. Er diktire uns jetzt zwar des
Pfarrers Unterricht, weil dieser es so verlange; allein
er könnte selber auch einen solchen Unterricht verfassen
und er werde es auch noch einmal thun und ihn drucken
lassen; es mangle noch immer ein vernünftiger Natur-
katechismus und auch der des Pfarrers, den er nun
diktiren müsse, enthalte, wie es ihn dünke, noch zu viel
des biblischen Sauerteigs; dieses Wesen müsse ganz ausgefegt werden; der Pfarrer habe nur deßwegen noch so

viel dieses alten Sauerteiges in seinem Unterricht, weil ein Geistlicher der Kaste angehöre, und jede Kaste habe ihren Kastengeist; aber alles Kastenwesen müsse noch aufgehoben und das Lehren und Predigen wie in Nordamerika frei gegeben werden".

Dieses berichteten die Kinder ihren Eltern, freilich nicht in diesem Zusammenhange. Das eine hatte dieses, das andere jenes behalten. Aber daß der Lehrer vom Pfarrer angestellt sei, den Religionsunterricht zu ertheilen und daß er dieß unter solchen Bemerkungen bereits begonnen, das verursachte in Waldbrunn eine in kirchlichen Dingen ungewöhnliche Aufregung. Die einen meinten: es ist wahr, der Lehrer hat Recht, das Lehren und Predigen und also auch das Unterweisen sollte wie der Beruf eines Arztes, eines Rechtsgelehrten, eines Künstlers und der eines jeden Handwerkers oder Kaufmanns ein freies Gewerbe sein. Das wäre für den Staat und die Gemeinden wohlfeiler, heilsamer und die besten Prediger fänden die meisten Kunden, auch wäre Niemand verbunden, für etwas zu zahlen, das man überhaupt nicht wolle. Man könnte auch sein ohne die Unterweisung, denn man vergesse sie wieder und frage, wenn man einmal dem Unterricht entlassen sei, diesem und der Kirche und Bibel überhaupt nichts nach, und dennoch finde, wer arbeiten könne und wolle, seinen täglichen Verdienst und sein ordentliches Auskommen und Alles habe seinen ungestörten Fortgang.

Jener Peter aber, den der Pfarrer für einen Pietisten hielt, und dessen jüngster Knabe Jakob auch in

die Unterweisung ging, war über des Pfarrers Anord=
nung sehr unzufrieden. Er kannte von den Unterweisungen
seiner ältern Kinder her des Pfarrers Unterricht; als
ein Kenner der Schrift wußte er ihn zu beurtheilen. Er
hatte, da er die Schriften seiner Kinder nachlas und
bisweilen auch die Kinderlehren besuchte, bemerkt, daß
der Pfarrer von Zeit zu Zeit die biblische Geschichte
immer weniger benütze, daß in seinem Unterrichte von
den wunderbaren Thaten und Ereignissen im Leben Jesu
ganz und gar keine Rede mehr sei, daß er von dem
Apostel Paulus gar nicht spreche und auch aus dessen
Sittenlehre immer weniger Sprüche anführe und daß
sein Konfirmationsunterricht eigentlich nichts sei als eine
Betrachtung der weisen Ordnung in der Natur und eine
Empfehlung der Reinlichkeit, Mäßigkeit, des Fleißes
und der Sparsamkeit und der übrigen häuslichen und
bürgerlichen Tugenden. Nun aber Peter durch seinen
Knaben vernommen, daß die Bibel überhaupt aus dem
Religionsunterrichte als ein Sauerteig sollte ausgefegt
werden und er befürchten mußte, daß der übermüthige
und eitle Lehrer Stunde um Stunde solche freche Mei=
nungen werde vorbringen, fühlte er sich in seinem Ge=
wissen aufgefordert, diesem, wie er meinte, heidnischen
Wesen zu widerstehen. Die seines Glaubens waren und
mit denen er regelmäßig Samstag= und Sonntagabends
Bibelstunden hielt, stimmten ihm bei. „Das ist nun
eine Gelegenheit, sagten sie, daß dem unchristlichen Wesen
in Kirche und Schule ein Ende gemacht und ein christ=
lich gesinnter Vikar für unsere Gemeinde kann angestellt

werden. Peter kannte einen solchen, es war der Vikar
Ernst, der schon auf etlichen Pfarreien gedient hatte
und jetzt der Stellvertreter eines alten und kranken
Pfarrers war, dessen Tod man alle Tage erwarten konnte.
Es war nicht vorauszusehen, daß der Vikar Ernst, der
sich noch nie um Gunst beworben, auf jene reiche Pfründe
von den mächtigen und auch aufgeklärten Dorf-Vögten
werde der Regierung vorgeschlagen und von dieser werde
gewählt werden. Peter unternahm es, selber zu diesem
Vikar hinzugehen und ihn zu bitten, die Seelsorge des
verlassenen Waldbrunns zu übernehmen.

Salome aber, die Großmutter, als ihr Verena, ihre
Enkelin, erzählte, wie nun der Lehrer Ries die Konfirmanden unterweisen müsse und manches Wort noch wußte, das
er wider die Bibel hatte hören lassen, war bald entschlossen, die Verena einem benachbarten Pfarrer, zu
dem sie das beste Vertrauen hatte, zu empfehlen, daß
er die Tochter den Winter über in seine Haushaltung
aufnehme und sie unterweise.

X.

Endlich der Gemeindeammann Rauber, von je des
Pfarrers Feind, war erstens nicht betrübt über dessen
Unfall. Er sagte: der Pfarrer heißt Kiesel nicht umsonst; er war auch stets hart wie ein Kiesel und wich
nicht, und war mir überall im Wege. Aber jetzt hat er
doch einen Stoß erfahren, der ihn wohl für immer auf

die Seite legt und einen Schlag, der ihn gespalten, daß
er nicht mehr zusammenhält. Der Gemeindeammann und
der Lehrer Ries verstanden sich wohl und hatten sich zu
gegenseitigem Vortheil in Gemeindeangelegenheiten schon
oft geholfen. Rauber sagte daher zu Ries: „Daß du
einstweilen Kiesels Vikar bist in den Unterweisungen,
mag ich wohl leiden; du kannst diesen Nebenverdienst
brauchen. Was gibt dir Kiesel"? „Wenig genug, antwortete Ries, einen halben Franken. für die Stunde".
„Das ist viel und nicht viel, sagte Rauber. Den Tag
als zwölf Arbeitsstunden berechnet, gäbe es doch einen
Taglohn von sechs Franken und dieses einen Jahrlohn
von 1700 bis 1800 Franken." „Freilich, antwortete
Ries; das wäre etwas mehr als ein armseliges Schul-
meistereinkommen von 400 bis 500 Franken. Warum
soll ein Pfarrer gegen 2000 Franken Besoldung haben?
und jeder Schulmeister arbeitet zehn, ja zwanzig Mal
mehr als ein solcher Pfarrer; der Lehrer gibt wöchentlich wenigstens 30 Stunden, in 40 Wochen also 1200
Stunden, der Pfarrer gibt Sonntags kaum 2 Stunden,
eine Vor-, die andere Nachmittags und in den Wochentagen höchstens 3 Stunden, das macht in 52 Wochen
noch nicht 300 Stunden, und diese geben viele Pfarrer
liederlich genug: Ein halbes Stündchen predigen und
plaudern, was wollte doch das sein gegen ein ange-
strengtes und ermüdendes Lehren zwei, drei Stunden
ununterbrochen hinter einander? Gar viele Pfarrer sind
die alten Pharisäer, sie bürden andern und besonders
den armen, armselig besoldeten Schulmeistern Lasten auf

und berühren sie mit keinem Finger, und beten bei
sich selber: ich danke dir, Gott, daß ich nicht bin wie
ein solcher armer Landschulmeister oder Sekundar=
und Bezirksschullehrer. Sie aber lieben, obenan zu sitzen.
Hierin muß der Staat nothwendig noch Last und Lohn
ausgleichen. Gibt mir nun Kiesel für die Eine Stunde
einen halben Franken, so hat er noch für sein tägliches
Nichtsthun mehr als 6 Franken". „Du hast wohl Recht,
sagte Rauber, und Kiesel muß dir mehr geben. Wir
können ihn zwingen, einen Vikar zu halten. Er weigert
sich zwar, wie ich höre, einen solchen anzustellen und
hofft nach dem Neujahr wieder sein Amt selbst ver=
sehen zu können. Allein wir leiden es nicht. Er ist halb
blind und halb taub und zum Amt untüchtig. Ich weiß
aber, wenn wir ihm zu verstehen geben, daß wir noch
länger zuwarten und Geduld haben und die Anstellung
eines Vikars nicht sogleich erzwingen wollten, wenn er
dich nämlich besser besoldete, so würde er dieß thun und
dir wohl die Stunde mit zwei Franken bezahlen; daß
wir uns dann aber in das Mehr theilen, würdest du
billig finden." „Das versteht sich, antwortete Ries. Allein
das geht Kiesel schwerlich ein; eher stellt er einen Vikar
an". „Das thut er nur gezwungen, sagte Rauber; und
zur Anstellung eines Vikars wollen wir dann auch noch
ein Wort reden. Ich höre, Peter, der Stündler, sei schon
zu dem Pietisten, dem Vikar Ernst, hingereist, ihn hie=
her zu bewegen; da kämen wir recht vom Regen in die
Traufe". „Ja, nur den nicht, sagte Ries; der würde
auch in der Schule meistern wollen; denn er ist nicht

dumm; ich kenne ihn von Lehrerversammlungen her; er
ist schon Schulinspektor gewesen; er ist gelehrt, verstehst,
so ein Schriftgelehrter, er hat auch eine scharfe Zunge,
hält Bibel- und Missionsstunden, will den Sonntag
streng gefeiert, als wäre dieser noch der jüdische Sabbath,
er gibt sich auch die Miene, für Wittwen und Waisen
zu sorgen, um sich in Alles mischen zu können". „Nein,
nein, fuhr Rauber fort, den wollen wir nicht, den können
wir nicht brauchen; da wäre es besser, Kiesel käme wieder
auf die Kanzel, den habe ich bereits ziemlich müde gemacht, er läßt mich schalten und walten; er ist durch
das Alter gleichgültiger geworden und sieht, daß er uns
nicht zwingen kann. Er sagt ja auch seit Jahren: „an
uns Waldbrunnern sei alle seine Mühe und Arbeit von
jeher verloren gewesen. Muß er aber einen Vikar haben,
so brauchen wir einen freisinnigen, einen lebensfrohen,
freundlichen Mann, der sich nicht zu fromm und zu
vornehm dünkt, zu uns ins Wirthshaus zu sitzen, der
sich daneben in unsere Gemeindesachen nicht mischt, fünfe
grad sein läßt und uns so predigt, wie wir es gerne
haben. Wahrlich, Ries, du könntest ein solcher Pfarrer
sein, wenn du nur im geistlichen Stande wärest". „Das
verspür' ich wohl, antwortete Ries; ich wollte auch in
den Hauptsachen das Examen recht gut bestehen: im
Aufsatze, da fürcht' ich keinen, selbst nicht in gebundener
Sprache; reden kann ich auch aus dem Stegreif, wenn
es sein muß, eine, zwei Stunden; ich rechne die schwersten Aufgaben; in der Geschichte, Naturkunde, Astronomie
bin ich zu Hause; die Bibel beleuchte und erkläre ich

mit der Fackel der Vernunft, der Philosophie und Na-
turwissenschaft und bin über die Bibel längst hinaus.
Es sind nur die unnützen alten Sprachen, die ich nicht
kann und ohne sie, ohne das Sanskrit, kann man nicht
in die Kaste der Brahminen kommen. Es muß das aber
auch noch anders werden". „Für einmal, sagte Rauber,
wollen wir machen, daß Kiesel dir für deine Unterweisungsstunden mehr zahlt. Ich muß den kranken
Pfarrer doch ohnehin einmal besuchen".

Martha meldete ihn an: „Der Ammann Rauber
will Euch besuchen". „Schick den Schelm fort, sagte
der Pfarrer; ich sei zu unwohl, ich könne Niemand
sehen". „Das geht nicht, erwiederte Martha, denn Ihr
spracht ja heute auch längere Zeit mit dem Lehrer, und
das kann der Ammann wissen". „Nun so laß ihn herein", sagte der Pfarrer verdrießlich.

Der Ammann kam: „Grüß Euch Gott, wohlehrwürdiger Herr Pfarrer, wie gehts? wie gehts? Es hat
mich schon lange verlangt, auch selber zu sehen, wie Ihr
Euch befindet. Nachfragen hab' ich immer lassen, und
es hat mich gar gefreut, zu hören, daß es Euch wieder
beſſere; Ihr hattet eine schwere Zeit". Der Pfarrer hieß
den Ammann nicht sitzen. Da kam Martha und stellte
diesem einen Stuhl in des Pfarrers Nähe, damit der
den Ammann besser höre.

„An meinem Unfall, sagte der Pfarrer, ist eigentlich
die Gemeinde und daß ich's nicht verhehle, vor Allem
der Gemeindrath Schuld. Denn hieltet ihr eure Gemeindestraßen in Ordnung, wie es in aller Welt Brauch

ist, so würde es auf den hiesigen Schul- und Kirchen-
wegen nicht lebensgefährlich zu gehen sein. Und doch
seid ihr nicht blöde im Steuer fordern, gerade für das
Straßenwesen. Ist das Dorf am Gemeindewerk, so fordert ihr dazu aus meinem Hause zwei Personen; das
kostet mich zwei Taglöhne. Denn meine Haushälterin
und meine Magd kann ich doch nicht zum Gemeindewerk schicken. Schon dieß ist für mich eine unverhältniß-
mäßige Steuer. Dazu heischet ihr mir jährlich einhundert
Franken Polizeisteuer; so bin ich der höchstbesteuerte in
der ganzen Gemeinde, und für das Alles habe ich auf
euern heillosen Dorfstraßen fast den Tod gefunden“.

Der Ammann sagte: „Ihr seid doch bereits wieder
recht lebendig geworden; das freut mich; aber das thut
mir leid, daß Ihr meinet, selber der Gemeinderath sei
an Eurem Unfall Schuld. Unsere Schul= und Kirchen-
wege sind gewiß nicht lebensgefährlich; das saget Ihr
so im Spaß, Herr Pfarrer; es ist auf diesen Wegen, so
weit man zurückdenken kann, weder Greis noch Kind
umgekommen; ich selber gehe diese Wege nun auch schon
meine fünfzig Jahre in jeder Tags= und Jahreszeit, bei
Schnee und Eis und in der dunkelsten Nacht und bin
noch nie auch nur gestrauchelt. Die Wege sind mir aber
auch alle wohl bekannt. Euch hingegen, Herr Pfarrer,
war der Weg in die Berghöfe hinauf ein ganz unbe-
kannter geworden. Man hat wie über ein Wunder ge-
staunt, als man Euch hinaufsteigen sah. Denn wohl
dreißig Jahre, sagten die Leute, habet Ihr die Berghöfe
nicht besucht. In der Zeit können einem die Beine wohl

etwas steif und der Athem etwas kurz werden, um einen
steilen Bergweg hinanzusteigen. Nein, Herr Pfarrer,
unsre Dorfwege sind nicht lebensgefährlich, wol aber
sind es für jeden die Jahre. Unsre Gemeindestraßen
sind recht wohl unterhalten; es sind freilich keine Post-
straßen, es gehen ja aber auch keine Posten durch unser
Dorf. Was denn Eure Steuer betrifft, so ist die nicht
zu hoch. Oder wenn ich Euch nach ihrem Verhältniß
eine Summe anböte, würdet Ihr mir für dieselbe Euer
Vermögen abtreten? Ich denke, nein. Auch ist ein Pfarr-
einkommen nicht vom schlechten Jahrgang abhängig, wie
die Ernten des Landmannes von Hitze und Frost, von
Hagel und Ueberschwemmung".

„Aber ihr berechnet doch billigermaßen, sagte der
Pfarrer, bei den Steuern jedesmal auch den Schaden,
den die Betroffenen von Hagel oder Ueberschwemmung
erlitten haben. Und so wäre es billig, daß ihr dieses
Jahr beim Steuerbezug meinen Unfall berücksichtiget, der
mich des Arztes und Helfers wegen in große Kösten
bringt, zudem ich ja auch noch, damit die Konfirmation nicht bis in den Sommer hinaus verschoben werden müsse, den Lehrer Ries für einmal zur Aushülfe
angestellt habe und ihn eigens dafür besolde".

„Ihr werdet wohl wissen, Herr Pfarrer, antwortete
der Ammann, daß den Konfirmationsunterricht nur ein
Pfarrer ertheilen kann und soll. Für diesen Unterricht
ist noch nie ein Lehrer angestellt worden. Ich weiß, daß
der Kirchenrath diese Stellvertretung nicht genehmigen
würde. Im Gegentheil, er würde sie auch der Gemeinde

selbst verweisen. Wo aber kein Kläger, ist auch kein
Richter. Ich werde Euch nicht verklagen. Ich meine es
besser mit Euch, als Ihr vielleicht denket. Ich dränge
Euch nicht, daß Ihr jetzt schon einen Vikar anstellet,
obschon die Gemeinde einen verlangen könnte. Aber
etwas mehr solltet Ihr dem Lehrer für die einzelne
Unterweisungsstunde zahlen. Denket, was Euch ein Vikar
kosten würde".

„Der Lehrer, antwortete der Pfarrer, ist aber mit
dem halben Franken zufrieden; seine Arbeit ist auch
nicht groß, er hat bloß zu diktiren".

„Er darf gegen Euch nicht reden; ich weiß, daß er
die Entschädigung für gar zu gering hält. Dringt er
auf die Anstellung eines Vikars, ich könnte ihn daran
nicht hindern. Ist aber der Lehrer in der wichtigsten
Arbeit Euer Vikar, so darf er auch wenigstens einen
größeren Theil einer Vikarbesoldung erwarten. Ich glaube,
Ihr würdet so jedenfalls wohlfeiler draus kommen und
die Herberufung eines Vikars würde sich noch verschieben lassen. Befehlen kann ich übrigens nichts; es ist
mein guter Rath".

„Ich werde die Sache überlegen", sagte der Pfarrer.

XI.

Er zögerte, dem Lehrer für die Unterweisungsstunden
mehr zu zahlen. Er hoffte, alle Amtsgeschäfte vielleicht
noch vor dem Neujahr wieder selbst verrichten zu können;

die Folgen seines Falles und der Erschütterung minderten sich, Schlaf und Eßlust stellten sich wieder ein, er fühlte nach und nach wieder Kraft und Arbeitslust.

Um so mehr redete nun der Ammann in der Gemeinde herum von der Nothwendigkeit eines Vikars. Er und sein Anhang dachte aber nicht an den Vikar Ernst, sondern an den Candidaten Heuerling. „Den kenne ich, sagte Rauber, das ist ein geistreicher und gelehrter junger Mann, entschieden freisinnig, lustig und leutselig, er kann gut predigen, es fließt ihm wie Bach; er redet auf der Kanzel wie am Wirthstisch, nicht bald einer so; er weiß mit der Jugend gut umzugehn; er ist auch ein Musikant und könnte unserm Kirchengesang aufhelfen, unsern Männerchor und die Blechmusik leiten. Und daß er gerne zu uns käme, weiß ich von ihm selber. Der gäbe dann auch den rechten Pfarrer für uns; denn Kiesel treibts doch nicht mehr lange“.

Sabine hörte in den Häusern, in die sie fast täglich kam, von diesen Reden des Ammanns und berichtete sie dem Pfarrer nicht ohne Zusätze. Der Candidat Heuerling sei einer, der täglich im Wirthshause sitze, ganze Nachmittage beim Karten-, Kegel-, Schach- oder Billardspiel zubringe. Er gehe auch auf die Jagd und den Fischfang; die übrige Zeit flöte, trompete und geige er oder spiele Klavier. „Das gäbe mir eine saubere Ordnung, sagte Sabine, wenn mir ein solcher Vikar noch den Männerchor ins Pfarrhaus brächte und die Blechmusik oder gar den Chor der erwachsenen Töchter und der jungen Bursche; da wäre man seines Lebens nicht

mehr sicher; da nähme das Wischen und Fegen gar
kein Ende. Da könntet Ihr, Herr Pfarrer, auch ein paar
Säume Wein mehr im Jahre kaufen, denn dieser
Heuerling trinke nicht bloß Milch, wie Ihr. Dem allem
solltet Ihr aber zuvorkommen und so bald als möglich
wieder selber predigen und kinderlehren und Euch so
der Gemeinde zeigen und sie hören und sehen lassen,
daß Ihr wieder bei Kräften seid. Denn der Rauber
streut aus, Ihr seiet halb tod, Ihr sehet und höret
nicht mehr gut, Ihr seiet auf der linken Seite gelähmt
und auch Eure Zunge sei schwer. Beweiset ihnen von
dem allem das Gegentheil. Das könnet Ihr schon in
zwei oder drei Wochen".

Der Pfarrer war geneigt, es zu versuchen. Allein
der Arzt untersagte jede Anstrengung der Art und ver-
sicherte: der Pfarrer würde von einem wiederholten
Schlagfluß mitten in der Predigt betroffen werden. Der
Martha schärfte der Arzt ein, doch darauf zu achten,
daß der Pfarrer nur wenig arbeite und sich vor jeder
Aufregung hüte.

Der Schulrath Kleiner, der seinen Freund wieder
einmal besuchte, hörte von ihm, daß er doch in einigen
Wochen wieder predigen wolle. Vergeblich mahnte ihn
der Schulrath davon ab und mußte ihm endlich berichten, was bereits über ihn beschlossen sei. „Ich muß
Ihnen, sagte er endlich, mittheilen, was früher zu thun
ich, Ihre Krankheit und Schwäche berücksichtigend, nicht
für räthlich gehalten. Während der Zeit der Cholera
wurden Sie bei der Regierung verklagt, Sie besuchen

die Kranken nicht. Das wissen Sie. Sie mußten sich
ja verantworten. Sie thaten es, indem Sie vorstellten,
Sie seien bereit gewesen, den Kranken, der sie habe
rufen lassen, zu besuchen, da aber habe Sie ein starkes
Gewitter abgehalten, den etwas weiten Weg zum Kranken zu machen, und nach dem Gewitter sei Ihnen berichtet worden, der Kranke sei während desselben gestorben. Ich darf Ihnen nicht verhehlen, die Regierung
hielt diese Ihre Entschuldigung nicht für begründet, und
sie beschloß, Ihnen einen Vikar zu geben. Ich suchte, es
zu verhindern. Ihr Unfall und Ihre Krankheit kamen
dazwischen. Ich bat, die Anstellung eines Vikars möchte
noch verzögert werden. Es geschah. Die Behörden achten
Ihr Alter, Ihre Gelehrsamkeit, Ihre wissenschaftlichen
Verdienste, Ihre bisher noch immer rüstige, literarische
Thätigkeit. Jetzt aber ist bekannt geworden, daß sie im
Konfirmationsunterricht den Lehrer Ries als Stellvertreter besolden. Das hält man überall für einen Miß-
griff und Sie werden getadelt. Ich table Sie nicht;
ich kenne den Lehrer Ries und ich halte ihn für be-
fähigt, einen Religionsunterricht nach unsern Grundsätzen zu ertheilen. Es ist im Grunde jeder das Denken
aufregende und übende Unterricht auch ein Konfirmationsunterricht, eine Konfirmation in dem Erkennen der
Gesetze der Natur und Vernunft. Allein es heißt von
allen Seiten: wenn auch die Lehrer konfirmiren können,
wofür sind denn die Pfarrer da? ebenso wohl könnten
die Schulmeister auch predigen und kinderlehren und die
Sakramente spenden und zur Führung der Pfarregister

braucht es vollends keine Gelehrsamkeit. Ich bin zwar
überzeugt, daß mancher Schullehrer so gut predigen
könnte als sein Pfarrer, daß mancher Schullehrer es
wenigstens nicht elender machen würde als hier und dort
ein Pfarrer, daß auch mancher Schullehrer geistig auf-
geweckter, thätiger, wissenschaftlicher ist als mancher
Pfarrer. Aber eine solche Stellvertretung, mit welcher
Sie sich freilich für den Augenblick nur suchten aus der
Noth zu helfen, kann die Behörde nicht genehmigen;
ja sie muß sie tadeln und Sie hätten, ich darf es Ihnen
nicht verhehlen, einen Verweis zu erwarten. Dieser
Gegenstand aber ist vom Kirchenrathe noch nicht behandelt worden. Aus Achtung für Sie und in Berücksich-
tigung Ihrer Krankheit hat dieser Ihnen auch noch nicht
den Vikar geordnet. Jetzt aber steht es so, mein lieber
Freund, wenn Sie zuwarten, und selbst wieder predigen
wollen, kann bekommen Sie in dieser oder der andern
Woche einen Vikar zugeschickt; darum schreiben Sie
selbst an den Kirchenrath und bitten um die Erlaubniß,
einen Vikar anstellen zu dürfen. Dieser Weg ist Ihnen
offen gelassen; er ist für Sie nicht kränkend und Sie
behalten noch die Freiheit, einen Vikar selbst zu wählen".

Der Pfarrer wurde durch diese Eröffnung sichtbar
erschüttert, er blieb eine Zeit lang stumm, er erblaßte
und zitterte. Der Schulrath sagte: „Ich dachte, Sie
hätten sich mit dem Gedanken, einen Vikar anzustellen,
schon von selber getragen. Ich kann mich zwar ganz in
Ihre Lage denken. Aber suchen Sie sich zu fügen und
zu fassen. Der Vikar ist nun für Sie durchaus eine

unabwendbare Nothwendigkeit. Und zwar müssen Sie
heute noch die Wahl desselben treffen. Besinnen Sie
sich. Ich lasse Ihnen Zeit und will indessen wieder ein=
mal die Schule besuchen".

Ehe der Schulrath in die Schule ging, besprach er
sich noch mit der Martha, damit sie mithelfe, den Pfar=
rer zu dem nöthigen Entschlusse zu bringen.

Als Martha beim Pfarrer eintrat, saß er noch da
in sichtbarer Aufregung. Bei gesunden Tagen von be=
sonders wichtigen Gedanken bewegt, in wissenschaftlichen
Gegenständen abwehrend oder angreifend, von Zorn
oder Eifer bewegt, ging er oft Stunden lang das Zim=
mer auf und ab. Jetzt war er noch an seinen Arbeits=
stuhl gebunden. „Ihr seid unwohl"? sagte Martha mit
theilnehmender, sanfter Stimme. „Körperlich nicht",
antwortete der Pfarrer. „Aber ich soll nun einen Vikar
anstellen. Das ist der Dank der Waldbrunner für mei=
nen mehr als dreißigjährigen treuen Dienst, und dafür,
daß mehr als Ein Mal, wenn sie keinen Lehrer für
ihre Schule fanden, ich Monate lang den Schulmeister
machte, unentgeldlich, so daß die Lehrerbesoldung dem
Gemeindegut zufiel, sie mich aber deßwegen doch nicht
um einen Kreuzer niedriger besteuerten. Einen Vikar
soll ich anstellen und bin doch offenbar in der nächsten
Zeit wieder im Stand, meinem Amte in allen Theilen
mit der vorigen Kraft zu genügen; denn geistig fühle
ich mich nicht im geringsten geschwächt; ich werde von
Tag zu Tag wieder kräftiger; auch das Aug ist wieder
klarer, ich lese und schreibe ja noch immer ohne Brille,

und bei heiterem Wetter ist auch das Ohr noch gut.
Und da es mit mir so besser geworden mitten im Winter, sollte ich bei meiner gesunden Natur im Frühling
nicht noch ganz erstarken? Und doch soll ich einen Vikar
anstellen, und wollen die Waldbrunner und will auch
der hohe Kirchenrath mit einem zwar alten aber geistig
noch ganz aufrechten Pfarrer nicht einmal einige Wochen
Geduld haben".

„Ihr wißt aber, sagte Martha, auch der Arzt will
nicht, daß Ihr predigt". „Ich habe den Aerzten, sagte
er, in meinem Leben wenig nachgefragt. Meine gesunde
Natur hat sich immer selbst und bald geholfen. Ohne
diese gesunde Leibesbeschaffenheit wäre meine Genesung
nicht schon so weit vorgerückt, sagt ja der Arzt selber.
Und jetzt scheint er mir die Behandlung, in die er mich
genommen, selber verlängern zu wollen. Die Aerzte alle
sind überall halt dieselben; sie suchen Geld zu machen.
Kommt er ins Dorf gefahren, so zahlen nicht die Pa-
tienten insgesammt die Fahrt, sondern jeder einzeln
zahlt sie besonders, so wird sie ihm oft zehnfach bezahlt.
So machens auch die Advokaten bei ihren Tagfahrten.
Unglücklich wer diesen oder jenen, am unglücklichsten,
wer gar einen Vikar braucht".

„Ihr seid verstimmt, sagte Martha. Mit dem Arzte
habt Ihr Ursache vollkommen zufrieden zu sein; er behandelt Euch mit möglichster Sorgfalt. Ein Geldmacher
ist er nicht; er leistet den Armen, wie Ihr wißt, alle
Hülfe ohne Entgelt. Seine Rechnungen sind bescheiden,
habt Ihr selber schon gesagt. Und daß Ihr nothwendig

einen Vikar werdet anstellen müssen, hat er mir schon
vor Wochen gesagt und Euch noch verschwiegen in Be-
tracht Eurer Krankheit. Damit ist ja denn auch nicht
gesagt, daß Ihr den Vikar für immer anstellet; Ihr
ersuchet den Kirchenrath, einmal für diesen Winter einen
Vikar nehmen zu dürfen; im Frühling dann etwa in
der Passions- und Osterzeit, da es überhaupt mehr zu
predigen giebt, predigt Ihr etwa auch wieder einmal,
wenn Ihr Euch stark genug fühlt. Und geht es Euch
dann ganz gut und könnet Ihr dem Vikar alle Geschäfte wieder abnehmen, so wird dieser selber nicht länger hier bleiben wollen; zudem ja in unserm Lande
gegenwärtig ein großer Mangel an Vikaren und Kandidaten und gerade jetzt nur die Wahl ist zwischen dem
Vikar Ernst und dem Kandidaten Heuerling".

Sabine kommend und gehend hörte, wovon die Rede
und sagte: „Das habe ich noch vom Heuerling vernommen, er sei schon lange versprochen, er habe viele
Verwandte und noch mehr solcher habe seine Braut. Die
würden den Vikar besuchen in der Woche ein paar Mal
und am Sonntage regelmäßig. Das gäbe Visiten, Herr
Pfarrer, schon von den Eltern und Geschwistern beider-
seits und dann ebenso viele von den Kameraden und
Freundinnen, das gäbe einen theuren Vikar; da könntet
Ihr gerade noch eine Köchin anstellen. Und dann noch
zu der Kleinkinderschule der Martha — der Männerchor und die Blechmusik! Das wäre wie gemacht für
Euer Studiren, Herr Pfarrer. Vermögen hat der Heuerling nicht, Geld braucht er und mit einem nur geringen

Vikariatseinkommen wäre er wol nicht zufrieden. Sein erstes wäre wol, zu machen, daß Ihr ihn so besolden müßtet, daß er bald heirathen könnte".

"Da wäre denn keine Wahl, sagte der Pfarrer. Und um so härter, ja grausamer ist das Verfahren gegen einen alten Mann, daß man ihm nicht einmal Zeit läßt, sich nach dem für ihn passenden Vikar, etwa auch im Auslande, umzusehen".

"Man sagt, fuhr Martha fort, der Vikar Ernst sei ein bescheidener und eingezogener Mann, Verwandte habe er keine und auch keine Braut, dagegen besitze er ein ziemliches Vermögen und er habe schon mehr als einem ärmeren Pfarrer unentgeldlich gedient".

"Aber er sei ein Pietist, antwortete der Pfarrer. Einen Pietisten zum Vikar zu haben, etwas Widerwärtigeres, ja Entsetzlicheres könnte ich nicht erleben; das würde mir den Rest meiner Tage verbittern".

Martha bemerkte: "So viel ich höre, verschreit der Ammann den Vikar Ernst als einen Pietisten. Es dünkt mich, der Vikar, den der Ammann nicht will, wäre nicht der weniger passende. Und selber ein Pietist wäre ja nicht für immer angestellt, und könnte auch wieder entlassen werden".

Der Schulrath kam wieder. Der Pfarrer sagte: "Ich werde, so schwer es mir fällt, doch mir vom Kirchenrath die Erlaubniß erbitten müssen, einen Vikar anstellen zu dürfen. Aber wen nun? Ich höre, ich habe nur zwischen Heuerling und Ernst zu wählen". "Es ist so, sagte der Schulrath. Der Heuerling gehört zwar

unsrer Richtung an; aber er würde in Ihr stilles Haus
nicht passen, auch sich schwerlich in Ihre einfache Lebensweise fügen". „Aber Ernst, antwortete der Pfarrer, der
soll ja Pietist sein, denken Sie sich: ich und ein Pietist
täglich ein paar Mal miteinander am nämlichen Tisch,
ein Pietist auf meiner Kanzel, in meinen Unterweisungen"! „Ich kenne zwar, entgegnete der Schulrath, den
Vikar Ernst nicht genauer, doch hörte ich überall von
ihm mit Anerkennung reden, er sei ein Mann von
Kopf, auch studire er fleißig. Mit einem solchen giebt
es denn doch mancherlei wissenschaftliche Anknüpfungs-
punkte; ein solcher ist auch eher im Stande, eine Gelehrsamkeit, wie er sie in Ihnen findet, zu ehren; auch
giebt es ja selber in der Theologie noch manches neu-
trale Gebiet. Im übrigen sei sein Leben ungemein einfach und nüchtern; und vielleicht hat ihn dieses in das
Gerücht eines Pietisten gebracht":

„Was mich bestimmen könnte, sagte endlich der
Pfarrer, nicht den Heuerling anzustellen, ist der Umstand,
daß Rauber und seine Rotte ihn herwünschen; sie sollen
ihn nicht haben; den Ernst wollen sie nicht und eben
deßwegen müssen sie ihn haben". „Ich bin auch überzeugt, fuhr der Schulrath fort, Sie werden an dem
Vikar Ernst eine tapfere Hülfe gegen den Rauber erhalten. Seien Sie nur getrosten Muthes, und lassen
Sie sich die wiedergekehrte Lust und Kraft zur Arbeit
und die dann doppelt gewonnene Muße im geringsten
nicht trüben. Bei ungestörter gewohnter Thätigkeit werden Sie sich um so eher noch ganz erholen; und ein

6

heiterer Lebensabend, das sehe ich, wird Ihnen noch zu
Theil werden; waren Sie doch durch Ihr ganzes Leben
nie ein Freund der Dunkelheit und Dämmerung«.
„Das ist wahr, sagte der Pfarrer; und die Wissenschaft
bleibt am Ende der beste Trost«.

XII.

Der Vikar Ernst hatte nun zugesagt: er werde mit dem
ersten Adventsonntag sein Amt zu Walbbrunn antreten.

Das gab jetzt im Pfarrhause viel zu besprechen und
anzuordnen. Welches der beiden Gastzimmer sollte dem
Vikar eingeräumt werden? Sabine meinte, das hintere
gegen den nahen Berg sehende; Martha bestand darauf,
das vordere in das Thal und die Landschaft hinunter
schauende sei das anständige; das hintere sei dunkel und
feucht, auch sei dieses oberhalb des Pfarrers Schlaf-
zimmer, wenn nun der Vikar früh oder spät studirend
auf und abgehe, so störe das den Pfarrer. Dieses bestimmte denn auch den Pfarrer, einzuwilligen, daß das
vordere Zimmer eingeräumt werde. Womit es aber aus-
rüsten? Sabine meinte: ein Bett, ein Tisch und zwei
Stühle seien genug. Ein solcher Vikar sei ja doch nur
wie ein wandernder Kapuziner, und der müsse mit jeder
Zelle und mit jedem Lager vorlieb nehmen«. Martha
erwiederte: „Das vordere Zimmer ist keine Kapuziner-
zelle, es ist schön und so paßt ein armseliger Schragen
und Stuhl und Tisch nicht hinein; es wäre ja, wie
wenn man dem Vikar bei seinem ersten Eintritt sagen

wollte: ſeht, Ihr ſeid uns gerade ſo werth und lieb
wie ein Bettler oder wie je eine unwillkommene Ein-
quartierung. Es werden Pfarrer, Vorſteher und andre
Bürger zum Vikar kommen, da würde es heißen, der
Pfarrer hat ſeinem Vikar nicht einmal gönnen mögen,
was in ein ordentliches Zimmer gehört". Der Pfarrer
willigte endlich ein, mehr als zwei Stühle ſeien hinzu-
ſtellen, aber das Ruhbett und der Spiegel müſſe ins
hintere Zimmer und die geringeren Stühle aus dieſem
ins vordere gebracht werden.

An der übrigen Hausordnung ſollte nichts geändert
werden. Der Pfarrer liebte einen guten Tiſch; mit dem
werde der Vikar wol zufrieden ſein.

Martha ſorgte noch für mancherlei Kleinigkeiten, um
damit das Zimmer des Vikars wohnlicher zu machen.
Sie fragte darüber den Pfarrer nicht um Erlaubniß und
hängte friſch gewaſchene weiße Vorhänge über und an
die Fenſter, eine weiße Decke legte ſie auch über das
Bett, einen Teppich vor daſſelbe, einen andern unter
den Tiſch; ein kleines Stehpult, das der Pfarrer nicht
mehr brauchte, ſtellte ſie in das Nebenfenſter, das die
Ausſicht in ein Seitenthälchen hatte, in die zum Dorf
und ins Thal ſehenden vordern Fenſter brachte ſie einen
Theil ihrer Blumen; auch zwei Wandſchränke wurden
ausgeräumt, der eine für des Vikars Kleider, der andere
für ſeine Bücher. In zwei ziemlich großen Koffern waren
Bücher und Kleider bereits angekommen. Als ſie an-
langten, ſagte Martha zu Sabine: „Es ſcheint doch
kein armer Kapuziner herzukommen". „Vielmehr ein

6 *

großer Herr, antwortete Sabine; drum habt Ihr ihm
sogar die neuen Vorhänge aufgehängt und Blumen in
die Fenster gestellt". „Sollte ich sie denn lieber verfrie-
ren lassen? sagte Martha; so hinter den Vorfenstern
haben sie weder zu kalt noch zu warm, und der Vikar
hat sie vielleicht nicht ungern".

Der Vikar Ernst schritt an einem heitern, trocknen,
windstillen Tage der letzten Woche des Novembers das
Thal hinauf. Es senkt sich nur ein wenig von Norden
her, wo ein sanfter Berg es begränzt. Am Fuße desselben liegt Walbbrunn; vom Berg her fließt ein reicher Bach durch die Wiesen und Obstgärten des Thales;
links und rechts lehnen breite, sacht ansteigende Hügel
mit Weinreben und Ackerland. Der Weg war jetzt ge-
froren. Er führt längs am Bache hinauf; dies klare
Thalwasser fällt stellenweise über Felsen, rauscht unter
Gruppen von Obst- und Nußbäumen, die jetzt vom
Reif dick behängt waren und im Sonnenschein glänzten
schöner als ein Baum pranget in seiner vollsten Blüthe;
am Rande des Baches grünten noch Kräuter neben dem
Eis, das sich an dürre Gräser und Zweige gehängt wie
Krystallketten. Auf einer kleinen Brücke mit nur einem
engen Bogen, durch den der lautere Bach über die dunkeln Kiesel rauscht, blieb der Vikar stehen. Hohe Bäume
umgaben die Brücke rechts und links; der Reif an den
Aesten bildete ein luftiges und schimmerndes Gewölbe,
wie wenn sie belaubt wären; durch diesen Ueberhang
sah man ins Dorf hinaus, in demselben waren die
Obstgärten auch alle mit Reif erfüllt, und die runden

Baumformen waren wieder da, die der Herbſtſturm mit
den Blättern verweht hatte; der bereifte Wald von
Bäumen umſchloß die ſchwarzen Strohdächer, als wollte
er ſie nicht nur ſchmücken ſondern auch ſchützen; aus
den Häuſern auffteigender Rauch mahnte an warme und
heimelnde Stuben; unter den Strohdächern ſchimmerten
zwar kleine aber helle Fenſter; über dem Dorf ſtand im
vollen Sonnenſchein die Kirche und das Pfarrhaus, hinter demſelben der nahe Berg, oben bekränzt mit Felſen
wie mit einem Wall und mit dem nun beſchneiten Tan-
nenwald. Der Bikar mit ſeinem guten Auge, das ge-
ſchärft war, ſchöne Gemälde in der Landſchaft zu ſehen
und mit ſeiner geſchickten Hand, die er vielfach geübt,
ein eigenthümliches Bild von Berg und Thal, Fels und
Baum mit wenigen Strichen gleichſam zur Erinnerung
abzuſchreiben, that dieſes hier nun, eine Weile auf der
Brücke in der Sonne ſtehend. Er merkte ſich, daß in
dem Bilde, wie es ſich hier ihm bot. Mancherlei wäre,
womit man die Eintönigkeit einer Winterlandſchaft vermeiden könnte: der lautere und wellende Bach und ſeine
grünlichten Kieſel, die noch friſchen Kräuter am Rande,
einige noch grüne Zweige von Brombeerſtauden im Hag
nächſt der Brücke, der glänzende Epheu an den Baum-
ſtämmen, der Rauch über dem Dorf, mancherlei farbige
Töne an den Häuſern, der beſonnte Duft am Berge, das
klare Himmelblau über der ſchimmernden Erde. „Ja,
dachte er, wer das malen könnte"; wie er ſich denn ſchon
mehr als einmal gewünſcht hatte, ein Maler geworden
zu ſein, um im ſtillen Fleiße nur der Schönheit zu leben

und Bild an Bild zu reihen. Doch seit Jahren weiß
er, daß es ein höheres ist, Christum vor die Augen zu
malen als unter uns gekreuzigt. Dieß auch hier in
Waldbrunn zu thun, ist sein heiliger Vorsatz. Er dankt
Gott, daß er ihm einen neuen Wirkungskreis eröffnet
und zwar in einem so heitern und schönen Thale.

Daß der Vikar heute eintreffen werde, wußten sie
im Pfarrhause. Martha hatte den Ofen seines Zimmers
schon einige Tage geheizt trotz dem Widerspruch der
Sabine. Diese sagte: „Wenn's dem Vikar zu kühl ist,
kann er sich ja am Ofen in der Wohnstube wärmen;
er hätte auch gar wohl in dieser arbeiten und dann in
einer kalten Kammer schlafen können, wie wir auch.
Aber ich sehe schon, wohin aus das Alles will; darum
habet Ihr Euch auch so geputzt, Jungfer Martha, wie
wenn's Sonntag oder Visitation wäre". Martha hatte
allerdings heute etwas früher als sonst ihr Morgenge-
wand mit ihrem beffern Winter-Hauskleide vertauscht.
Eine Auswahl von Kleidern hatte sie nicht. Der Pfarrer hatte ihr von je nur das bringend Nothwendigste
an Kleidern gegeben. Er selber war in der Kleidung
äußerst schlicht, er haßte den Putz und empfahl Ein-
fachheit und Sparsamkeit als die ersten Tugenden einer
glücklicheren Vorzeit. Hatte aber Martha durchaus wieder einmal ein Kleid nöthig, überließ ihr doch der
Pfarrer unter wohlfeilen Stoffen Art und Farbe zu
wählen. Sie wußte, was sie wohl kleide, schonte dann
ein neues Gewand aufs äußerste, und stattlich wie sie
war, erschien sie auch immer schmuck. Heute hatte sie

allerdings noch etwas mehr Sorgfalt auf die Ordnung
ihrer reichen und lichten Haare gewendet. Statt des
schwarzen Wickeltuches, das sie sonst um den Hals trug,
hatte sie heute das blauseidene umgelegt, das ihr eine
Verwandte geschenkt. Auch der Pfarrer bemerkte dieses
und sagte: „Eines bloßen Vikars wegen brauchte man
sich nicht zu putzen". „Bin ich denn geputzt, antwortete
Martha, und könnte ich mich putzen? Das ist mein
Alltagsrock, mein einziges Winterkleid. Ein schwarzes
Wickeltuch würde ja fast sagen: wir empfangen den
Vikar mit Trauer". „Empfangen wir ihn denn anders?
sagte der Pfarrer; wollte ich mich kleiden nach meiner
Stimmung, müßte ich nicht nur ganz schwarz, sondern
in Trauerflor erscheinen. Daß man aber eines solchen
jungen Menschen wegen keine Umstände mache, will ich
ihm gerade damit zeigen, daß ich ihn im Nachtrock
empfange". „Nun, antwortete Martha, das kann er
nicht übel nehmen; er weiß Euch noch krank oder doch
wenigstens schwach und ans Zimmer gebunden; aber
ich bitte Euch, empfanget ihn freundlich; der Ton des
ersten Begegnens, hart oder weich, herzlich oder kalt,
bleibt oft derselbe während eines längeren Beisammenseins, bedingt Freud und Leid, verbindet oder trennt
noch weiter. Disharmonirende Töne fliehen sich. Mögen
nicht solche angeschlagen werden; das gäbe einen übel-
klingenden Anfangsakkord oder wäre vielmehr kein Akkord,
sondern eher eine Kriegserklärung". Der Pfarrer antwortete: „Es kommt Alles auf den jungen Menschen
an; ich werde von meinen Ueberzeugungen, von denen

ich durch mein ganzes langes Leben kein Haar breit gewichen bin, in meinem Alter nicht im geringsten abgehen;
thue ich's, dann ist die Altersschwäche eingetreten. Jedenfalls kann der junge Mensch bei mir mancherlei lernen«.
„Ich bitte, sagte Martha, denket nicht voraus daran.
Ich hoffe, auch der Vikar wird mit Friedensgedanken
kommen und mit der Bescheidenheit, wie sie seinem Alter
aber auch seinem Stande ziemet«. „Willst sagen, seiner
Stellung, antwortete der Pfarrer. Wir wollen sehen.
Ich erwarte nicht viel Gutes«.

Martha ging noch einmal in das nun dem Vikar
bereit gehaltene Zimmer; es war jetzt recht behaglich
warm, freundlich und wohnlich. In den Geschirren zwischen den Fenstern blüheten Rosen, Primeln, Levkoien,
Reseda, durch die geöffneten Läufter quoll ihr Duft
ins Zimmer. Alles darin schien recht anständig, nur die
Wände waren auch gar zu nackt, nicht einmal ein Spiegel war da, das Schreibgefäß auf dem Tisch alt und
plump paßte zwar zum Tisch; allein es fand sich kein
andres und ein buntes Tuch, den Tisch zu decken, hatte
sie nicht. Aus dem hintern Gastzimmer holte sie noch
die Pantoffeln und stellte sie in das Ofenrohr, falls der
Vikar an die Füße fröre. Dann schaute sie durch die
Blumen ins Thal hinunter. Endlich erblickte sie ihn
von der Brücke her, schlank, hoch, leichten und schönen
Ganges. Wie er näher gegen das Dorf kam und nun
den Fußweg gegen das Pfarrhaus einschlug, bemerkt
ihr noch immer vortreffliches Auge, daß er zwar blaß
ist aber frischen und kräftigen Aussehens, schwarz von

Haar und Bart und von einem dunkeln, tief liegenden
Auge. Der Mund, Miene und Antlitz und die ganze
Erscheinung verkündete Freundlichkeit und Milde, Ge-
wandtheit aber auch Festigkeit. Näher gekommen stand
er stille und betrachtete das Pfarrhaus. Sein Blick verweilte auf den Blumen seines Fensters. „Möge er denken, sagte Martha zu sich, wo in einem Hause noch
Blumen gepflegt werden, ist der Sinn für Sanftes und
Liebliches und Freundliches noch nicht ganz ausgezogen".

XIII.

Da sie vermuthete, der Pfarrer in seinem Nachtrock
werde dem eintretenden Vikar kaum vom Arbeitsstuhle
aufstehen, so ging sie dem Hereinkommenden im Pfarr-
hofe entgegen und sagte: „Sie kommen in eine Einsamkeit, Herr Vikar, aber Sie können Leben in sie
bringen. Sei Ihr Eingang gesegnet"! „Das ist der
schönste Gruß, sagte der Vikar; ich danke Ihnen; Gott
gebe, daß er wahr werde".

Der Vikar war offenbar erfreut und erheitert nicht
nur durch der Martha Segenswunsch, sondern auch durch
ihre Erscheinung. Er hatte von einer bösen jüngeren
Magd gehört, die im Hause schalte und von einer alten
Haushälterin und da tritt ihm nun Martha entgegen,
noch wohl erhalten, nicht ohne Würde und Anmuth,
fast in der Haltung einer Oberin einer Erziehungsan-

ftalt. Und wie lieblich ift ihre Stimme, wie lebendig
und freundlich ihr Auge".

Sie führte ihn zum Pfarrer. Der fchien offenbar
etwas betroffen über die hohe und männliche Geftalt
des Eintretenden und wollte, feinem Vorfaße zuwider,
auffteßen. Der Vikar aber eilte auf ihn zu und fagte:
„Bleiben Sie fißen, Herr Pfarrer, bemühen Sie fich
nicht. Es thut mir leid, daß Sie Hülfe nöthig haben;
ich wünfche, Ihnen eine folche nach Kräften zu fein und
daß Sie fich in diefer Zwifchenzeit fo fchnell und voll-
ftändig erholen, daß Sie meine Hülfe bald wieder entbehren können". „Nun diefer Wunfch ift natürlich auch
der meine, war des Pfarrers eben nicht gar freundlicher
Gruß. Es geht mir auch alle Tage beffer, und wenn
mir der vielleicht nur zu ängftliche Arzt nicht noch
Schonung empföhle, ja geböte, könnte ich gar wol
wieder felbft die Predigt, Unterweifung und Kinderlehre
halten. Mein Kopf ift durchaus frei und ich fühle mich
geiftig bei voller Kraft". „Ich fehe es, fagte der Vikar;
Sie find auch fchon wieder, wie ich bemerke, an gelehrten Arbeiten".

Martha hatte ihm einen Stuhl an des Pfarrers
Seite geftellt und bemerkt, er müffe etwas lauter reden.
Neben dem Pfarrer nun fißend, hatte der Vikar einen
Blick in das aufgefchlagene Buch geworfen und es auch
fogleich erkannt. „Sie lefen, wie ich fehe, fuhr er fort,
die Gefchichte der heiligen Schriften des Neuen Tefta-
mentes von Reuß"!

„So, fagte der Pfarrer, haben Sie von diefem

Werke auch gehört"? „Nicht nur gehört, antwortete der
Vikar, ich habe es selber gelesen, und Vieles daraus
gelernt". „So, so, sagte der Pfarrer verwundert; es ist
auch in der That Vieles daraus zu lernen; es ist wie-
der ein Buch, das Werk eines Mannes, eines freien
Forschers, gegenüber der frömmelnden Theologie unsrer
Tage eines Hengstenberg nicht nur, sondern auch eines
Ebrard, Nitzsch, Lange, Dorner, Ehrenfeuchter, eines
Beck, Kapf, der Hofacker und andrer Schwaben. Welch
eine Gelehrsamkeit hat dieser Reuß! und was für eine
Bibliothek muß er haben; sagt er doch irgendwo, er
besitze über 400 Ausgaben des neutestamentlichen Textes.
Das Werk ist mir in meinem Alter eine rechte Er-
quickung und Verjüngung. Wie vieles sehe ich über die
Ungewißheit bestätigt, in der wir uns befinden über das,
was von Christus echt oder unecht sei. Es freut mich,
daß Sie ein solches Werk lesen mochten, Herr Vikar".
„Warum sollte ich nicht? antwortete dieser. Und Reuß
ist denn doch mehr positiv als negativ. Mit welcher Anerkennung redet er vom Apostel Paulus und von
Luther. Reuß beugt sich vor dem Herrn, dem Einzigen und Unvergleichlichen und sagt auch in der dritten
Auflage seines Werkes: „Die kindlich einfache Erzählungs-
weise der Synoptiker hat das Bild des Meisters am
unverwüstlichsten in die Gemüther der Menschen geprägt".
Zudem gehört sein Werk zur Kirchengeschichte unsrer
Tage; und wer diese kennen will, muß alle wichtigern
Erscheinungen derselben beachten. Allein diese kommen
dem in einem entlegenen Dorfe angestellten Vikar nicht

immer zu Gesicht oder oft erst spät; auch hat er ja noch viel Anderes und ungleich Wichtigeres zu stubiren«. »Auf meinem Tische, sagte der Pfarrer, werden Sie stets das Neueste und auch das Beste sehen, in meiner Bibliothek finden Sie die ausgezeichnetsten Theologen, Baur, Hißig, Zeller, Strauß, Schweizer, Volkmar. Es soll mich freuen, Ihnen in Ihren Studien behülflich sein zu können«. »Ich danke sehr, sagte der Vikar; ich freute mich zum voraus Ihrer Gelehrsamkeit; nun Sie mir auch Ihre Bibliothek öffnen, das weiß ich hoch zu schäßen. Aber wie- gesagt, ich muß vor allem das Nothwendigste stubiren und sammeln, was zu haben meine Pflicht ist; ich muß lernen, wenn ich lehren will. Mein Hauptstudium ist der Text nicht seine Geschichte, denn von dieser könnte ich in Predigt und Kinderlehre und in der Seelsorge gar nichts brauchen«. »Sie können aber, sagte der Pfarrer, den Text nicht stubiren ohne Kritik; Sie sollen der Gemeinde nur Echtes geben. Und da lassen Sie sich doch ja leiten, dieß ist mein erster Rath und wird mein letzter sein, lassen Sie sich ausschließlich leiten von den ewigen Geseßen der Natur und den eben so klaren als einfachen Wahrheiten der Vernunft«. »Wir sollen täglich beten, sagte der Vikar, um den Geist, der in alle Wahrheit leitet; denn aus uns selber und ohne ihn können wir nichts thun«.

Der Pfarrer hörte das nicht gern, er antwortete nicht, aber in dem Blicke, den er dem Vikar gab, lag etwas Verweisendes, zur Bescheidenheit mahnendes. Das

Auge und die Miene des Vikars aber war die sicherste Entschiedenheit.

„Ueber die Bedingungen, unter denen Sie bei mir eintreten, fuhr der Pfarrer nach einer Pause fort, sollten wir zunächst reden". „Ich habe sie Ihnen in meinem letzten Briefe gestellt", sagte der Vikar. „Aber die Vikarbesoldung"? fragte der Pfarrer. „Diese zu bestimmen, auch das überlasse ich Ihnen", antwortete der Vikar. „Nun, Sie sollen sich nicht zu beklagen haben, fuhr der Pfarrer fort; Wohnung, Heizung, Licht, Wäsche, Bedienung und den Tisch haben Sie unentgeldlich; mein Tisch ist einfach, aber ich denke, er wird Ihnen genügen, Morgens und Abends haben Sie Kaffe, Mittags meist Fleisch und Gemüse, Nachts eine Suppe nebst etwas Zukost. Wein trinke ich keinen. Wünschen Sie ihn, so wird Ihnen Mittags ein Glas aufgestellt". „Ueber das Alles bin ich einverstanden, sagte der Vikar; Wein trinke auch ich in der Regel nicht, doch bei anstrengenderen Arbeiten werde ich mir nach Ihrem Anerbieten ein Glas ausbitten".

„Was die Geschäfte betrifft, fuhr der Pfarrer fort, so behalte ich mir vor erstens die Pfarrregister noch selber fortzuführen; sobald mir der Arzt es wieder erlaubt, werde ich selber predigen, wenn ich dazu Lust habe, Sie aber halten für einmal die Unterweisungen und die Kinderlehren allein". „Und wie steht es, fragte der Vikar, mit dem Schul-, Haus- und Krankenbesuch, mit den Sitzungen des Sittengerichtes, der Schul- und Armenpflege, mit den Schreibereien"?

Der Pfarrer antwortete: „die Schule brauchen Sie eigentlich nicht zu besuchen; die untere Schule hat einen so altersschwachen Lehrer, daß da nichts zu helfen ist; wenn er nur bald stürbe; der Oberlehrer Ries dann bedarf weder Aufsicht noch Leitung; der ordentliche Schulaufseher ist der Herr Schulrath Kleiner. Hausbesuche sind in Waldbrunn fast nicht einmal möglich zu machen, denn die Leute sind am Werktage in den Fabriken der Stadt und am Sonntage im Wirthshaus. So viel ich kann, werde ich selbst dem Sittengericht, der Armen- und Schulpflege beiwohnen; ich werde auch Tauf-, Verkünd- und andre Scheine selbst ausfertigen. Tabellen und das Briefwesen haben Sie zu besorgen. So bleibt Ihnen, was mich für Sie freut, zum Studium immer noch eine schöne Zeit. Für den Konfirmandenunterricht brauchen Sie wöchentlich nicht mehr als zwei und gegen Ostern etwa drei Stunden zu verwenden, für die Vorbereitungsklasse eine oder höchstens zwei Stunden in der Woche“. „Es wird in beiden Klassen, sagte der Vikar, auf die Kenntnisse der Schüler ankommen, ob sie mehr oder weniger Stunden nöthig haben“. „O, sagte der Pfarrer, an der gehörigen Vorbereitung der Schüler zumal der Konfirmanden dürfen Sie nur gar nicht zweifeln; sie sind im Denken geübt; der vortreffliche Lehrer Ries geht hierin mit mir Hand in Hand. Den müssen Sie zunächst besuchen, und sich bemühen, mit ihm gut zu stehen. Ueber die andern Verhältnisse in der Gemeinde werde ich Sie in den nächsten Tagen belehren, wie sich die Gelegenheit bieten wird. Jetzt richten Sie sich in Ihrem Zimmer ein; und mir werden Sie erlauben, daß ich mit meinen Arbeiten fortfahre; ich bin ohnehin mit denselben noch weit im Rückstande".

XIV.

Der Vikar stieg, von Martha geleitet, mit schwerem Herzen in sein Zimmer hinauf. Martha, obschon sie dem Gespräch der Beiden nicht zugehört hatte, mochte merken, was nun den Vikar so ernst stimme. Sie sagte im Hinaufgehen: "Sie werden, Herr Vikar, bei uns voraus Geduld nöthig haben. Alter und Einsamkeit haben den Herrn Pfarrer unbeweglich gemacht". "Er hat mich, sagte der Vikar, weniger unfreundlich aufgenommen als ich erwartet; denn der Vikar ist nur höchst selten willkommen; über des Pfarrers Ansichten war ich unterrichtet". "Aber Sie fanden dieselben wol noch greller als Sie vermutheten, fuhr Martha fort; ich theile sie nicht; möge Ihnen diese Aeußerung nicht zubringlich scheinen". "Ich danke Ihnen, sagte der Vikar, daß Sie mich alsobald orientiren, so weiß ich doch, daß ich nicht allein stehe".

Sie öffnete ihm sein Zimmer. "Da ist's freundlich, sagte er, warm, heimlich; welch eine reizende Aussicht, auch da in das Seitenthälchen; hier läßt sich's arbeiten. Gebe mir Gott hier viele gesegnete Stunden".

"Hier sind Ihre Schränke, sagte Martha, sie öffnend,

und hier, in das Ofenrohr deutend, warme Pantoffeln. Und haben Sie etwas nöthig, so klingeln Sie". Und so verließ sie ihn. „Manche, dachte der Vikar, hätte jetzt noch sich anerboten, mir auspacken zu helfen; sie hat's aus Bescheidenheit nicht gethan".

Er sah sich noch etwas näher im Zimmer um, schritt dann eine Weile ab und auf seine Stellung überdenkend, wurde dann zum Kaffe gerufen und nach demselben fing er an aus seinen Koffern in die Schränke einzuräumen. Dieß beschäftigte ihn den Rest des Tages.

Der Vikar hatte die Gewohnheit, früh zu Bette zu gehen und Morgens um vier, spätestens um fünf Uhr an der Arbeit zu sein. Ein nicht aufgeräumtes Zimmer mochte er nicht leiden, es mißstimmte ihn. Darum hatte er auf vorigen Bikariaten, da er oft Morgens lange auf die Magd und den Kaffe warten mußte, fortgefahren, wie er es in den Studienjahren getrieben, er kochte den Kaffe selbst, brachte Bett und Zimmer in Ordnung und während er dieses durchlüftete, ging er zum Brunnen, weil ihm da das Wasser zur Waschung nicht zugemessen war. In diesem Hause fand er nun, was ihm doppelt angenehm war, in der Küche selbst einen laufenden Brunnen. So hatte er nun hier den ersten Kaffe gekocht. Sein Zimmer war in Ordnung und noch hübsch warm, der Vollmond, der eben im Untergehen war und über dem Rande der westlichen Anhöhe stand, schaute herein, die Sterne glitzerten noch; seinem betenden Blicke waren es die Lichter aus dem Chore der Ewigkeit.

Jetzt saß er da an seiner ersten Morgenarbeit, an seinen alt- und neutestamentlichen Studien.

Nebenbei genoß er seinen Kaffe; er mundete ihm ungemein; so würzige Milch hatte er auf seinen bisherigen Vikarstellen noch nie erhalten.

Als etwas vor sechs Uhr die Morgenglocke ertönte, hatte er schon seinen hebräischen Bibelabschnitt durchgearbeitet. Jetzt hörte er auch die Leute am Pfarrhause vorübergehen, welche den Fabriken der Stadt zueilten. Diese wußten, daß gestern der Vikar angekommen, schauten zu dem Licht in seinem Zimmer hinauf und einige sagten: der muß schon frühe anfangen, an seiner Predigt zu studiren; andre: wir haben gehört, er treibe es wie die Kapuziner und stehe um Mitternacht auf, um zu beten oder zu plappern.

Der Vikar aber blickte mit Seelenfreude von seiner Arbeit auf; er konnte von seinem Tische aus den Morgen kommen sehn. Er dachte der vielen Genüsse, die ihm schon damit zu Theil würden. Und gerade jetzt röthete sich der Morgen aufs schönste, und rosenfarbnes dünnes Gewölke schwebte der Sonne voran über dem beschneiten Waldsaume der östlichen Hügel. Er mußte aufstehen um zu sehen, wie das Licht nun in's Thal ströme; die Gipfel glänzten ihm von dem fernen Gebirge im Süden her, die Felsen und beschneiten Halden der näheren Berge schimmerten in röthlichem Schein; aus nahe und fern gelegenen Dörfern glitzerten Fenster, Giebel und Thürme, auch der Bach durchs Thal hinab funkelte stellenweise im Morgenlicht; der das nahe Dorf zunächst

umschließende bereifte Wald der Obstbäume stand in
Einem Schimmer. Es klang in seiner Seele das Mor-
genlied:

> Die goldne Sonne
> Voll Freud und Wonne
> Bringt unsern Gränzen
> Mit ihrem Glänzen
> Ein herzerquickendes, liebliches Licht.

Als er dann auch den neutestamentlichen Abschnitt
beendigt, fing er an, sich auf seine Antrittsprebigt vor-
zubereiten. Es folgte der erste Abventssonntag; und er
gedachte zu reden über das Wort des Jesaias: Uns ist
ein Kind geboren, ein Sohn ist uns gegeben, der die
Herrschaft hat auf seiner Schulter und er heißt Wunder,
Rath, Gottheld, ewiger Vater, Friedefürst.

So hatte er bis in die Mitte des Vormittags gearbeitet; um eilf Uhr sollte er den Konfirmanden die
erste Unterweisungsstunde geben; vorher wollte er nun
noch die Schulen besuchen.

Er ging zuerst in die untere Schule. Der alte Lehrer Walter begrüßte ihn herzlich. „Seid Gott willkommen, Herr Vikar; es ist schon lange, lange kein Geistlicher in meiner Schule gewesen". Die Kinder waren
aufgestanden, als der Vikar eingetreten, und stille und
sittsam stehen geblieben. „Grüßet den Herrn Vikar,
liebe Kinder, sagte der Lehrer, saget: Gott grüß Euch"!
„Gott grüß Euch, Herr Vikar", sagten alle Kinder im
Chor. „Sehet liebe Kinder, fuhr der Lehrer fort, der
Herr Vikar ist nun euer Seelsorger und euer oberster

Lehrer, dem müßt ihr auffagen, er wird fehen, ob ihr ordentlich lefen könnet, ob ihr die biblifchen Gefchichten wiffet, ob ihr die Sprüche der heiligen Schrift und die Lieder aus dem Gefangbuche recht auswendig gelernt habet, ob ihr auch beten könnet; die braven von euch wird er lieben; die trägen und ungehorfamen kann er nicht lieben, er wird fie mit Ernft vermahnen, bis fie folgen. Nicht wahr, ihr wollet alle geliebt fein"? „Ja"! riefen fie im Chor.

Es war dem Vikar eine herzliche Freude, hier eine Schule zu finden, die fchon in ihrer äußeren Erfchei- nung, in ihrer Reinlichkeit und Ordnung, mit ihrer ge- funden Luft, durch das heitere und doch befcheidene, liebevolle Wefen der Kinder, fo wie durch die milde Väterlichkeit des würdigen Greifen fich als eine gute verkündete. Der Lehrer fragte, was für Uebungen er nun vornehmen folle. „Laffet mich im kurzen, fagte der Vikar, hören, auf welcher Stufe Eure Schule ftehe". „Nun, fagte der Lehrer, fo follen die älteren Schüler auf ihre Schiefertafeln eine kleine Erzählung fchreiben, während die unterfte Klaffe liest. Stellen Sie, Herr Vikar, der obern Klaffe eine Aufgabe". „Wiffen fie, fragte der Vikar, die biblifchen Gefchichten des Neuen Teftaments"? „Ja". „Nun fo erzählet wie Chriftus geboren ward". Während die ältern nun fchrieben, lafen die kleineren recht ordentlich. Die ältere Klaffe fchrieben die wenigen Zeilen auch meift zur Zufriedenheit und wußten darnach einige biblifche Gefchichten des Alten und Neuen Teftaments verftändig zu erzählen; fie fpra-

7 *

chen einige Lieder, und rechneten und sangen etwas,
Alles auf eine erfreuliche Weise. Stille und Aufmerk=
samkeit herrschte fortwährend; der Lehrer schien die
Milde, Güte und Geduld selber. Beim Weggehen sagte
der Vikar: „Ich werde nun oft und oft zu Euch kom=
men; ich habe bei Euch und Euren Kindern eine rechte
Freude gehabt". Zu den Kindern sprach er auch noch
einige freundliche Worte.

Vor der Thüre der obern Schule hörte der Vikar,
während der Lehrer Ries unterrichtete, unordentliches
Geräusch unter den Kindern, Kichern, Flüstern und
Schwatzen. Als er hineintrat, standen die Schüler nicht
auf. Der Lehrer lüpfte etwas die Kappe, ließ sie dann
aber sitzen, legte aber doch die Cigarre weg, die er ge=
raucht, und ehe er grüßte, machte er dem Vikar ein Ge=
sicht, als wollte er fragen: was habt Ihr für ein Recht,
hier unangemeldet einzutreten und was hat der Pfaffe
hier zu thun? „Was steht zu Diensten, Herr Vikar?
sagte der Lehrer dann". „Ich fange an, meine pflicht=
gemäßen Schulbesuche zu machen, Herr Lehrer", sagte
der Vikar mit aller Gelassenheit. „Nun denn, entgegnete
der Lehrer, so werde ich mit meinem Unterrichte fort=
fahren, wie wenn Niemand da wäre". „Ganz recht",
sagte der Vikar lächelnd. Der Lehrer fuhr also fort im
deutschen Sprachunterricht und lehrte und fragte über
Deklination und Konjugation, über Subjekt und Prä=
dikat, direkte und indirekte Rede. In der Zeit unter=
suchte der Vikar die Bücher und Schriften jedes ein=
zelnen Schülers. Der Lehrer sah dies ungern. Er be=

merkte: „Es ist nicht Alles korrigirt. Es ist aber auch
ein Grundsatz der Pädagogik: Die Schüler sollen den
Unterricht nicht in den Heften sondern im Kopf haben".
Der Vikar antwortete nicht und fuhr fort und ging von
einem Schüler zum andern. Das Schwatzen und Lachen
derselben dauerte fort. Es kostete den Vikar große Ueberwindung, die Schüler, die unmittelbar vor seinen Augen
unruhig waren, nicht an Ordnung und Stille zu mahnen. Der Lehrer fragte dann noch mancherlei aus der
Geschichte, Geographie, Naturkunde, Arithmetik und die
Schüler wußten da ziemlich guten Bescheid. Sprechen
ließ dann der Lehrer noch, gewiß um den Vikar zu
ärgern, einige Lieder von Heine und Herweg und Sallet.
    Während des Vikars Abwesenheit war Martha in
sein Zimmer gegangen, es aufzuräumen. Aber siehe, da
war schon Alles in der besten Ordnung und wie von
einer Frauenhand zurecht gestellt; jetzt waren auch die
Wände geschmückt, die gestern hatten nackt bleiben müssen. Der Vikar hatte einige schöne Bilder mitgebracht,
über seinem Tische hing ein seltner Kupferstich, ein Cru-
cifix von Dürer, an den anderen Wänden eine Reihe
kleinerer Photographien berühmter Gemälde und einige
Handzeichnungen des Vikars, jedes einzelne Bild freilich
nicht von einem breiten köstlichen Rahmen eingefaßt,
sondern sein schützendes Glas nur mit einem schmalen
Streifchen Goldpapier umgeben. Auch die unschöne
Fläche des alten tannenen Tisches war nun durch Bücher und Mappen ganz überdeckt; alles stand da schmuck
und fein geordnet. Das plumpe Schreibzeug war weg-

geschafft, der Vikar hatte ein eigenes niedliches herge-
bracht. Die Bücher, die er auf dem Tisch gegen die
Wand aufgestellt, waren Bibeln, Kommentare, Wörter-
bücher, Konkordanzen; einige mit bunten Papieren über-
zogene Theke, die daneben standen, trugen Ueberschriften
der verschiedenen theologischen Wissenschaften, der Literatur und Geschichte und schienen Auszüge zu enthalten.
Die Schlüssel an den Schränken waren nicht abgenommen. Martha konnte sich nicht enthalten, ein wenig
hinein zu gucken, ob auch hier alles in so feiner Ordnung sich befinde; in dem einen Schrank sah sie zwar
wenig aber meist neue und feine Kleider, eine Menge
der besten Wäsche, alles geordnet wie von einer Wä-
scherin; im andern Schrank waren die Bücher, alle
gleich eingebunden nicht glänzend aber geschmackvoll, da
standen zunächst Reihen theologischer Werke. Dem Namen
nach waren sie ihr nicht unbekannt; da sah sie jetzt
unter andern die Kommentare Calvins, über welchen der
Pfarrer nie ohne Ingrimm reden konnte, da waren
Dogmatiken, Kirchengeschichten, Predigtsammlungen von
Männern, die der Pfarrer schon scharf kritisirt hatte, da
waren sogar Werke von Mystikern und Theosophen, vor
denen sich der Pfarrer behüten und besegnen würde. In
einer obern Reihe sah sie eine Auswahl geistlicher Lie-
derdichter, den Gerhard, Tersteegen, die Ludämilia,
Hiller, Lavater, Arnd, Spitta, Gerock und andre. „Ja,
dachte sie, welch eine Seelenweide; denn der Art war
in des Pfarrers Bibliothek keine Silbe. Jetzt besorgte
Martha noch die Blumen, schaute sich dann noch ein-

mal im Zimmer um, das so schmuck geworden war, und nach etwas suchte noch ihr Auge, nach des Vikars Tabakspfeifen oder Cigarrenbüchsen; es zeigte sich nichts der Art, es war auch im Zimmer, was ihr sogleich auf- gefallen, keine Spur von Tabak. „Sollte er sogar auch nicht rauchen? während der Pfarrer den ganzen Tag in seinem übelduftenden Qualm sitzt".

XV.

Am Mittagessen fragte der Pfarrer: „Wie haben Sie die Konfirmandenklasse gefunden? ich denke gut, sehr gut, schon recht vorgerückt im vernünftigen Den- ken"? „Ich will noch nicht urtheilen, sagte der Vikar; man kennt eine Klasse nur, wenn man jeden einzelnen Schüler näher hat prüfen können. Erlauben Sie mir daher noch einige Tage, bis ich ein oberflächliches Urtheil über die Klasse abgebe; ein gründliches werde ich erst am Ende des Kurses haben". „Es versteht sich auf jeden Fall, fuhr der Pfarrer fort, daß Sie in diesem Konfirmandenunterricht keinen andern Leitfaden brauchen, als welchen ich den Schülern diktire und seit einigen . Wochen durch den Lehrer Ries diktiren ließ. Sie wer= den sehen, es ist ein einfacher biblischer Unterricht, ein Auszug und eine wohlgeordnete Zusammenstellung der Vernunftwahrheiten der Bibel. Ich brauche diesen Leit- faden seit dreißig Jahren; die Gemeinde weiß von nichts anderm; den alten Heidelberger Katechismus unseligen,

ja vermaledeiten Andenkens kennen die meisten Leute
nicht einmal mehr dem Namen nach; mein Leitfaden
hat sie auf ganz andre Wege geleitet und nur einige
alte Mütterchen und etwa ein Pietist wie Peter und
seine Sekte jammern, daß das heilige Buch nicht mehr
auswendig gelernt werde".

„In unserm Lande, sagte der Vikar, hat jeder Pfarrer und also auch jeder Vikar die Freiheit, zu seinem
Konfirmationsunterricht seinen Leitfaden selbst zu wählen. Ich habe den Ihrigen noch nicht näher ansehen
können. Ich hielt mit den Konfirmanden vorläufig nur
eine Leseübung und ließ sie, da wir in den Advent getreten, den Anfang des Evangeliums Lukas lesen. Es
befremdete mich aber, daß die wenigsten ihr Testament
mitgebracht haben; ich mußte die Exemplare, die der
alte Walter in seiner Schulstube hat, benützen lassen.
Ich will nämlich meinen Unterricht in seiner und nicht
in der obern Schule ertheilen". „Und warum"? fragte
der Pfarrer. „Sie ist heiterer, antwortete der Vikar,
und sie wird reinlicher gehalten und scheint mehr durch-
lüftet zu werden; auch ist sie ja um eilf Uhr leer wie
die obere". Daß er so dem Oberlehrer Ries weniger
begegne, verschwieg der Vikar.

„Es scheint freilich gleichgültig, erwiederte der Pfarrer, ob der Konfirmationsunterricht in der obern oder
untern Schule ertheilt werde und doch ist es nicht dasselbe. Diesen Unterricht erhalten ja nur die ältern
Schüler, und diese gehören in die obere Schule; geht
man mit ihnen in die untere, so sagen die Schüler, sie

gehören nicht mehr in diese, das erzeugt Unwillen und
auch bei den Eltern ein Gerede. Man frägt: warum?
und so hat die Klatsch- und Verläumbungssucht einen
neuen Stoff. Die Pastoralklugheit lehrt, alles der Art
vermeiden. Und warum ließen Sie lesen? Zweifeln Sie
denn, ob meine und des Oberlehrers Schüler lesen können? Sie hätten sich diese Mühe ersparen dürfen und
zweckmäßiger wäre es gewesen, Sie hätten gerade aus
meiner Anleitung zum vernünftigen Denken in der Religion einige Seiten lesen lassen, so wären Sie durch
die Kinder selber in den rechten Lehrgang eingeführt
worden. Und warum ließen Sie gerade den Anfang des
Evangeliums Lukas lesen? Diese abgeschmackten Fabeleien! Sie sind einer der vielen Abschnitte der Bibel,
die ich nie lesen lasse. Ich weiß zwar wohl, der Schulmeister Walter, der alte Narr, läßt um die Festzeiten
herum ausschließlich diese sogenannten Festgeschichten
lesen, und da genügt ihm der Auszug davon in den
biblischen Erzählungen nicht; und darum suchte er von
der frommen Bibelgesellschaft genugsam Exemplare des
Neuen Testaments in seine Schule zu bekommen. Und
so war beiden geholfen, die Bibelgesellschaft hatte Gelegenheit, aus englischem Geld ein Geschenk zu machen
und ein verdienstliches Werk mehr zu verrichten und der
Lehrer konnte sich durch seine Bitte um ein solches
Geschenk als der frömmere Lehrer zeigen. Die Schulpflege und auch der Schulrath Kleiner will nicht, daß
das Neue Testament in der unteren Schule gelesen
werde; allein da man nicht alle Stunden nachsehen

kann, was der eigenfinnige, alte Mann treibt, so liest
er doch immer wieder diese Fabeleien mit den Kindern,
und die Exemplare des Neuen Testaments können nicht
aus der Schule weggenommen werden, denn sie sind
des Lehrers Eigenthum und er verwahrt sie in seinem
Schranke; er muß Ihnen also diesen offen gelassen
haben".

„Allerdings, sagte der Bikar; und da fand ich denn
auch eine hinreichende Anzahl Kirchengesangbücher".

„Auch diese, fuhr der Pfarrer fort, hat der schwache
Mann, der unverdienter Maßen bei den Frommen viel
gilt, zum Geschenk erhalten, und läßt auch aus diesen
meist so geschmacklosen als unvernünftigen Liedern vieles
lesen und auswendig lernen, ja er singt sogar mit seinen
Kindern, die noch in dem Alter sind, für die das Schul-
gesetz noch keinen Gesangunterricht fordert. Auch Traktätlein theilt der fast kindisch gewordene Greis aus; Sie
werden dergleichen wol auch in seinem Schranke gefunden haben. Er erhält auch von den Frömmlern in der
Stadt Geschenke, um seinen Kindern zur Weihnacht
einen Baum zu rüsten und Traktätlein auszutheilen und
zur Ostern Ostereier zu schenken und wiederum Traktätlein; und so wird durch ihn mit Lebkuchen und Hei-
ligenbildern der alte Aberglauben unterhalten und auf
eine Weise missionirt, wie die Jesuiten missioniren. Er
hat auch in seinem Hause eine sogenannte Jugendbib-
liothek, meist seichte und frömmelnde Schriften, die aber
doch in den orthodoxen Haushaltungen gelesen werden;
derer ist aber nur noch eine kleine Zahl. Und sehen Sie,

Herr Vikar, schon dadurch, daß Sie in Walters Schule
Ihre Unterweisungen halten wollen, machen Sie sich
zum Parteimann. Daher kam Walters Anerbieten. Denn
so unvernünftig die Frömmler sind, an Schlauheit hat
es ihnen nie gemangelt. Geben Sie daher künftig Ihren
Unterricht in der obern Schule und lassen Sie über=
haupt Alles im bisherigen Gang, da Ihres Bleibens
hier doch nicht sein wird".

Der Martha waren diese Worte des Pfarrers herz=
lich leid. Sabine aber den Kopf senkend und fortessend
lachte darüber in sich hinein. Der Vikar war ihr nicht
so freundlich begegnet, wie sie erwartet hatte und wie
sie als Meisterin im Hause glaubte erwarten zu dürfen.
Daß die Jungfer Martha beim Vikar mehr gelte, hatte
die Sabine vom ersten Augenblick an gemerkt und war
auch gegen die Martha noch unfreundlicher, weil sie
meinte, sie selber sei von der Martha beim Vikar be=
reits verläumdet worden. Der Vikar aber war bei des
Pfarrers Vortrag über Pastoral=Klugheit durchaus ge=
lassen geblieben; dergleichen Ansichten waren ihm nicht
fremd. Er blieb in solchen Gesprächen dem Pfarrer
vorüber aufmerksamer Zuhörer und ruhiger Beobachter
und ließ ihn sich ausreden und machte an ihm seine
Studien.

Im Dorf herum war nun durch die Berichte der
Schulkinder und der Konfirmanden über den neuen Vikar
schon viel Gerede. Das sei ein freundlicher Herr,
sagten die kleinen Kinder. Der Oberlehrer, berichteten
die älteren Schüler, habe beim Weggehen des Vikars

gesagt: „Es scheint, eure Schriften haben dem Vikar
nicht gefallen und es habe ihm überhaupt unsre Schule
nicht geschmeckt; das hat aber nichts zu bedeuten“. Die
Konfirmanden aber brachten heim: „Es sei beim Vikar
ganz anders als beim Pfarrer oder beim Ries. Der
Vikar habe zuerst Ordnung gemacht, sie haben nicht
sitzen dürfen durcheinander wie bisher; er habe sie alle
aufgerufen und dann nach dem ABC gesetzt, die Knaben
vorn und hinter ihnen die Töchter; er habe jedes, wie es
vorgetreten, etwas angesehen und dann befohlen, daß
jedes in der nun gemachten Ordnung seinen Platz in
der Unterweisung und Kinderlehre behalten müsse unfehlbar. Dieses Wort „unfehlbar“ habe er so gesagt,
daß man wohl habe merken mögen, er werde Ordnung
halten können. Dann habe er freundlich und ernstlich
ihnen gesagt, wie er erwarte, daß sie sich während der
ganzen Konfirmationszeit in der Schule und Kirche, im
Hause und überall ordentlich betragen werden, darnach
haben sie aufstehen müssen und er habe mit ihnen gebetet. Einige Töchter sagten: es seien ihnen die Augen
überlaufen. Endlich haben sie in der Bibel lesen müssen;
allein das sei gar nicht gut gegangen. Ans Schwatzen und
Lachen und Possen machen habe da aber keines gedacht.
Deß achte sich der Pfarrer und auch der Ries nicht
viel, allein der Vikar stehe immerdar vor der Klasse, er
habe ein gar gutes Auge und Ohr. Er sei zwar freundlich, aber man müsse sich doch vor ihm fürchten. Die
Bibel könne er auswendig; denn er selber habe das
Testament nicht in der Hand gehabt und doch überall

gewußt, wie es heiße, wenn der Lesende einen Fehler
gemacht oder sich überlugt habe. Auch habe da keiner
gewußt, wann er zum lesen aufgerufen werde. Er habe
auch sogleich alle beim Namen gekannt. Während des
Lesens habe er in ihren Schriften geblättert und das
nachgesehen, was bisher der Ries diktirt, und doch habe
er jeden Fehler des Lesenden bemerkt. Am Ende habe
er dann das erste und zweite Kapitel Sankt Lukas vor-
gelesen. Es könne weder der Pfarrer noch der Ries so
lesen. Er habe auch zum Schlusse gesagt, die Konfirmanden brauchen nicht mehr Schriften und Federn mit-
zubringen, sondern bloß das Neue Testament. Endlich
habe er wieder gebetet und aus der Schule gekommen
sei es ihnen vergangen, wieder zu lärmen und zu sprin-
gen, wie dieß geschehe, wenn sie der Pfarrer oder der
Ries gehen lasse, sie seien alle jedes für sich stille heim-
gegangen.

Besonders umständlich hatte die Großmutter Salome
auf den Berghöfen ihre Enkelin Verena über Alles aus
der Unterweisung ausgefragt. „Gott Lob und Dank,
sagte sie, der scheint wieder ein evangelischer Prediger
zu sein. Schon gut, daß er des Pfarrers Vernunftschrift
nicht haben will. Sagt doch Paulus: Denn die Waffen
unsrer Ritterschaft sind nicht fleischlich, sondern mächtig
vor Gott, zu zerstören die Befestigungen, damit wir
verstören die Anschläge und alle Höhe, die sich erhebet
wider das Erkenntniß Gottes und nehmen gefangen alle
Vernunft unter den Gehorsam Christi. Freilich würde
es mir besser gefallen, der Herr Vikar ließe euch den

Heidelberger Katechismus in die Unterweisung nehmen, statt das Neue Testament. Aber ich sehe schon, eins wird nach dem andern kommen. Gegen das Neue Testament kann der Pfarrer nichts einwenden. Wenn ihr Kinder dann aber nicht mehr des Pfarrers Schrift schreiben und abschreiben müßt, und du nicht mehr so viel köstliche Zeit mit diesem Papierverfudeln verderben mußt oft in die Nacht hinein, so mußt du mir den Katechismus auswendig lernen. Du kannst den Herrn Vikar fragen, ob das nicht nützlich und nöthig sei; auch noch mehr Lieder mußt du lernen, aber nicht solche liederliche Possen, wie sie der Ries aufgiebt. Und sage, Verena, hat der Ries oder der Pfarrer auch einmal mit euch gebetet vor oder nach der Unterweisungsstunde"? „Nein, sagte Verena, es betet in der Schule Niemand als der alte Walter". „Auch das gefällt mir, fuhr die Großmutter fort, daß der Herr Vikar euch in Walters Stube unterweist. Wohl dem, der nicht sitzet, da die Spötter sitzen".

Auch dem Peter gefiel, was sein Knabe Jakob aus der Unterweisung berichtete. „Du wirst doch recht gelesen haben"? fragte er den Knaben. „Ja, antwortete dieser; nur als die Verena ab den Höfen las und noch ein Paar andre und ich, mußte der Vikar nicht alle Augenblicke sagen: es ist nicht recht, es heißt nicht so". „Hat er Euch nicht gelobt"? fragte der Vater. „Nein, antwortete der Knabe, er hat auch keinen getadelt, sondern nur immer gesagt: nicht so, nicht so". „Er hat aber doch gemerkt, sagte Peter, welche Kinder zu Hause

in der Bibel lesen und welche nicht, und eben das hat
er wissen wollen. Ich merke den Herrn Vikar gar wohl.
Seid ja recht aufmerksam bei ihm; der wird euch recht
unterweisen". „Ja, sagte der Knabe, das haben wir
schon gemerkt, wie er zur Stube hereingekommen ist".

Ries und Rauber aber, wie sie von dieser ersten
Unterweisungsstunde erzählen hörten, sagten: „Dieser
Vikar muß auch wenig wissen, daß er eine ganze Stunde
hindurch nur lesen läßt; so könnte am Ende auch der
Dorfwächter Konfirmationsunterricht ertheilen. Oder meint
er etwa, die Waldbrunner können nicht lesen? Da weiß
er nicht, daß auch in unser Dorf Zeitungen kommen
und daß uns die der Gemeindeschreiber oder der Weibel
oder der Seckelmeister vorliest".

Der Ries und Rauber wußten zwar wohl, daß der
Vikar etwas mehr als nur lesen könne. Allein sie waren
bemüht, eine ungünstige Meinung über ihn zu verbrei-
ten. Wie ein solcher predigen werde, sagten sie, könne
man schon errathen; es werde elend genug sein; sie
einmal gehen nicht in seine erste Predigt, sie werden an
Kommunion- und Festtagen noch früh genug dazu kommen, ihn hören zu müssen. Wie sie dann aber vernah-
men, daß das ganze Dorf, durch das Gerede über den
Vikar und seine ersten Unterweisungsstunden zur Neu-
gierde gereizt, in seine erste Predigt wolle, hielten auch
Ries und Rauber es für räthlich, mitzugehen, damit,
wenn der Vikar etwa von einigen sollte gelobt werden,
sie dann nach eigenem Anhören widersprechen könnten.

XVI.

Der Vikar hatte sich auf seine erste Predigt sorgfältig vorbereitet. Er sah auch mit besonderer Freude
den Morgen sich wieder röthen an dem Sonntag, da er
in Waldbrunn das erste Mal auftreten sollte. Andacht
hatte ihn in eine festliche Stimmung gehoben.

Die Kälte hatte abgenommen. Als es läutete, sah
er ganze Schaaren Männer und Frauen den Kirchweg
herauf kommen. Der Sigrist kam auch ins Pfarrhaus
und holte Bänke und Stühle; es sei in der Kirche fast
kein Platz mehr, auch die Gänge seien ganz erfüllt.
Das war der Sabine nicht recht, noch Gestühl herreichen
zu müssen, da sie schon in ihrem Sonntagsputze bereit
stand und der war nicht gering und glänzte von Seide
und Sammt, während Martha ein ganz einfaches
Kleid von schwarzem Wollenstoffe trug. „Was haben
doch die Leute für ein Geläuf! rief Sabine, der Vikar
wird auch sein wie jeder andre Vikar. Jungfer Martha
reichet Ihr den Leuten die Stühle; gewiß seid Ihr nicht
umsonst gestern und vorgestern noch im Dorf herumge-
laufen, der Vikar wird Euch eben geschickt haben, die
Leute zusammenzuweibeln; so seien auch der Walter
und Peter im Ober- und Unterdorf in allen Häusern
ihrer Betschwestern und Stündler gewesen, daß doch
Niemand heute in der Predigt fehle, ja der Peter sei
sogar deßwegen auf die Berghöfe gegangen. „Deine
Worte, sagte Martha ruhig, passen wenig genug zu
Deinem feinen Putz“. „Ich kann, antwortete Sabine,

aus meinem Gelde Kleider kaufen, wie ich will, das
geht Niemand etwas an und auch Euch nicht, und
solltet Ihr auch vor Neid gelb werden". Martha schwieg
und reichte noch einige Sessel und ging dann selbst in
die Kirche, ohne auf die Sabine oder den Vikar zu
warten. Sonst ließen die Hausgenossen den Pfarrer
voran gehen in die Kirche und folgten dann hinter ihm.
In der Kirche nahm Martha noch zwei oder drei ältere
Frauen, die keine Sitze mehr fanden, in den Pfarrstuhl. Als Sabine dann etwas später kam, warf sie
schon unter der Kirchenthür der Martha grimmige Blicke
zu und sagte dann in den Pfarrstuhl tretend: „Es gehört eigentlich Niemand in den Pfarrstuhl als das Pfarrhaus"! Die Frauen wollten weichen, da sagte Martha:
„Bleibet ruhig sitzen, wir haben ja alle genug Platz".
Sie unterdrückte das Wort: „Die Magd wird doch nicht
das ganze Pfarrhaus sein". Sabine stand oben an im
Stuhle und stellte sich in ihrem auffallenden Putze vorn
breit hin und faltete die Hände und senkte den Kopf,
als bete sie.

Der Pfarrer hatte von seinem Arbeitstische auch auf
den Kirchweg hinuntergeblickt. Solche Schaaren hatte er
noch nie heraufkommen gesehn. Er selber traf seit vielen
Jahren in seiner Kirche nur wenig Zuhörer, im Winter
oft kaum zehn oder fünfzehn Frauen; Vorgesetzte und
Hausväter gar keine. Als er jetzt das Volk alt und
jung herströmen sah, tröstete er sich: „Die Waldbrunner sind zwar keine Athenienser, aber doch wie diese auf
nichts andres gerichtet, denn etwas Neues zu sagen oder

zu hören. Nach zwei oder drei Wochen ist das schon
wieder ganz anders, und werden die Waldbrunner am
Sonntagmorgen wieder in ihren warmen Wohn= und
Wirthsstuben bleiben". Somit fuhr er um so eifriger in
seiner Arbeit fort und schaute nicht mehr auf noch zum
Kirchweg hinunter.

Als er den Bikar die Treppe herab kommen hörte,
rief er ihn noch herein und sagte: „Nehmen Sie doch
hier meine Liturgie mit und sprechen Sie die Gebete,
wie ich's nun seit mehr als dreißig Jahren hier gethan
und wie die Leute gewöhnt sind, sie zu hören. Die
alte unvernünftige Formel, die Sie entweder gestrichen
oder mit einem verständigen Worte verbessert finden,
würde, wenn Sie sie jetzt brauchten, den meisten wie
etwas Neues und von Ihrer Seite als etwas Willkür=
liches tönen. Bleiben Sie überhaupt auch hierin im
bisherigen Gang. So wäre es mir auch lieber gewesen,
Sie hätten statt dieses lutherischen Chorrockes, den Sie
tragen, bloß mein Mäntelchen umgelegt. Sie wissen,
Bullinger hat sogar in einem rothen Brusttuche gepre=
digt. Was geht uns Luther an und sein Chorrock?
Dieser ist eben auch noch eine Reliquie seines Mönch=
thums, welches er nie ganz ausgezogen".

„Sie hätten mir Ihre Liturgie vor einigen Tagen
schon geben sollen, sagte der Bikar. Jetzt kann ich sie
nicht mehr durchlesen". „Ich hätte können, antwortete
der Pfarrer; allein die Liturgie ist Ihnen bekannt, und
meine angebrachten Verbesserungen sind groß und deut=

lich geschrieben; Sie werden kein Hinderniß finden und ich verlange, daß Sie sich an meine Redaktion halten".

„Ich kann's nicht versprechen, antwortete der Vikar; aber jetzt ist nicht mehr Zeit zu Erörterungen; die Gemeinde ist versammelt und die Zeit des Geläutes vorüber. Er wollte des Pfarrers Liturgie liegen lassen. Dieser aber drängte sie ihm auf und sagte nochmals: „Ich verlasse mich darauf, daß Sie meiner Weisung nachkommen".

„Ich kann es nicht versprechen", sagte der Vikar nochmals, und ging. Der Auftritt hätte ihn verstimmen können; allein seine heutige Aufgabe war ihm zu wichtig.

Sehr zahlreiche Versammlungen in seinen Predigten zu sehen, dessen konnte er sich bisher erfreuen. Die gedrängt erfüllte Kirche war ihm daher keine Ueberraschung, aber eine Freude. Niemand sah an ihm eine Spur von Befangenheit. Dem Ries und Rauber war das nicht recht; ein schlotternder Vikar wär' ihnen lieber gewesen. Der Vikar las das zu singende Lied vor inbrünstig, es war ein Gebetslied, er betete es. Welch eine schöne Stimme, mochten viele denken, wie kräftig und weich und weich ein Klang und welche Deutlichkeit! Während des schlechten Vorspiels des Organisten sah der Vikar in des Pfarrers Liturgie. Er legte sie aber alsbald wieder auf die Seite. Der Anfang des Sonntagsgebetes vor der Predigt: „Barmherzigkeit, Gnade und Friede verleihe uns Gott durch seinen eingebornen Sohn", war durchgestrichen und darüber geschrieben: Erheben wir unsre Gedanken zur ewigen Vorsehung. Er sah, daß

8 *

durchs ganze Buch auf solche Weise mehr durchgestrichen
als stehen geblieben war.

Wie dann der Vikar predigte, das war besonders
der Martha eine rechte Erquickung; sie hatte seit vielen
Jahren nicht mehr so predigen hören. Denn der Helfer,
der in der letzten Zeit gepredigt hatte, war ein Mieth-
ling, der sich nicht mehr Mühe geben mochte noch konnte
und der die alltäglichsten Dinge in einer gemeinen und
auch verworrenen Weise vorbrachte. Aber des Vikars
Predigt war Satz für Satz ein wichtiger Gedanke, allgemein verständlich aber ergreifend, voraus das Gewissen erweckend ja erschütternd, dann aber auch wieder
tröstend, eine Einladung zum Herrn, dem Herrscher, dem
mächtigsten Rather und Helfer und Friedefürsten. Die
Augen der Gläubigen glänzten, als sie von ihrem Erlöser mit solcher Inbrunst und Liebe und am Ende mit
solchem überströmenden Danke reden hörten. Als er
davon sprach, wie der Gotthold noch alle seine Feinde
überwältigt, wie er Gewalt übt mit seinem Arm und
zerstreuet, die hoffärtig sind in ihres Herzens Sinn und
die Mächtigen vom Stuhle stößt, und die Spötter zum
Spott macht und die hohen, sich über ihn erhebenden
Häupter demüthigt tief in den Staub, da konnte sich
Peter nicht enthalten auf den Rauber und Ries hinzu-
sehen. Sie hatten im Anfang mit höhnischem Lächeln
zur Kanzel empor geschaut. Aber nun der Vikar mit
wenigen aber treffenden Zügen den Widerwärtigen schil-
derte, der sich überhebt über alles das Gott oder Gottesdienst heißt, da war ihnen zwar das Lächeln ver-

gangen, aber sie senkten den Kopf noch nicht, sondern sie schauten drein, als ob die Sache sie nichts anginge. Der Peter aber wußte dieses auch zu deuten.

Zum Schluße des Gottesdienstes ließ der Vikar einen Lobgesang auf Christus singen. Ein Theil wenigstens der Gemeinde fühlte den Zusammenhang und ihr Gefühl wurde laut. Sie sangen zwar ernstlich aber nicht schön. Denn Ries hatte den Kirchengesang in der Schule nie gepflegt.

Das Urtheil über diese Predigt war verschieden. Ries und Rauber sagten: man merke denn doch aus jedem Wort, daß der Ernst ein Pietist sei; einige dagegen, die sonst zu ihrem Anhange gehörten, bemerkten: aber inallewege könne doch dieser Vikar etwas und er predige viel besser als der Kiesel und als der Helfer. Peter aber und seine Freunde waren von Herzen erfreut und dankten in ihrer Versammlung Gott, daß er ihnen einen solchen Prediger geschenkt.

Die Verena ab den Höfen war auch in der Predigt gewesen. Gerne wäre auch die Großmutter hinunter gegangen, allein sie durfte es des mühseligen Weges wegen nicht mehr wagen. Ihre Enkelin war in der Predigt ungemein aufmerksam gewesen und konnte nun der Großmutter den Inhalt derselben ziemlich wiederholen. Gemäß dem Texte war eine Herrlichkeit des Herrn nach der andern dargestellt worden. Und des Vikars Studiren bestand auch darin, aufregende, eingreifende, ja einschneidende, sich einprägende, behaltbare und unvergeßliche Gedanken und Wendungen, Worte,

Bilder und Beispiele zu finden. Und so wußte Verena aus jedem Theile der Predigt mehr als ein so scharf geprägtes Wort.

Die Großmutter hatte eine große Freude. „Es ist mir jetzt, ich sei selber in der Predigt gewesen, sagte sie. Aus des Helfers Predigten hast du nie etwas gewußt und aus denen des Pfarrers nie viel anders, als daß man nicht viel Geld auf den Putz soll verwenden, daß man dagegen so viel als möglich in die Sparkassen lege, daß man recht viel Obstbäume pflanze und brav Obst und auch Erdäpfel dörre und die Impfung mit den Kuhpocken nicht vernachläſſige, wie denn von solchen weltlichen Dingen auch seine Vernunftschrift voll ist, und steht doch von den Sparkassen und den Kuhpocken im Alten und Neuen Testament kein Sterbens Wörtlein. Ja, ja, dieser Herr Vikar Ernst der versteht die Sache besser; ich höre schon, der predigt die Schrift und der predigt, wie der Prediger Salomo sagt, Nägel und Spieße".

Die Martha drängte es nach der Predigt, dem Vikar für dieselbe zu danken. Sie klopfte an seiner Thüre: ob er auf seine Anstrengung nicht eine Erfrischung bedürfe? etwas Fleischbrühe etwa? „Er bedürfe nichts, sagte der Vikar; es sei ihm auch auf seinen bisherigen Vikariatsstellen nach der Predigt nie irgend eine Erfriſchung angeboten worden, und so sei er auch hierin gar nicht verwöhnt, dagegen sei er gewohnt, nach der Predigt für sich zu sein und sich zu besinnen, ob er nicht etwa in einem Ausdruck oder auch etwa im Tone sich

verfehlt; denn oft laſſe er ſich noch zur Heftigkeit hin-
reißen". „Ich will nicht ſtören, ſagte Martha, aber ich
möchte Ihnen doch wenn auch nur mit einem Wort
danken für Ihre Predigt. Ach, ich habe ſeit vielen,
vielen Jahren nichts mehr der Art gehört". „Dem Pre-
biger iſt nicht zu danken, antwortete der Vikar, er thut
ſeine Pflicht und bleibt hinter derſelben noch immer
weit, weit zurück. Danken wir Gott, daß er uns ſein
Evangelium geſchenkt hat und daß wir wieder einen
erſten Adventsſonntag feiern dürfen". „Aber daß Sie
ihn gefeiert haben, Herr Vikar, darüber darf ich Ihnen
doch meine Freude ausdrücken. Es iſt traurig, es zu
ſagen : der Herr Pfarrer hat, glaube ich, in ſeinem ganzen Leben das Wort Advent nie weder in den Unter-
weiſungen noch in der Kirche ausgeſprochen. Er predigt
im Winter von den häuslichen Tugenden, ja von dem
Vortheil, wenn in den einzelnen Häuſern Hanf und
Flachs und Wolle geſponnen und wie in der alten
beſſern Zeit das Weißzeug, Linnen und Hemden und
die einfache wohlfeile und doch gute und haltbare Kleidung im Hauſe ſelbſt gewoben und gefertigt werde, —
er kommt immer wieder zu reden von der Sparſamkeit
und ſpricht auch davon, wie viel Holz unnöthiger Weiſe
vergeudet werde auch durch das Branntweinbrennen;
dann fährt er wieder los gegen das Branntweinſaufen
und den Wirthshausbeſuch, der im Winter bei der Länge
der Nächte noch ſo länger daure und verführeriſcher ſei
zum Trunk und Spiel und Unfug und alſo um ſo mehr
Geld verſchlinge. Das Alles wiſſen die Waldbrunner

so gut als der Pfarrer, aber ihm zu lieb meiden sie das
Wirthshaus nicht; und d e n, der einzig Macht hat, sie
dem Verderben zu entreißen und zu sich zu ziehen, den
predigt er ihnen nicht. Er predigt um die Weihnachtszeit und an der Weihnacht selber meist von der ewigen
Ordnung der Natur, wie aus dem Tod immer wieder
das Leben hervorgehe und aus der Winternacht der
Frühling und wie der Nazarener in die tiefe Nacht der
Erstarrung des Opfer- und Ceremoniendienstes das Licht
der Anbetung im Geist und in der Wahrheit gebracht
habe, wie dieses Licht einen geringen Anfang gehabt
aber wie auch hier die Tage der Aufklärung von Woche
zu Woche länger geworden seien. So müsse man wandeln im Lichte des Nazareners vernünftig, gerecht, mäßig,
wohlwollend, dann werde jedem aus der längsten und
tiessten Nacht ein immer hellerer Tag aufgehen. Also
predigt er seit dreißig Jahren und klagt von Jahr zu
Jahr mehr, wie die Waldbrunner immer unvernünftiger
werden und ungerechter, und unmäßiger und toller in
der Verschwendung, und lieblofer in Lügen, Verläum-
den und Haffen. So bringt er seit vielen Jahren immer
wieder die nämlichen Klagen auf die Kanzel; sie sind
bei ihm nicht nur stehende Formeln sondern der Ausdruck einer Mißstimmung, die ihn ganz durchdrungen;
so vertrieb er selber die Leute aus der Kirche, fand die
Schuld nur an ihnen nicht in sich und nicht voraus in
seiner Predigt. Ach, verzeihen Sie Herr Vikar; jahre-
lange Entbehrungen ja Leiden machen mich redselig;
da ich Sie nun habe predigen hören, weiß ich, daß Sie

mich verstehen. Und Sie werden es erfahren, selber
Leichtsinnige werden es fühlen und nach und nach ein-
sehen, daß Sie ihnen Hülfe bringen durch den Wun-
derrath, den Gotthelden und Friedefürsten. Ich weiß,
auch in die Kinderlehre werden wieder viele Leute kommen. Ich hörte das, wie ich aus der Kirche ging, und
auch ich freue mich wieder auf den Gottesdienst. Jetzt
aber muß ich in die Küche. Denn Sabine wird dem
Herrn von Ihrer Predigt berichten müssen. Nochmals
entschuldigen Sie, daß ich so bei Ihnen eingetreten".

„Thun Sie das nur immer, sagte der Vikar. Nicht
belobt und geschmeichelt sein will ich über meine Predigten; aber Sie wissen zu hören, Sie können mir die
nöthigen Winke geben über das, was ich verfehlt, vergessen, nicht im rechten Maß gehalten. Es ist mir erwünscht, nach der Predigt über ihren Eindruck unbe-
fangen reden zu hören. Ich kann daraus nur lernen.
Auf die Kinderlehre bin ich zwar schon vorbereitet; aber
da sie, wie Sie meinen, besuchter sein wird, will ich
doch noch auf Einiges denken".

XVII.

Inzwischen war Sabine beim Pfarrer. „Wie hat
er's gemacht? fragte dieser; hat er die Gebete gelesen,
wie Du sie stets von mir gehört hast"? „Gar nicht;
Herr Pfarrer, antwortete Sabine, indem sie sich an den
Ofen stellte; er hat ganz andre Gebete gehalten, schon

die Anfangsworte waren ganz anders; man hörte nur
von Barmherzigkeit und Gnade und Langmuth und vom
Abwenden des Zorns und wie wir arme Sünder seien
und den Zorn, den Tod und die Verdammniß vielfältig
verdient haben. Das muß ein altväterisches Gebet sein,
denn eine alte Frau, die neben mir saß, konnte es auswendig und sprach für sich leise immer einige Worte
dem Vikar voraus und sagte dann ihrer Nachbarin:
das sind die rechten, alten Kirchengebete; der Vikar
schämt sich doch der Alten nicht und betet mit den alten
Leuten ihre alten Gebete. Und dann hättet Ihr sehen
sollen, Herr Pfarrer, wie der Vikar während des Betens
den Kopf zurückgelegt und zum Kanzeldeckel hinauf gebetet und dann wieder die Augen an die Kirchendecke
hat gehen lassen. Das Unser Vater hat er auswendig
gebetet und dazu die Hände gefaltet aufs Kanzelbrett
gelegt, auch den Segen hat er auswendig gesprochen
und die Hände dabei über die Gemeinde ausgebreitet".
„Infam, sagte der Pfarrer grimmig, also meine Verbesserungen im Gebete gar nicht beachtet, und dazu
gebetet, wie die Heuchler, die da stehen und beten in
den Schulen, auf daß sie von den Leuten gesehen werden. Und betet all das dumme Zeug von dem Blut
und den Wunden Christi, den krassesten Aberglauben.
Du wirst sehen, Sabine, das wird den Waldbrunnern
gefallen, die lassen sich gerne Vergebung der Sünden
durch das Blut Christi predigen; und gewaschen wälzen
sie sich wieder in ihrem Wust. Und was hat er denn
geprebigt"? „Er hat einen Text aus dem Alten Testa-

ment gehabt, antwortete Sabine; ich habe überhört wo; es war etwas von einem Gotthelden, Friedefürsten".

„So, sagte der Pfarrer, auch hier wieder die alten Narr⸗ heiten, als ob im Alten Testament Weissagungen ent⸗ halten wären von Dingen, die tausend Jahre später eintrafen; als ob Jesaias mehr als 700 Jahre vor Christus hätte wissen können, daß sieben Jahrhunderte nach ihm ein Rabbi Jesus von Nazaret im Jüdischen Lande lehren werde, als ob ich wüßte, nur was morgen oder im nächsten Jahre geschehen wird. Und wie hat er geprebigt"? „Nies und Rauber, sagte Sabine, die uns vorübersitzen, haben im Anfang immer lachen müf⸗ fen und haben sich bisweilen etwas zugeflüstert; nach⸗ her ist ihnen die Sache, wie es scheint, zu verrückt vor⸗ gekommen und da haben sie verdrießlich vor sich hin⸗ gesehen". „Aber Du wirst wol noch etwa wissen, was er wirklich geprebigt hat"? „Er hat, sagte Sabine, im Anfang gesagt, er wolle ihnen das Evangelium predi⸗ gen und nichts anderes. Wehe mir, hat er gerufen, wenn ich das Evangelium nicht predigte. Es sei ja die Heilsbotschaft dessen, der gekommen. Ihm sei die Herrschaft; er sei der Meister, dem sich alle andern und auch die Pfarrer unterwerfen müssen, und wer ihn ver⸗ läugne, den werde auch er verläugnen; und noch immer thue er Wunder, und nur durch seine Wunder könne den Menschen geholfen werden, denn er habe durch seinen Kreuzestod Sünde, Tod, Hölle und Teufel über⸗ wunden, er sei das Ebenbild des ewigen Vaters und der Friedefürst, ohne ihn seien wir Kinder des alten

Lügners und Mörders, des Teufels. Und da hat er
denn so geredet, als ob jedes hätte sagen sollen: ja es
ist wahr, ich bin des Teufels". „Da haben wirs, sagte
der Pfarrer; in allem der alte Sauerteig; der Wunder-
glauben soll den Waldbrunnern helfen, nachdem sie sich
dreißig Jahre lang durch die Predigt der Vernunft nicht
haben wollen helfen lassen, und an den Teufel sollen
sie glauben, an die Macht der Finsterniß, statt an die
unzerstörbare Einheit der von Licht und Verstand und
Weisheit und Güte erfüllten ewigen Natur. Was haben
aber die Leute zur Predigt gesagt"? „Ries und Rauber, antwortete Sabine, lachten vor der Kirchenthür
und ich hörte den Ries sagen: das ist ein rechter Pfaff
und Jesuit. Der Peter aber ging an mir vorüber und
sagte: ich lasse dem Herrn Pfarrer einen guten Tag
sagen und er soll zu diesem Vikar Sorge haben, denn
der sei ein rechter Prediger. Viele einfältige Frauen und
Töchter aber, die mit mir zur Kirche herausgekommen,
sagten, sie wollen dem Vikar einmal auch noch in die
Kinderlehre". „Du wirst sehen, sagte der Pfarrer, der
ist einer von denen, die sich in die Häuser schleichen
und führen die Weiblein gefangen. Aber lange wird
und soll der Unfug nicht währen. Ich fühle auch heute
mich wieder munterer und meine Arbeit geht mir wieder sehr gut von Statten. Ich denke, noch vor Ostern
den Vikar wieder entlassen zu können".

Als Sabine wieder in die Küche kam, sagte sie zur
Martha, die das Mittagessen rüstete: „Ich hätte bald
geglaubt, Ihr vergesset Alles über Eurem Vikar, und

laſſet in der Küche Alles überſieden und anbrennen. Unſertwegen wäre Euch das freilich Eins geweſen, aber der Herr Vikar muß doch ein gutes Bißchen haben. Er hat Euch auch gar zu ſchön gepredigt; Ihr habt ihm zu gefallen ja ſogar geſtennt, wie die alten Weiber, die Ihr in den Pfarrſtuhl nahmet. Jetzt aber wird der Herr dem Vikar auch eine Predigt halten, wie der's auch verdient, ein ſo junger Kerl und will Alles beſſer wiſſen denn ein alter, gelehrter Herr". „Ach Sabine, ſagte Martha, Du haſt dem Herrn ſchwerlich lautere Wahrheit berichtet". „So, meinet Ihr, rief die Sabine, meint Ihr, ich ſei auch ein Kind des Vaters der Lügen, des Teufels, von dem der Vikar berichtet hat, und hat gemeint, wir ſollten ſammt und ſonders bekennen, daß wir alle des Teufels ſeien. Und meinet Ihr, auch ich ſei ein ſo dummer Hund, ſolches zu glauben? Ihr könnet ja dem Pfarrer auch erzählen; wir wollen dann ſehen, wem er mehr glaubt, ob mir oder Euch. Ich will jetzt vor dem Eſſen noch ein wenig ins Dorf; es ſind da gewiß auch noch Leute, denen es in der Predigt ergangen iſt, wie mir".

Als Martha das Nöthige in der Küche beſorgt, ging ſie zum Pfarrer und ſagte: „Ich weiß, Herr Pfarrer, Ihr ſeid über den Vikar aufgebracht. Sabine hat Euch aber nicht nach Wahrheit berichtet". „Hat er gebetet wie ich"? fragte der Pfarrer. „Nein". „Schon genug; hat er gepredigt wie ich"? „Nein, ſagte Martha, aber er hat gleichwohl gut und evangeliſch gepredigt. Und jetzt möchte ich Euch dringend gebeten haben,

machet ihm doch während des Mittagessens keine Vor=
würfe, verbittert ihm nicht das Essen, und störet ihm
den Frieden des Sonntags nicht; zudem muß er ja auch
noch in die Kinderlehre". "Aber soll e r mir den Sonn=
tag stören und meine Arbeitslust? sagte der Pfarrer.
Er ist mein Vikar, er darf nicht, wie er will; er hat
meinen Weisungen zu folgen". "Er thut doch seine
Pflicht", antwortete Martha. "Nein, entgegnete der
Pfarrer, seine Pflicht ist voraus, mir zu folgen". "Aber
ich bitte Euch, flehte Martha dringend, machet ihm doch
nicht den ersten Sonntag, den er hier zubringt, zu einem
Tag der Traurigkeit. Verdruß würde auch Eurer Ge=
sundheit schaden". "Dieß sollte er, der junge Mensch,
zuerst bedenken. Und einmal muß ich doch mit ihm zu
Boden reden. Aber in der That, ich will noch einige
Tage zuwarten; es kömmt dann noch mehr zusammen;
er wird sich noch mehr zu Schulden kommen lassen;
und dann soll mit ihm für Ein und alle Mal gerechnet
werden".

Martha konnte vor dem Essen noch einen Augenblick
zum Vikar, sie sagte ihm: "Der Herr Pfarrer hätte große
Lust gehabt, am Mittagessen mit Ihnen über Ihr Beten
und Predigen zu zanken. Er thuts vielleicht nicht. Allein
gereizt wie er ist, könnte doch ein einziges Wörtchen
ihn losbrennen machen. Hüten Sie sich doch, sonst ver=
derbt er Ihnen und mir den schönen Sonntag. Bringen
Sie das Gespräch auf seine Studienjahre. Kömmt er
auf diese zu reden, so vergißt er Alles andre. Und jene
Geschichten erzählt er immer wieder und weiß es nicht

mehr, wem er sie schon erzählt und daß er sie schon unzählige Male vorgebracht hat; je älter er wird, desto mehr wiederholt er seine Jugendgeschichten".

XVIII.

So geschah es. Der Vikar sagte: er habe in den Zeitungen gelesen, die Universität Jena feire ihr Stiftungs-Jubiläum und es seien zu diesem Feste voraus die eingeladen, die einst in Jena studirt hätten". „Zu denen gehöre auch ich, sagte der Pfarrer aufleuchtend. Ich wäre, wenn ich noch dorthin reisen könnte, eines der bemoostesten Häupter; denn mehr als ein halbes Jahrhundert ist verflossen, seit ich dort studirte im vollen Glanz der aufgehenden Morgensonne der neuen Theologie. Ich war ein Schüler des gelehrten und berühmten Dr. Eberhard Paulus. Mit welcher Siegeszuversicht schritt er einher, wo ein Semler erst schüchterne Schritte gewagt und ein Lessing mehr nur die Bahn gewiesen hatte. Ich hörte damals seine Erklärungen des Neuen Testaments, aus denen dann sein Commentar entstand, der die ganze Theologie umgestaltete. Ihm war das ganze Morgenland und Alterthum bekannt wie seine Heimat und Gegenwart. Mit welcher Gelehrsamkeit und Wahrheit, mit welchem Scharfsinn wies er die Natürlichkeit aller Wunder nach! Wie leuchtete dann sein braunes Auge, wenn er sah, wie auch uns die Schuppen von den Augen fielen. Auch der Philosoph Fichte lehrte damals zu Jena. Er wurde des Atheismus angeklagt. Edel und freimüthig vertheidigte ihn Paulus so wie auch der damals noch unbefangene Herder. Und Fichte wäre wol seiner Stelle nicht entlassen worden, wenn er nicht, statt sich bloß zu vertheidigen, seine Ankläger und die Minister selber angegriffen hätte. Aber ihm galt die Wahrheit und Lehrfreiheit über Alles. Damals war unser Evangelium die Kantische und Fichtesche Philosophie. O ihr goldenen Tage der Freiheit und Jugendzeit, da alle Fesseln fielen und wir frohlockten im neuen Lichte der Freiheit und neuer frischer Ideen und Schöpfungen. Sie haben keinen Begriff, Herr Vikar, von der Wonne und dem Entzücken, womit damals die schönsten Werke unsrer größten Meister begrüßt wurden, ein Faust, eine Iphigenie. Damals lehrte auch Schiller zu Jena, ich hörte bei ihm Geschichte. An unsern Festgelagen aber sangen wir seine Lieder; in jenen Tagen jubelten wir mit ihm:

Unser Schuldbuch sei vernichtet!
Ausgesöhnt die ganze Welt!
Brüder, überm Sternenzelt
Richtet Gott, wie wir gerichtet.
Brüder, fliegt von euren Sitzen
Wenn der volle Römer kreist!
Laßt den Schaum zum Himmel spritzen,
Dieses Glas dem guten Geist.
Allen Sündern soll vergeben
Und die Hölle nicht mehr sein.

Damals sangen wir mit einer Begeisterung, die mich
jetzo noch verjüngt:

Ach da euer Wonnedienst noch glänzte,
Wie ganz anders war es da!
Da man deine Tempel noch bekränzte
Venus, Amathusia.
Alle jene Blüthen sind gefallen
Von des Nordens schauerlichem Wehn;
Einen zu bereichern unter allen,
Mußte diese Götterwelt vergehn.

Solche Fackeln zündeten weit und waren neue Com=
mentare neben dem von Paulus. Eines andern Wortes
Schillers erinnere ich mich noch, wie es damals mich
sehr aufregte und der Keim zu einer Menge neuer Ge=
danken war. Er hatte gesagt: „Die Schaubühne pflanzte
Menschlichkeit und Sanftmuth in unser Herz; die ab=
scheulichen Gemälde heidnischer Pfaffenwuth lehrten uns
Religionshaß vermeiden; in diesem schrecklichen Spiegel
wusch das Christenthum seine Flecken ab". Mein Sym=
bolum war damals und ist es auch bis jetzt geblieben
Schillers herrliches Wort:

Welche Religion ich bekenne? keine von allen,
Die du mir nennst! — und warum keine? Aus
Religion".

„Und dennoch, sagte der Vikar, hat Schiller den
Glauben seiner Väter nie verläugnet. Hätte er die große
Erhebung seines Volkes noch erlebt, wie viel größer
wäre er noch geworden als Göthe? Wie hätte er als
Chorführer Kampf= und Siegeslieder vorgesungen nicht

minder gläubig denn ein Arndt oder Schenkendorf!
Wie hätte er sich noch erhoben über die Schranken der
Kantischen Philosophie und einer einseitigen Verehrung
der Antiken. Ich kann mir wohl vorstellen, Herr Pfarrer, mit was für einer Begeisterung Sie vor einem halben Jahrhundert Schillers Lied von der Freude gesungen;
aber der große Dichter sang Ihnen darin doch auch recht
evangelisch vor:

> Auf des Glaubens Sonnenberge
> Sieht man i h r e Fahnen wehn,
> Durch den Riß gesprengter Särge
> Sie im Chor der Engel stehn.

Und im Liede von der Glocke:

> Noch köstlicheren Samen bergen
> Wir trauernd in der Erde Schooß,
> Und hoffen, daß er aus den Särgen
> Erblühen soll zu schönrem Loos.

Das Distichon des Dichters, das Sie sich zu Ihrem
Symbolum gewählt haben, Herr Pfarrer, ist nicht einmal Schillers Symbolum, das wollte ich Ihnen aus
vielen Stellen seiner Schriften beweisen; es ist ein ar-
tiges Wortspiel, das aber wahrlich keinen tiefern Sinn
hat. Aber ich erinnere an das letzte seiner Distichon,
mit denen er die Johanniter feiert:

Religion des Kreuzes, nur du verknüpftest in Einem
 Kranze der Demuth und Kraft doppelte Palme zugleich;
und ich meine, dieses Distichon Schillers schickte sich eher,
das Symbolum eines evangelischen Predigers zu sein".

XIX.

So saßen sie länger am Mittageſſen. Es läutete
in die Kinderlehre. Der Vikar ging in dieselbe. Sabine
schaute auf den Kirchweg hinunter. „Die Leute, sagte
sie, sind, glaube ich, Narren geworden; sie kommen schaa-
renweise sogar in die Kinderlehre; das ist noch nie erlebt worden; kaum hat sich etwa einmal ein altes
Mütterchen drein verloren“. „Heute laufen sie, sagte
der Pfarrer, über acht Tage schon bleiben sie in ihren
warmen Stuben; die Waldbrunner sind neugierig und
laufen auf alle Märkte und Kirchweihen. Wäre heute
im Dorfe irgend ein andres Spektakel, so liefen sie dem
nach“. Der Vikar war schon beim Anfang des Geläutes in die Kirche gegangen. Er hatte vernommen, daß
bisher die Jugend vor dem Beginne der Kinderlehre in
der Kirche mit Schwatzen und Unruh argen Unfug getrieben. Jetzt stand er da vor ihnen, sie blieben durchaus still, wie er ihnen geboten hatte, und überlernten noch
das Adventslied, das er ihnen aufgegeben, es war das
von Gerhard: Wie soll ich Dich empfangen. Die Kirche
füllte sich wieder ganz. Der Ries und Rauber waren auch
wieder da. Ries hatte gesagt: „Es kann mancher predigen
und doch nicht eine Kinderlehre halten; katechesiren, sokra-
tisiren, nach einer vernünftigen, pädagogischen Methode unterrichten, das kann nicht Jeder. Und grade die Kopfhänger
können das nicht, sie sind viel zu wenig gewandt, sie
sind steife, an ihren Katechismus und ihre Glaubens-
formeln gebundene Wortmacher. Es nimmt mich Wun-

9 *

der, was der Vikar von Pädagogik verstehe; er hat
zwar schon Schulen inspicirt; aber es giebt auch Schul-
inspektoren, die von der Pädagogik nichts wissen".

Der Vikar sagte: er wolle das Adventslied: Wie
soll ich Dich empfangen, Gesaß um Gesaß erklären.
Er ließ das erste Gesaß von der Verena sprechen; sie
sagte es sehr laut und mit Verstand her. Er hatte das
Lied schon in der zweiten Unterweisungsstunde mit den
Konfirmanden gelesen, es ihnen auch zum Theil schon
erklärt und sie angehalten, es laut und mit der rechten
Betonung zu sprechen. Jetzt sagte er zu der Gemeinde:
Das Lied ist Euch bekannt oder Ihr habt es in Eurem
Gesangbuch; wem es nicht ganz gegenwärtig ist, der
lese es doch nach, so kann er der Erklärung eher, und
zu größerer eigener Belehrung folgen.

Die Leute waren schon aufmerksam geworden durch
die Ankündigung des Vikars: er werde ein Lied erklären. Das war ihnen noch nie vorgekommen. Nun
hörten sie die Verena das erste Gesaß so deutlich und
verständig sprechen. Der Vikar erklärte dieses erste Gesaß und faßte seine Erklärung noch zusammen in einem
Beispiele, und that dann wenige einfache durchaus klare
Fragen an die Verena, und ihre Antworten zeigten,
daß es die Erklärung und das Beispiel verstanden. Jakob
sprach das zweite Gesaß, auch er sehr vernehmlich, es
folgte wieder Erklärung und Beispiel, Frage und Ant-
wort. Der Vikar sprach seine Zufriedenheit über das
Hersagen und Antworten aus. Die Kinder waren er-
muthigt. Er hatte sich die fünf fähigeren Knaben und

die fünf begabteren Töchter gemerkt und von diesen zehn
ließ er die zehn Gesätze des Liedes sprechen, und auf
seine Fragen hin seine Erklärungen und Beispiele in
Kurzem wiederholen. Die Gemeinde war ungewöhnlich
aufmerksam. Die Erklärung selber erbaute sie. Wie viel
davon jedesmal der betreffende Zögling verstanden und
behalten, das zu hören, waren sie begierig. Sie waren
selbst genöthigt, im Stillen für sich des Vikars Fragen
zu beantworten. Die Konfirmanden erschienen geschickter,
als man erwartet hatte. Wenige wol bemerkten, daß
ihnen der Vikar durch seine faßliche und bündige Erklärung und besonders durch das ausgewählte schlagende
Beispiel und dann durch seine kurzen, klaren und
nöthigenden Fragen das Antworten ungemein erleichtert.

Die Stunde der Kinderlehre war allen wie ein Augenblick vorübergegangen und Jedermann trug nicht
wenig aus derselben heim.

Der Vikar blieb noch mit den Kindern in der Kirche
zurück, las ihre Namen ab, gab ihnen auf den folgenden Sonntag wieder ein Adventslied zum Auswendiglernen und sagte, sie müssen sich am nächsten Sonntag
alle etwas vor dem Zusammenläuten im Schulhause
versammeln.

Ries sagte im Heimgehen zu Rauber: „Dumm ist
er nicht; irgend eine Pädagogik hat er allewege studirt;
er hat wol dieses und jenes aufgeklärteren Schullehrern
abgemerkt; denn wenn hier und dort ein Geistlicher
vorwärts geht, es ist unser Lehrerstand und dessen höhere
Bildung, der ihn dazu nöthigt. Der Vikar ist auch

pfiffig; ich kenne diese Knaben und Töchter wohl, er
hat gerade die verständigeren ausgewählt, und ich muß
sagen, er hat sie schnell herausgefunden. Und daß sie so
aufpaßten und ihm so gut antworteten, das kommt
denn doch auch daher, weil ich sie wecke und zur Aufmerksamkeit anhalte und zur Uebung des Gedächtnisses,
wenn ich ihnen nicht täglich so viel Wissenswerthes aus
Geschichte, Geographie und Naturkunde vortrüge, und
wenn ich nicht mit ihnen stets schriftdeutsch spräche, so
hätten sie ihn auch nicht so leicht verstanden. Und darin
hatte Ries vollkommen Recht; und hätte ihm ganz
gewiß auch der Vikar belobend beigestimmt. „Das ist
gewiß, sagte der Ammann, Kiesel hätte an dieser Kinderlehre keine Freude gehabt".

Wie Alles in der Kinderlehre gegangen, erzählte
Verena dann der Großmutter und wußte noch alle zehn
Beispiele der Reihe nach. Daß der Vikar das schöne
Lied erklärt und die Kinder noch so viel aus der Kinderlehre haben mit sich nehmen können, das gefiel der
Großmutter gar sehr. „Ach, sagte sie, wenn ich doch
um Gottes willen auch noch zur Kirche hinunter könnte!
Oder wenn der Herr Vikar zu uns heraufkommen wollte!
Es sind jetzt wieder so heitere und milde Tage. Was
meinst du, Verena, käme er, wenn du ihm etwas von
deiner Großmutter sagtest und wie sie ein Verlangen
nach ihm habe? Sag ihm doch in der nächsten Unterweisungsstunde: die Großmutter lasse ihn grüßen, und
sie könne ihm leider nicht in die Kirche kommen; und
die alten Leute auf den Berghöfen seien gar verlassen

und haben schon seit Jahr und Tag keinen Gottesdienst
mehr besuchen können". „O, sagte Verena, der Herr
Vikar kömmt gewiß zu Euch herauf; er ist gar ein
freundlicher Herr, und er hat schon angefangen, im Dorf
unten in alle Häuser zu gehen, aus denen Unterweisungskinder zu ihm kommen".

XX.

Dieses that wirklich der Vikar und setzte es in den
folgenden Tagen fort. In den meisten Haushaltungen
waren die Väter und die älteren Kinder in der Stadt
auf dem Taglohn und in den Fabriken. Er ward aber
von den meisten Müttern gar freundlich aufgenommen.
Sie hatten in der Kinderlehre Freude gehabt, sie sagten
ihm das auch. Er habe den Kindern Muth gemacht,
daß sie nicht wie Stöcke dagestanden; die Eltern haben
das auch nicht gern, wenn ihre Kinder in der Kirche
heruntergemacht oder ausgelacht werden; und darum sei
Niemand mehr dem Kiesel in die Kinderlehre gegangen.
Der Vikar stellte den Müttern vor, daß ihre Kinder
aber doch noch sehr schwach seien, daß sie nicht recht
lesen können und noch sehr wenig auswendig wissen
oder manches wieder vergessen, das sie früher bei Walter eingeübt, und daß er sich verwundert, daß sie das
aufgegebene Lied doch noch so bald und so gut gelernt.
„Ja, sagten die Mütter, die Kinder haben es auf ihre
Ehre genommen, sie haben es dem Herrn Vikar zeigen

wollen, daß sie denn doch nicht so gleichgültig und
dumm seien; sie haben auch gedacht, es werden viele
Leute in die Kinderlehre kommen und da haben sie auch
ihren Eltern keine Schande machen wollen und deßwegen an dem Liede Tag und Nacht gelernt; auch gehöre es zu den bei Walter auswendig gelernten Liedern.
Dieses Auswendiglernen gefällt uns allewege besser als
das so viel Zeit raubende Schreiben und Abschreiben,
wie sie's unterm Kiesel haben treiben müssen«. Der
Vikar redete in allen Häusern davon, daß wenn er
die Kinder auf Ostern soll konfirmiren können, er
ihnen viel mehr Unterweisungsstunden geben müsse, und
daß die Schüler durchaus täglich eine Stunde nöthig
haben. Er wisse wohl, das habe seine Schwierigkeiten.
„Die meisten Konfirmanden, sagte er, sind der Alltags-
schule entlassen und gehen täglich früh um sechs Uhr
in die Fabrik; um dann die Unterweisungsstunde um
eilf Uhr zu besuchen, eilen sie um zehn Uhr aus der
Stadt heraus und gehen nach zwölf Uhr nochmals hinein, um Abends dann wieder heimzukommen. Sie machen also den Gang in die Stadt und zurück der Unterweisung wegen täglich doppelt. Ich kann nicht begreifen, wie man diese Verkehrtheit schon Jahrzehnte lang
hat dulden können«. „Ja, was wollet Ihr, Herr Vikar,
sagten die Mütter, das läßt sich nicht ändern. Unsre
Kinder müssen verdienen, wir und sie müssen Brot und
Kleider haben; zu Hause können sie wenig oder nichts
verdienen. Um eilf Uhr ist die schicklichste Zeit zur
Unterweisung, denn von zwölf bis ein Uhr haben die

Arbeiter in der Fabrik ihre Freistunde, so daß, wenn die Kinder nach zwölf Uhr wieder in die Stadt eilen, sie an der Arbeit nur die zwei Stunden von zehn bis zwölf versäumt haben. Auch ist dem Pfarrer bisher die Stunde von eilf bis zwölf die schicklichste gewesen, er hat dann seine Morgenarbeiten abgethan und Mittags nimmt er sein Schläschen". Der Vikar sagte: „Es kömmt da gar und ganz nicht auf den Pfarrer an, was ihm bequem oder unbequem, er ist des Amtes und der Kinder wegen da. Nun ist es doch die Verkehrtheit selber, daß die Kinder, die bald nach fünf Uhr aufstehen, um sechs Uhr in die Stadt laufen, dann drei Stunden arbeiten und wieder eine Stunde den Weg zurückmachen, um dann von eilf bis zwölf, nachdem sie von fünf an auf den Füßen, zwei Stunden gelaufen und drei gearbeitet, endlich in der sechsten Stunde zu einer angestrengten geistigen Arbeit, zu voller Sammlung und Aufmerksamkeit angehalten werden, um dann wieder eine Stunde auf dem Weg in die Stadt, von ein bis sieben sechs Stunden bei der Arbeit und von sieben bis acht noch eine Stunde auf dem Heimgange zuzubringen; so ist das Kind fünfzehn Stunden ununterbrochen ohne eine einzige Ruhestunde an der Arbeit und auf dem Wege. Das ist eben so verkehrt als unmenschlich. Von dem Unfug, der auf dem Hin- und Hergange unvermeidlich stattfinden muß, will ich gar nicht einmal reden". „Das ist freilich wahr, sagten die Mütter, aber es ist nicht zu ändern; zum tödten ist es auch nicht; wir selber haben es nicht besser gehabt, und wir sind

doch auch noch da". „Freilich ist es zu ändern, sagte
der Vikar, und ich werde es, so Gott will, noch ändern
und zwar diesen Winter noch. Wenn der Fabrikherr
den Unterweisungskindern die zwei Arbeitsstunden von
zehn bis zwölf mit oder ohne Abzug am Arbeitslohn
erläßt, so kann es ihm gleichgültig sein, ob er diese
zwei Stunden den Kindern früh am Morgen oder um
Mittag erlaube. Dem Unterweisenden ist es aber
nicht gleichgültig, ob er die Schüler ermüdet und zer-
streut oder noch mit frischen Kräften in die Stunden
bekomme. Auch den Kindern und Eltern muß es ja
erwünscht sein, wenn die Kinder täglich zwei Stunden
weniger auf der Straße sind bei allem Wind und Wetter, und auch um so weniger an Kleidern und Schuhen
verderben". „Das wäre wohl recht, sagten die Mütter,
aber den Fabrikherren würde das auch nicht lieb sein;
denn sie wollen, daß die Arbeit frühe in allen Theilen
beginne; es kann von sieben bis zehn, da dann die
Kinder in die Unterweisung gehen, durch sie schon manches vorgearbeitet sein, daß sie dann eher für zwei Stunden entlassen und ersetzt werden können. Zudem, Herr
Vikar, wenn Sie dann früh von sechs bis sieben täglich Eine Stunde geben wollten, also wöchentlich sechs
statt wie Kiesel höchstens in der Woche drei gegeben,
so verlieren die Kinder zwölf Arbeitsstunden". „Ach
Gott, verlieren! sagte der Vikar; drei Unterrichtsstunden
hätten sie mehr, und sechs Stunden hätten sie wöchentlich weniger zu laufen; und der Unterricht wäre um so
gesegneter. Wer weiß, wenn ich selber mit den Fabrik-

herren rede, fo geben fie meinem Vorſchlag Beifall und
ſchenken Euren Kindern wöchentlich wenn nicht gerade
die zwölf doch acht oder zehn Arbeitsſtunden". „Wir
zweifeln dran, ſagten die Mütter; zwölf Stunden machen
Einen Arbeitstag, und dieſen Einen Taglohn wöchentlich
den Winter über zu verlieren, macht uns eine große
Summe, die wir durchaus nicht dahinten laſſen können.
Nein, Herr Vikar, führen Sie da nichts Neues ein".
„Aber, ſagte dieſer, wenn die Fabrikherren auch für
acht Stunden Euren Kindern keinen Abzug machen,
wollt Ihr dann einwilligen, daß ſie ſtatt um eilf
um ſechs Uhr in die Unterweiſung kommen"? „Ja,
ſagten ſie, das ginge dann ſchon, und müßten die Kinder dann wirklich in der Woche acht Stunden weniger
laufen. Aber der Pfarrer wird das nicht zugeben". „Das
habe ich dann mit ihm auszumachen, ſagte der Vikar.
Wie die Sachen hier ſtehen und die meiſten Konfirmanden Fabrikarbeit ſuchen müſſen, würde ich überhaupt
den Konfirmationsunterricht auf den Sommer verlegen
und die Konfirmanden früh um fünf Uhr unterrichten,
und um ſechs könnten ſie an die Arbeit, das wäre das
Paſſendſte. Und wenn ich Geſetzgeber wäre, ſo ſollte
mir kein nichtkonfirmirtes Kind in die Fabriken aufgenommen werden dürfen". „Aber das Brot, Herr Vikar,
das Brot; ſagten die Mütter; ſollen denn die Kinder
der Unterweiſungsſtunde wegen den ganzen, langen
übrigen Tag herum ſtehen und herumſitzen und nichts
verdienen"? „Aber, fragte der Vikar, habt Ihr denn keine
häuslichen Arbeiten"? „Lange nicht genug, antworteten

die Frauen, und wir verdienen nichts dabei". „Aber,
fragte der Vikar, der in den Fabriken verdiente Wochenlohn wird er auch gespart? wird nichts davon vergeudet,
verputzt? Müßt Ihr nicht auch deßwegen suchen mehr
zu verdienen, weil ihr mehr braucht, als nöthig ist,
weil ihr euch an mancherlei gewöhnt habt, was kein
dringendes Bedürfniß ist"? „Das ist wohl wahr", sagten sie.

Daß sich aber dergleichen nicht sogleich und nicht
durch Predigen ändern lasse, wußte der Vikar gar wohl.

Dieses Hin- und Herlaufen der Konfirmanden in
die Stadt und zurück, ihr mehr als unnützes Geschwätz
auf der Straße vor und nach der Unterweisung sollte
nun dem Vikar durchaus aufhören. Er ging zu den
Fabrikherrn; sie gaben seinen Vorstellungen Gehör und
erlaubten wenigstens, daß die Konfirmanden an den
vier ersten Wochentagen statt früh um sieben erst um
acht Uhr in die Arbeit treten und zwar ohne Abzug
am Wochenlohn. Dann besuchte der Vikar auch den
Vorsteher des Kirchenrathes, machte ihn mit den Um-
ständen bekannt und dieser billigte durchaus, daß der
Vikar seine Unterweisungsstunde statt um eilf Uhr, früh
um sechs Uhr gebe. Den Kindern war es ganz recht,
daß sie so in der Woche acht Stunden weniger zu laufen haben, und auch die Eltern ließen sich die frühe
Unterweisungsstunde gefallen um so mehr, da der Vikar
die Fabriken hatte gewinnen können, daß sie den Konfirmanden für die acht Arbeitsstunden weniger in der
Woche keinen Abzug machen wollten.

Das einzige Hinderniß, die Unterweisungsstunde
früh um sechs Uhr zu halten, war die Verena ab den
Berghöfen. Wie sollte diese Tochter schon um fünf Uhr
bei noch finsterer Nacht den jähen und schlüpfrigen Weg
herunterkommen? „Das macht mir nichts, sagte sie
zwar, vom Vikar darüber gefragt; wir fahren im Winter stets auf Schlitten den Berg hinab, und zwischen
den Borden bleibt man da stets im Geleise, neben
hinaus kann man nicht". „Nein, das geht nicht, antwortete der Vikar; Du müßtest zu frühe aufstehen, bald
nach vier Uhr; das würde die Großmutter stören".
„Wisset Ihr was, erwiederte dann Verena; ich habe im
Dorf eine ältere, verheirathete Schwester, bei der bin
ich schon oft übernachtet, sie hat neben ihrer Wohnstube
ein übriges Bett in einem Kämmerchen, in dem den
Winter über Niemand wohnt, da könnte ich an den
Unterweisungstagen übernachten; am Morgen ginge ich
dann wieder zur Großmutter hinauf, und könnte ihr
so den Tag über viel ungestörter helfen, als wenn ich
um Zehn fortgehe und erst nach Eins wieder hinauf-
komme. Doch wäre es am besten, Ihr selber würdet mit
der Großmutter reden. Ach wie würde es sie freuen,
wenn sie Euch einmal sähe"!

Am Morgen des nächsten Tags schon sagte der
Vikar zu Martha, er werde den ganzen Tag fort sein
und Hausbesuche auf den Berghöfen machen.

Als das der Pfarrer hörte, war er unwillig: „Das
ist sehr eigenmächtig, sagte er, daß sich der Vikar einen

ganzen Tag entfernt ohne meine Einwilligung. Meint
denn der Narr, er werde mit diesen Hausbesuchen etwas
bessern? Die Leute bleiben dieselben, die im Dorf wie
auf den Höfen; er will sich selbst in Gunst setzen, darum läuft er in den Häusern herum; er will für die
nächste Predigt und Kinderlehre wieder viele Kirchen-
läufer zusammenwerben«.

»Ja, sagte die Sabine; das ist ein verfluchtes Geläuf am Morgen schon und dann wieder Mittags und
in alle Nacht hinein. Und was ich da Stiefel und
Schuhe zu trocknen und zu putzen habe! Er ist vornehm
und immer aufgeputzt und meint, man könne es auf
dem Lande haben, wie in der Stadt, und die Stiefel
können immer glänzend sein. Ich muß ihm oft an Einem
Tag mehr putzen als Euch, Herr Pfarrer, in Einem
Monat. Er wird mir ab den Berghöfen wieder saubre
Stiefel heimbringen. Wenn das so fortgeht, so müßt
Ihr ihm befehlen, er solle seine Schuhe selber putzen
oder die Jungfer Martha kann es dann thun«. »Das
werde ich auch, sagte Martha; ich schäme mich keiner
Arbeit, ich habe auch nie ausgewählt und nie unter den
Arbeiten auswählen können, ich scheue auch keine Ar-
beit; auch der Vikar scheut sie nicht; die Hausbesuchun-
gen gehören nun einmal zu seiner Arbeit und dieser
geht er nach und das dünkt mich recht«. »Es ist ein
Schein von Arbeit, sagte der Pfarrer, ein geschäftiger
Müßiggang dieses Häuser besuchen, es ist ein Heuchel-
schein, er will damit den alten Pfarrer in den Schatten

stellen und selber aber in einem Heilgenschein stehen".
„Und wenn er dazu glänzende Stiefel braucht, sagte
Sabine, kann ihm sie die Jungfer Martha wichsen".

XXI.

Ein dichter Nebel füllte das Thal an dem Morgen,
da der Vikar zu den Berghöfen hinaufstieg. Durchs
Dorf wurde er von Vielen freundlich gegrüßt. „Kommt
Ihr im Rückweg nicht auch zu uns"? fragte ihn mehr
als eine Frau. Er versprach Jedermann seinen Besuch,
sobald er Zeit finde.

Der Weg war ihm neu und bot ungeachtet des
Nebels ihm in der nächsten Nähe mancherlei Schönheiten. Die Straße führt neben dem Bach durch ein
enges Seitenthal hinauf; der Bach kömmt durch Felsen
her, über die er in unzähligen größern und kleinen
Fällen rauscht; am Bache stehen viele hohe Nuß- und
Obstbäume, dann wieder Weiden, Erlen und Eichen
und mannigfaches Gebüsch, das nun bereift sich über
dem dunkelgrünen Wasser des Baches wölbte; auf der
andern Seite der Straße erhebt sich der Fels des Berges in großen Massen; dann senken sich wieder halben
herab, Wiesen und Weiden und Waldungen mit hohen
Buchen und Tannen. „Was wird da, dachte der Vikar,
im Sommer zu zeichnen sein an Felsen und Bäumen".
Es bot sich ihm jetzt schon hier und dort manches sich
rund abschließende Bild.

Wie er dann den Berg hinanstieg, kam er bald über
den Nebel zu stehen im lieblichsten Sonnenschein. Ueber
ihm war der Himmel das reinste Blau; wie ein weißes
glänzendes, buchtenreiches Meer füllte der Nebel die
Tiefe, dunkle Höhen erhoben sich aus demselben wie
Vorgebirge; im Süden erglänzte hoch das Gebirg im
klarsten Licht. Lang stand er still vor all dieser Herr=
lichkeit. „Eine rechte Adventslandschaft, dachte er; Fin=
sterniß bedecket das Erdreich und Dunkel die Völker;
aber über Dir gehet auf der Herr, und seine Herrlich=
keit erscheinet über Dir“. Er stieg weiter hinauf und
sah endlich die Berghöfe: sieben große, einzeln stehende
Häuser, umgeben von Gärten und Obstbäumen, eine
liebliche Bergebene mit der weitesten Aussicht nach allen
Himmelsgegenden.

Das Haus der Großmutter Salome, wissen wir,
ist für den Hinaufkommenden das erste, es sieht in den
Hohlweg hinunter. Verena hatte den Vikar erblickt und
sprang ihm entgegen und führte ihn zur Großmutter.
Sie grüßte ihn mit vor Freude und Dank leuchtendem
Angesicht. Sie wollte ihm sogleich einen Kaffe machen
lassen. Er sagte, er bedürfe noch nichts, er wolle jetzt
allererst die Leute jedes einzelnen Hauses grüßen. „So
kommet denn doch zu uns zum Mittagessen, sagte die
Großmutter, versprechet mir das, denn man wird Euch
in jedem Hause zu Tische laden. Nicht wahr, Ihr kom=
met zu uns“? Der Vikar versprach es.

Er verweilte noch einige Zeit bei der Großmutter,
die ihn ungemein ansprach. Sie klagte ihm bald, wie

schmerzlich sie es vermisse, nicht mehr zur Kirche zu können, und wie sie nun schon etliche Jahre keine Predigt mehr gehört habe und nicht mehr zum Tisch des Herrn habe gehen können und erzählte ihm auch von jenem Vikar, der vor hundert Jahren bisweilen auf diesen Höfen geprediget. „Ach, sagte sie, wenn auch ich noch so etwas erlebte". „Das ist wohl möglich, sagte der Vikar; Ihr habt da eine große, heitre und warme Stube; und wenn es Euch recht ist, so halte ich heute schon allhier den Leuten ab den Höfen eine Predigt; und sage ihnen, wenn Ihr es erlaubet, da ich nun jedes einzelne Haus besuche, ich werde Schlags drei Uhr hier in Eurer Stube eine Wochenpredigt halten". „Ach, Gott sei Lob und Dank, sagte die Großmutter. Von Erlauben ist da keine Rede. Das ist mir und gewiß allen andern die größte Freude, wenn Ihr so gut sein und uns hier eine Predigt halten wollt. Haben wir nicht genug Bänke und Stühle, so geben uns die Nachbarn, was uns nöthig ist. Saget den Leuten auch, daß sie die Gesangbücher mitbringen, so können wir einen ganzen Gottesdienst halten. Mit dem Mittagessen aber warten wir Euch, bis Ihr in allen Häusern gewesen seid".

Der Vikar wurde überall mit der größten Freude und Herzlichkeit empfangen. Jede Familie wollte ihn bewirthen. Er fand da in jedem Hause die Großeltern, Eltern und Kinder beisammen, alles beschäftigt, die Häuser und Stuben aufgeräumt, überall Zeichen des Wohlstandes aber auch noch alter Einfalt der Sitten.

Ein Wirthshaus war nicht auf diesen Höfen; auch hatte
Niemand nöthig, in der Stadt und in den Fabriken
Arbeit zu suchen. In den Wirthshäusern zu Waldbrunn
waren die Leute ab den Berghöfen selten zu sehen.

Die Männer und Frauen dieser Höfe erschienen dem
Vikar fast ohne Ausnahme ungemein verständig, natür-
lich und zutraulich. Die Kinder sah er wohl erzogen.
Nirgends mangelten Bibel, Gebet- und Liederbücher.

Daß er ihnen um drei Uhr in der Großmutter Salome Stube eine Predigt halten wolle, war besonders
den betagten Leuten eine Freudenbotschaft, aber auch
alle andern dankten ihm dafür.

Zur Großmutter Salome dann zurückgekommen,
fand er die große gegen Mittag schauende Stube schon
für eine Versammlung eingerichtet, mehrere Reihen von
Bänken standen bereit, vorn für die ältesten einige Lehn-
stühle. Für den Vikar stand den Bänken vorüber ein
Tischchen, auf demselben lag schon die Bibel und das
Gesangbuch.

Zum Mittagessen führte die Großmutter den Vikar
in das warme und heimliche Stübchen neben der Küche.
Wie freute sich Verena neben ihrem lieben Herrn Vikar
zu sitzen und ihm die Platten darzureichen mit den
Apfelschnitzen und dem gedämpften Kalbfleisch und dann
noch von dem Eierkuchen, was zu bereiten es der Großmutter geholfen hatte. „Es war zu spät, sagte die
Großmutter, noch einen Schinken zu kochen mit Sauer-
kraut und einem Erbsmuß; es wäre nicht mehr lind
geworden. Wir wollen hoffen, Ihr seid nicht zum letzten

Mal an unserm Tisch. Daß der Vikar nur ein einziges
Glas von dem rothen Wein trinken wollte, konnte der
auch sehr gesprächig gewordene Hausvater nicht begreifen. „Dünkt er Euch denn nicht gut"? „Es ist ein vor-
trefflicher Wein, sagte der Vikar, er schmeckt wie Bur-
gunder". „Und ist doch nur ein vier und dreißiger aus
unserm Rebberge in Waldbrunn". „Der Herr Vikar
wird eben keinen Wein nöthig haben zum Studiren,
sagte die Großmutter; so wohl es mich freute, wenn
Ihr mehr tränket, so verstehe ich Euch; aber ehe Ihr
wieder den Berg hinunter gehet, dürfet Ihr dann wohl
das Tröpfchen Euch schmecken lassen". „Dieses Glas,
sagte der Vikar, trinke ich auf Eure Gesundheit, Gott
erhalte Euch den Eurigen noch lange und daß Ihr auch
die Verena und die zwei jüngern Enkel Euch immer
mehr zur Freude und Hülfe heranwachsen sehet"! „Ich
danke Euch, Herr Vikar, sagte die Großmutter mit
nassem Auge; möge Verena so brav werden und fromm
wie seine selige Mutter, und mich einst in Allem, auch
in Erziehung der jüngeren Geschwister, ersetzen. Ach,
Herr Vikar, eins möchte ich noch erleben, daß ich dabei
sein könnte, wenn Ihr unserer Verena am heiligen
Palmsonntag die Erlaubniß ertheilt, zu des Herrn Tisch
zu gehen und daß ich dann auch noch einmal hienieden
des Herren Tischgenossin sein könnte"! „Gott ist Alles
möglich", sagte der Vikar.

Es war so zwei Uhr geworden. Da sagte die Großmutter: „Jetzt lassen wir den Herrn Vikar noch ein
wenig allein". Und dann brachte ihm die Verena noch

eine Taſſe ſchwarzen Kaffe mit Zuder. Die Großmutter
meine: „Das ſei dem Herrn Vikar vielleicht nicht
unlieb".

XXII.

Die große Stube war jetzt ſchon dicht erfüllt. Die
Leute hatten ſtatt des Werktaggewandes ein beſſeres an-
gezogen. Die Großmutter ordnete, daß die älteſten Väter
und Mütter die vorderen Reihen der Lehnſtühle einnahmen, dann die Frauen und Töchter folgten, und
weiter hinten die Männer und Knaben ſaßen und ſtanden. Der Vikar ſtimmte ihnen das Adventslied an:
    Macht hoch das Thor, die Thüren weit,
    Es kommt der Herr der Herrlichkeit.
Die Leute ſangen kräftig und nicht unrein. Auch die
Großmutter ſang leiſe mit. Der Geſang rührte ſie außerordentlich.

Dann hielt der Vikar ein Gebet aus dem Herzen
und ſprach darnach eben über die Worte des Propheten,
die ihn dieſen Morgen anklangen, als er im Sonnenſchein auf dem Berge über dem Nebel ſtand. Er ſchil-
derte die Finſterniß, die vor Chriſtus das Erdreich, und
das Dunkel, das die Völker bedeckte, wie ſein Gottes-
reich ſei gleich dem Sonnenſchein und dem reinen Himmelblau über den Winternebeln, die in den Thälern
liegen, als wollten ſie ſich nicht mehr heben, wie aber
Er, welcher geſagt: ich bin das Licht der Welt, die

dickſten Nebel und Wolken durchbrochen, wie er aber
nur das Licht der Welt geworden, weil er ſelbſt für
uns in den Tod, in den Kreuzestod eingegangen und
vom Grabe erſtanden. Wie eigentlich der von ſeinem
Kreuz und ſeinem leeren Grabe ausſtrömende Glanz die
Nacht des Heidenthums und deſſen Irrlichter und Todes-
kälte und die Finſterniß der Sünde und ihren Jammer
überwunden, und wie die Krippe zu Bethlehem eine
arme und troſtloſe geblieben wäre, wenn ſie nicht hin-
unterſähe in das geſprengte neue Auferſtehungsgrab im
Garten neben Golgatha. Er ſagte: wo immer in der
Welt der Lobgeſang der himmliſchen Heerſchaaren gehört wird: Ehre ſei Gott in der Höhe und Friede auf
Erden und an den Menſchen ein Wohlgefallen, wo
immer dem Kind in der Krippe dargebracht wird Gold,
Myrrhen und Weihrauch, wo immer des Herren Predigt
vom Berge gehört wird und ſein Wort: folge mir, und
mit ihm gegangen wird nach Gethſemane und Golgatha
und an ſeinem Grabe geſungen wird: der Herr iſt erſtanden, er iſt wahrhaftig erſtanden und wo dem in
den Himmel gefahrenen nachgeſehen wird in der Ge-
wißheit, er wird wieder kommen und alle heiligen Engel
mit ihm und ſitzen auf den Stuhl ſeiner Herrlichkeit:
da ſchwanden die Nebel und Wolken und leuchtet des
Herrn lieblicher Tag. Wo aber die Menſchen in ihrem
Uebermuth, in ihren Sünden, die immerhin weit größer ſind als ihre Fortſchritte, ihre Kenntniſſe, Künſte
und Fertigkeiten, nur ihre Ehre ſuchen und die Krippe
zu Bethlehem und des Himmels Geſang — über der-

selben und das Grab der Auferstehung neben Golgatha
für Fabeln ausgeben, da kehren die alten Nebel des
Heidenthums mit seinen Irrlichtern und seiner Todes-
kälte zurück und bleiben liegen in der Tiefe. Aber
immerhin leuchtet über den Nebeln klar des Evangeliums Himmelsbläue. Und das ist des Christen frohe
Zuversicht, aus der drückenden Gräberluft in die lichten
Wohnungen entrückt zu werden, die der bereitet hat,
welcher ein Menschenkind ward, auf daß wir Gottes-
kinder würden.

Nach dieser Betrachtung betete der Vikar nochmals
und zwar das bekannte Gebet eines Wochengottesdien-
stes, das er auswendig wußte; das heimelte die Großmutter und alle alten Leute gar sehr. Darauf ward
wieder gesungen und zwar das Lied:

> Fröhlich soll mein Herze springen
> Dieser Zeit,
> Da vor Freud
> Alle Engel singen.

Nach dem Segensspruche umgaben voraus die alten
Leute den Vikar, reichten ihm die Hand und dankten
ihm und viele mit Thränen, daß er sie so erquickt und
daß er ihretwegen heraufgekommen sei. Auch der Salome
wurde gedankt und der Wunsch ausgesprochen, dieß
möchte auf den Berghöfen nicht die letzte Predigt sein.

Noch verweilte dann der Vikar bei der Salome. Es
war der heiterste Mondschein, und also nicht hinabzu-
eilen wegen einbrechender Finsterniß. Verena hatte schon
berichtet, daß die Unterweisungsstunde mit Beginn der

nächsten Woche sollte um sieben Uhr gehalten werden
und es dann bei seiner Schwester übernachten müßte.
Die Großmutter billigte ganz des Vikars Gedanken.
„Es ist gar nicht zu begreifen, sagte sie, wie ein Pfar-
rer nur seiner Bequemlichkeit wegen, damit er zu der
ihm gelegensten Stunde um eilf Uhr Unterweisung halten könne, die armen oft elend gekleideten Kinder eine
Stunde weit hin und her laufen lassen kann. Unsre
Verena wird zum Bessern kein Hinderniß sein und kann
an den vier Unterweisungstagen bei meiner ältesten
Tochter im Dorf übernachten. Aber jetzt noch eins,
Herr Vikar: Ihr habet meine und Aller Andern große
Freude und Erbauung gesehen, daß Ihr uns gepredigt;
o wie danke ich Euch dafür! Aber wie einsam und verlassen und öd und traurig wird es uns am nächsten
heiligen Weihnachtsfest sein. Wir hören die Kirchen-
glocken Morgens und Mittags aus dem ganzen Lande
ringsum herauftönen; es ist das zwar auch feierlich und
erbaulich, aber bei uns bleibt alles stumm, jedes sitzt
still über seiner Bibel oder dem Gebetbuch, und Niemand von uns Alten kömmt mehr zu des Herren Tisch.
Ich weiß, Ihr selber saget: das ist nicht recht. Ach,
wenn Ihr Euch unser erbarmen könntet und wolltet,
Herr Vikar"! „Am Willen mangelt es mir gar nicht,
antwortete dieser; Ihr habt eigentlich ein Recht, einen
Gottesdienst von Eurem Seelsorger zu fordern. Dieser
ist verpflichtet, den Frieden seines Herren jedem Hause
zu bringen, einen jeglichen bei Tag und Nacht zu vermahnen, auch das Brot zu brechen hin und her in den

Häusern. Die apostolische Predigt ist wie die älteste so
auch wol die beste Predigerordnung. Wo zwei oder drei
in meinem Namen versammelt sind, spricht der Herr,
da bin ich mitten unter ihnen. Ich werde Euch auch
noch öfter allhier predigen. Und ich will es Euch versprechen, wenn es mir immer die Zeit erlaubt, so will
ich Euch am heiligen Weihnachtsfest eine Abendpredigt
halten und weil Ihr es so sehnlich wünscht, mit Euch
auch des Herren heiliges Abendmahl feiern. Ihr seid
eine Berggemeinde; hättet Ihr eine Kapelle, so wäre
der Pfarrer sogar verpflichtet, von Zeit zu Zeit hier zu
predigen und auch das Sakrament zu spenden. Aber,
meine liebe Großmutter, die Stunden am Weihnachts-
tage sind mir gezählt. Ist die Kommunion zahlreicher,
so währet der Morgengottesdienst bis eilf Uhr; halte
ich um ein Uhr die Mittagspredigt, so kann ich doch
erst um drei Uhr auf dem Wege und etwa um vier
Uhr hieoben sein. Obschon es dann hieoben fast eine
Stunde länger Tag ist als drunten im Nebel des Thales, und wenn Euch auch an der Weihnacht die Sonne
wolkenlos untergeht wie gerade jetzt, und Euch dann
noch wie jetzt der rothe Himmel in die Stube scheint,
so ist es doch auch hier bald nach fünf Uhr Nacht und
eher noch, als ich die dritte Predigt, die Weihnacht-
abendpredigt beginnen könnte". „Ja, sagte die Großmutter, ich habe an das Alles nicht gedacht; es wäre
für Euch, nachdem Ihr noch mühsam den Berg bestie-
gen, die dritte Predigt". „Dies ist nicht die Schwierig-
keit, antwortete der Vikar, ich werde, Gott sei Dank,

nicht leicht müde, und wenn ich Stunden lang rede
oder auch noch so rasch und anhaltend gehe, fühle ich
meine Brust nicht des geringsten ermattet. Aber eine
nächtliche Versammlung bei nur wenigen Lichtern hat
nicht nur etwas Unfeierliches sondern wird auch leicht
verdächtigt". „O da wollte ich schon helfen, sagte die
Großmutter, und eine Menge Kerzen brennen lassen in
der Stube herum; es müßte sein wie dort, da viele
Fackeln waren auf dem Söller, als die Jünger auf
einen Sabbath zusammenkamen, das Brod zu brechen
und Paulus ihnen predigte und das Wort verzog bis
Mitternacht".

„Aber dann noch eins, sagte der Vikar; es müßte
den Leuten eingeschärft werden, daß sie von der Sache
wenig reden, daß Niemand aus dem Dorf heraufkomme
und daß wem immer Alter und Gesundheit es erlauben, zum Morgengottesdienst und zur Kommunion in
die Kirche hinunter gehe; denn ich würde auf jeden
Fall hieoben den Abendmahlskelch nur den Hochbetagten und Schwachen reichen, die nicht mehr hinunter
können. Sonst hätte es den Schein, ich wollte einen
Winkelgottesdienst helfen einführen. Ich bin kein Freund
der Sekten und möchte auch nicht gern für einen Sektirer gehalten werden". „Behüte Gott, sagte die Großmutter; auch ich möchte nichts wider die Ordnung; und
nicht des geringsten soll Aergerniß gegeben und Alles
soll, wie Ihr wollet, pünktlich eingerichtet werden".

„Das Abendmahlgeräth, fuhr der Vikar fort, lasset
Ihr dann am Weihnachtstag selbst Mittags durch eine

vertraute Person aus dem Pfarrhause heraufholen, ich
werde dafür sorgen, daß der Kelch und Teller und auch
des Abendmahlbrotes so viel als nöthig ist, dem Boten
dann übergeben wird".

„O, Herr Bikar, was für glückliche Tage werde ich
in Hoffnung bis zur Weihnacht haben; ich freue mich
nun auf dieses Fest wie ein Kind auf seinen Weihnachtsbaum. Und es heißt ja: wenn ihr nicht werdet
wie die Kinder, werdet ihr nicht ins Himmelreich
kommen".

Es war schon später geworden, das helle Abendroth
längst erblichen und Mond und Sterne strahlten im
hellsten Schein über dem Nebel der Tiefe. Man sah
aus der Stube in das vom Licht des Mondes glänzende
weiße Meer hinunter. Es war dem Bikar, er sähe aus
einer der höchsten Sennhütten der Alpen in Gletscher,
welche Thäler hoch erfüllen, hinab und auf ihre breiten Schneefelder. Er brach auf, um nicht zu spät im
Pfarrhaus einzutreffen.

„Am Weihnachtsfest aber, sagte die Großmutter,
laß ich Euch, nachdem Ihr dann ein so schweres Tag-
werk verrichtet, in der Nacht nicht noch ins Dorf hinunter. Dann mache ich Euch ein Stübchen und gutes
Bett bereit; es soll Euer Bikarstübchen sein, so oft Ihr
heraufkommt und bei uns bleiben wollt. Ihr werdet
mir und uns allen immer einen frohen Tag machen,
wie der heutige einer geworden ist, mir einer der frohe-
sten seit langer, langer Zeit".

Festen Schrittes, guten Auges, gelenk und im Steigen geübt, wie der Vikar war, gelangte er sicher und schnell die Halde hinab, trat wieder in des Thales Nebel, eilte am Bache hinunter. Martha hörte die Tritte durch den Pfarrhof, sie spann noch neben der Sabine, stand aber sogleich auf und öffnete ihm das Haus und sagte: „Die Suppe finden Sie im Ofenrohr".

XXIII.

Der Pfarrer, unwillig über das eigenmächtige Fortgehen und Wegbleiben des Vikars, hatte für ein und alle Mal befohlen, ihm mit dem Nachtessen nicht mehr zu warten, ihm auch, wenn er gar zu spät käme, das Haus nicht mehr zu öffnen, auch ihm den Hausschlüssel nicht zu geben.

Ohne Wissen der Sabine hatte Martha die Suppe ihm noch hinaufgestellt.

„Ihr hättet ihm das Haus nicht mehr öffnen sollen, sagte Sabine, als Martha wieder an's Spinnrad saß; der Herr Pfarrer will es so". „Es ist noch nicht neun Uhr, antwortete Martha, und der Vikar hat das Recht und die Pflicht, bei Kranken oder Sterbenden so lange auch in der Nacht zu bleiben, als er es für nöthig findet". „So haben wir, fuhr Sabine fort, durch diesen im Dorf und auf den Berghöfen herumschließenden Vikar bei Tag und Nacht keine Ruhe und der Pfarrer sagte: der Vikar werde wol noch wie ein katholischer Geistlicher den Sterbenden das Abendmahl reichen, den Kelch

vor sich her durchs Dorf selbst tragen und vom Sigrist
mit der Laterne sich zünden lassen wollen. Er sei ein
pharisäischer Heuchler und ein reformirter Jesuit". „Der
Pfarrer sollte Dir das nicht sagen, antwortete Martha,
denn Du bietest es wieder im Dorf herum, und das
schadet nur dem Pfarrer; denn daß der Bikar ein wahrer Seelsorger ist, wird das Dorf immer mehr erfahren".

Am zweiten Sonntag war die Kirche noch gedräng-
ter erfüllt als am ersten. Auch aus andern Dörfern
waren Zuhörer hergekommen. Die Freunde Peters und
Walters hatten, wohin sie konnten, ihren Glaubensge-
nossen sagen lassen, was für einen gläubigen Bikar und
trefflichen Prediger sie nun haben.

Sabine berichtete dem Pfarrer: es seien viele Sektirer auch aus benachbarten Gemeinden in der Kirche
gewesen; der Bikar habe wieder nicht des Pfarrers Gebete gebetet und von nichts als von Bußethun gepredigt, denn das Himmelreich sei nahe herbeigekommen.
„Lehre er nur, sagte der Pfarrer, die Waldbrunner zuerst
vernünftig denken und handeln, so sind sie schon dadurch im Himmelreich. Der Unvernunft absagen, das
heißt Buße thun. Aber wie will ein Unvernünftiger
Vernunft predigen"?

Nach der Predigt kam Peter zum Bikar und bat
ihn, da so viele Gläubige aus andern Gemeinden im
Dorf seien und auch die Kinderlehre noch besuchen, er
möchte nach derselben ihnen noch eine Bibelstunde halten. Der Bikar sagte zu.

Vor der Kinderlehre ging er ins Schulhaus, wo
sich nach seiner Anordnung die Jugend versammelt hatte,
sang noch mit ihnen das Lied, das im Gottesdienst
gesungen werden sollte und führte sie dann wohlge-
ordnet und stille in die Kirche. Die Gemeinde freute
sich darüber und noch mehr über das Singen der Kinder, deren frische Stimmen nun den Gesang der Gemeinde leiteten und hoben. Der Vikar erklärte dann
den Lobgesang der Maria, den er hatte auswendig lernen lassen. Anführung von Bibelsprüchen und bekannten
Kirchenliedern und Beispiele aus der Bibel begleiteten
von neuem seine Erklärung. Von dem Gehörten gaben
die Kinder wieder Rechenschaft verständig und Jedermann vernehmlich. Die Großmutter Salome hatte durch
ihre Verena, die ihr die Kinderlehre wiederholte, fast
eine Bibelstunde.

In die Bibelstunde, welche aber der Vikar nach der
Kinderlehre in Peters Stube hielt, war auch Martha
gekommen. Sie hatte sich, mißleitet durch des Pfarrers
Behauptungen, die Bibelstunden seien unnütz und sek-
tirerisch, vorgestellt, es komme in denselben Kopfhänge-
reien und Schwärmereien vor. Aber jetzt hörte sie: der
Vikar sprach nach einem kurzen Eingangsgebete vom
Täufer Johannes, von dessen Geschichte und Aufgabe,
Geist und Schule, Gesinnung und Ausgang. Der Vor-
trag war erfüllt von bibel = erklärenden, geschichtlich be-
lehrenden und erbaulichen Gedanken, wie in Form und
Inhalt sie in der Predigt nicht vorkommen können.
Durch diese Eine Bibelstunde war nun Martha von

der Nothwendigkeit derselben durchaus überzeugt. „Und
es ist nur nicht zu begreifen, sagte sie im Heimgehn
zum Vikar, daß ein Pfarrer sein ganzes langes Leben
nicht daran denkt, jeden Sonntag Abend noch eine solche
Stunde zu halten zur Belehrung, Erbauung und Unterhaltung seiner Leute".

Der Pfarrer hatte Besuch, die Sabine war im Dorf
und so konnte sich Martha noch einen Theil des Abends
mit dem Vikar unterhalten. Die Predigt und Kinderlehre wurde wieder besprochen. Der Martha waren aus
derselben alle einzelnen Gedanken und Wendungen gegenwärtig. Darnach sagte sie: „Seit einigen Jahren ist
mir die traurigste Zeit der Sonntag-Nachmittag und
Abend. Früher las etwa der Pfarrer vor an einem
langen Sonntag-Winterabend, oder er ließ sich vorlesen.
Beides mag er nicht mehr. Lesen kann ich auch nicht
immer. Und was sollte ich mit Sabine reden? Sie
geht ins Dorf. Der Herr ist hinter seinen Büchern und
ich meist den ganzen Nachmittag und Abend allein. In
allen Häusern im Dorf freuen sie sich ihres Beisammenseins, Kinder und Eltern und Geschwister und Freunde.
Ach die Mütter, die glücklichen Mütter gehen im Sommer mit ihren Kindern Sonntags durch die Aecker und
Felder; im Winter sitzt die Mutter selig unter ihren
Kleinen, erzählt ihnen, singt und betet mit ihnen. Alles
ringsum so gesellig und vergnügt zu wissen und sich
selber so durchaus einsam und verlassen zu sehen, keine
vertraute Seele zu haben und genießen zu können: o,
Herr Vikar, das ist schwer, sehr schwer. In der schönen

Jahreszeit kann ich mich im Garten ober in der Umgegend ergehen und erheitern. Aber den langen Winter
hindurch bin ich einsam; — auch einige der Kinder der
Nachbarschaft, die ich sonst um mich versammle, kann
ich am Sonntag nur selten haben. Wahrlich ich sehne
mich an einem so trübseligen langen, langen Abend
nach der Arbeit des Werktages, als wäre er der Fest-
und Feiertag und ich übernehme es gerade am Sonn-
tagabende gerne, für Sabine die Geschäfte in Küche und
Stall zu verrichten".

„Wir können uns nun gegenseitig erheitern, sagte
der Vikar, und das ist auch mir erwünscht; denn es
werden und müssen jetzt stürmische Tage kommen im
Pfarrhaus. Sobald der Pfarrer vernommen, was alles
ich mir schon erlaubt und was ich noch vorhabe, so
wird sein Zorn losbrechen". „Es ist gut, sagte Martha,
wenn Sie sich darauf gefaßt halten, denn er ist eben so
heftig als unversöhnlich". „Ich kenne diese Art, erwiederte der Vikar, woher sollte ihnen Sanftmuth und
Versöhnlichkeit kommen, sie verläugnen den, der allein
beides ist, der allein beides giebt. Sie läugnen den
Gottmenschen und verstehen daher auch nicht das
Wunder seines Wortes: Lernet von mir, denn ich bin
sanftmüthig und von Herzen demüthig. Ich werde ganz
gewiß unaufgeregt und in der Stellung und Stimmung
eines ruhigen Beobachters bleiben".

Noch theilte er der Martha mit, daß er am nächsten
Morgen um sieben Uhr die erste Unterweisungsstunde
in der Frühe halte und daß der alte Walter dafür sorge,

daß seine Schulstube warm und gehörig erleuchtet sei.
»Ich werde aber nach der Unterweisungsstunde mit den
Kindern in die Stadt gehen und mich mit ihnen auf
der Straße unterhalten. Was hilft es, wenn ich ihnen
sage: seid unterwegs doch anständig und ehrbar, wenn
sie keinen Begriff haben eines bessern Gespräches und
wenn sie Jahr aus und ein in und aus den Fabriken
umgetrieben bleiben im Wirbel wüster Gedanken, und
sie neben ihren Rädern und Spindeln das Alles in
seine Zähne reißende Getrieb der Lüge und Unzucht um-
saust, und Jahre lang und gerade die schönsten Jahre
der Jugend hindurch der eine wüste Faden gesponnen
und dieser der Zettel wird des ganzen Lebens und das
übrige Leben ein ähnlicher Einschlag! O die armen
Kinder, und die armen Sklaven! Wenn immer ich in
die Stadt muß, werde ich es suchen so einzurichten, daß
ich mit meinen Kindern hineingehe. Zum Mittagessen
werde ich dann Morgen nicht kommen, Nachmittags
meine Hausbesuchungen fortsetzen und erst später wieder
heimkehren«.

»Dann wird sich aber der Pfarrer nicht länger halten können, sagte Martha; und auf den Dienstag ist
dann ohne Zweifel ein Gewitter zu erwarten«. »In
Gottes Namen, antwortete der Vikar; in gewissen Beziehungen freue ich mich darauf; jetzt herrscht Schwüle
und Spannung, so oft wir am Tische oder sonst einander vorüber sind; das Gewitter wird die Spannung
irgend wie lösen und eine Entscheidung, eine läuternde
Scheidung bringen«.

Der Vikar hielt seine erste Morgen-Unterweisungs-
stunde. Wie viel munterer, williger und aufmerksamer
fand er alle Zöglinge! Dann ging er mit ihnen in die
Stadt. Daß er sich ihrer nicht schäme, daß er mit armen
Fabrikkindern möge auf der Straße sein und in die
Stadt einziehen, daß dieses freundlich sei von ihrem
Vikar, erkannten und fühlten die meisten. „Er meint
es doch wohl mit uns, sagten viele, er ist liebreicher
gegen uns als selber Vater und Mutter".

Der Vikar ging wieder zum Vorsteher des Kirchenrathes, sagte ihm, daß er auf Bitten besonders der alten
Leute auf den Berghöfen ihnen eine Wochenpredigt gehalten und daß er bereit sei, auf ihren Wunsch am
Abend des kommenden Weihnachtsfestes ihnen wiederum
zu predigen und mit den Betagten und Schwachen das
Abendmahl zu halten. Er legte dar, wie Alles ange-
ordnet sei und wie aller Schein von Stündelei und
einer sektirerischen Absonderung werde vermieden werden.
Der Vorsteher des Kirchenrathes sah darin nur Löb-
liches und sagte: „Darf und soll man den in ihren
Betten liegenden Kranken der Spitäler in ihren Sälen
predigen und ihnen das Sakrament reichen, warum
sollte man das den Alten und Schwachen einer Berggemeinde verweigern, die nun einmal nicht in die Kirche
hinunter können? Sie dürften das Sakrament sogar
den Gesunden und Starken dort spenden. Wenn die
Berggemeinde einen eigenen Geistlichen anstellen wollte,
wer könnte es ihr wehren? Und wenn Sie, Herr Vikar,
über den Berghöfen die Gemeinde und Kirche Wald-

brunn selbst nicht im geringsten vernachläffigen, so kann
ich Ihr Vorhaben, an einem so hohen Festtage noch
mehr zu thun, denn man billiger Maßen fordern könnte,
nur loben. Was der alte Pfarrer, welcher die Berghöfe,
wie ich vernommen, dreißig Jahre lang nie besucht, zu
den Wochen- und Festpredigten sage, die Sie jetzt auf
den Höfen halten und wollen halten, darauf ist gar
nicht zu achten. Daß Sie dieses und andres nicht seinem Urtheil und Gutheißen unterwerfen mögen, begreife ich. Sie werden einen schweren Stand bekommen;
aber halten Sie fest; bei mir werden Sie die nöthige
Unterstützung finden".

Getrost kehrte der Vikar wieder in sein Dorf zurück
und setzte seine Hausbesuchungen fort.

Er aß beim alten Walter zu Mittag, was den Greis
sehr freute. Der sagte ihm: „Ries billige die Verlegung
der Unterweisungsstunden; Rauber aber meine, der Vikar
hätte dazu erst die Erlaubniß des Gemeindeammanns
haben sollen; die Eltern dagegen seien über diese Er-
leichterung der Kinder gar zufrieden; und Rauber finde
in seinen Klagen über den Vikar keine Zustimmung".

Sabine hatte nun dem Pfarrer Alles berichtet, wie
der Vikar letzten Freitag auf den Höfen eine Abendpredigt gehalten, am Sonntag nach der Kinderlehre bei
dem Stündler Peter eine Bibelstunde, am Montag schon
um sieben Uhr beim Kerzenlicht eine Unterweisungsstunde, wie er mit den Fabrikkindern in die Stadt gelaufen sei und wie auch der Ammann über den Vikar
zürne.

XXIV.

Am Dienſtag Morgens ließ der Pfarrer den Vikar
herab auf ſein Zimmer rufen. Der Vikar ließ antworten, wenn nicht gerade dringende Geſchäfte zu behan-
deln ſeien, ſo ſtehe er nicht von ſeiner Arbeit auf, er
müſſe Briefe ſchreiben, die der noch Vormittags in die
Stadt gehende Bote nothwendig mit ſich zu nehmen
habe; nach dem Mittageſſen ſei er bereit. Der Pfarrer
war aufgebracht über dieſe Weigerung des Vikars, und
zum erſten Mal kam er nicht zum Tiſche und aß allein
auf ſeinem Zimmer, konnte auch nach dem Eſſen ſeinen
Mittagsſchlaf nicht finden. Als der Vikar meinte, dieſer
ſei vorüber, klopfte er an und trat beim Pfarrer ein.

„Sie wollten mit mir ſprechen, Herr Pfarrer, ſagte
er mit aller Ruhe; ich mußte durchaus meine Briefe
noch beendigen und auf die Poſt geben; entſchuldigen
Sie, jetzt ſtehe ich zu Dienſten"!

Der Pfarrer ſtand zornig auf und vor ihn hin und
ſagte ſehr laut: „Nein, Sie ſtehen mir nicht zu Dienſten, wie das Ihnen wohl anſtünde, wie das Ihre
Pflicht und Schuldigkeit wäre; Sie handeln in Allem
eigenmächtig; Sie benehmen ſich, als ob Sie der Orts-
pfarrer, als ob Sie der Herr im Haus wären, und ich
bloß noch ein Koſtgänger darin. Deſſen hab' ich einmal
genug. Und von heute an ſoll mir das anders werden,
Sie eigenwilliger, junger Menſch Sie".

„Beruhigen Sie ſich, ſagte der Vikar ganz gelaſſen.
Setzen Sie ſich. Laſſen Sie uns die Verhältniſſe be-

sprechen, wie es sich Predigern geziemt. Eine solche Aufregung ist auch Ihrer Gesundheit nachtheilig".

„Ja, fuhr der Pfarrer heftig fort, indem er rasch
das Zimmer auf und ab schritt, Sie fragen viel darnach, was einem Prediger ziemt und zumal was
einem jungen Prediger, einem unerfahrenen Anfänger
geziemt. Und Sie berücksichtigen wirklich mit möglichster
Schonung meine Gesundheit".

„Setzen Sie sich, sagte der Vikar ruhig aber entschieden; denn das geziemt sich nicht, daß Sie sich so
vor mich hinstellen und mich so vor Ihnen stehen lassen, als hätte ich mich vergangen und als hätten Sie
mich zu verhören. Und wollen Sie nicht sitzen, so setze
ich mich". Und er setzte sich in den Lehnstuhl, den der
Pfarrer sonst nur ausgezeichneteren Gästen hinstellte.

„Sie haben sich, antwortete der Pfarrer noch zor-
niger, wann, wo und wie es Ihnen beliebte, ohne alle
Höflichkeit gesetzt und sich mir widersetzt, Sie haben sich
auf die verkehrten Meinungen einer abergläubischen
Theologie festgesetzt, und sich überall oben angesetzt".

„Weder in den Schulen noch an den Tischen, sagte
der Vikar, ich bin kein Pharisäer". „Sie haben sichs
in den Kopf gesetzt, fuhr der Pfarrer fort, sich über
Alles, was ich anordne und anzuordnen habe, hinweg-
zusetzen: Sie brauchen meinen Konfirmationsunterricht
nicht; Sie beten nicht nach meiner verbesserten Liturgie; Sie beunruhigen das Dorf durch Ihre zudring-
lichen Hausbesuche; Sie erlauben sich, ohne nur zu
fragen und eigentlich hinterrücks Neuerungen und Will-

fürlichkeiten, ändern die Ordnung des Gottesdienstes in der Kinderlehre; stürmen auf die Berghöfe, halten dort einen Winkelgottesdienst und einen zweiten in der Stube des Stündlers Peter mit auswärtigen Sektirern; Sie geben Ihren Unterricht nicht, wie es sich schickt, in der obern Schule und Sie verlegen sogar die Unterweisungs- stunde und halten sie am Morgen bei Licht, lassen die Konfirmanden, statt ihnen die nothwendigsten Vernunft- wahrheiten beizubringen, unverstandene Bibelsprüche und Lieder auswendig lernen. Und warum das Alles? Ich befahl Ihnen wiederholt, am bisherigen Gange nichts zu ändern; aber freilich auf diesem gewohnten und be- währten Gange hätte sich der junge Vikar vor dem alten Pfarrer nicht auszeichnen können. Und warum wollte ich am bisherigen nichts ändern? erstens weil es der einzig rechte ist und zweitens weil ich hoffte und dessen jetzt so viel als gewiß bin, daß ich auf meinem bisherigen Gang selber wieder ohne Hülfe fortgehen und eines Vikars los werden kann".

„Das wünsche ich Ihnen auch, sagte der Vikar, aber nicht der Gemeinde, falls Sie nicht von Ihrem bisherigen Gange umkehren".

„Was, rief der Pfarrer, ein junger Mensch will mir Buße predigen"?

„Warum nicht? sagte der Vikar, ich bin zwar noch jung; aber ich bin ein ordinirter Diener des göttlichen Worts und stehe schon seit einigen Jahren im Amt. Und daß Sie mir nie und nimmer mehr sagen: junger Mensch, das leide ich nicht. Und wenn es nöthig ist,

weiß ich mir die Achtung zu verschaffen, die meinem
Amt und meiner Stellung gebührt. Also reden Sie
mit mir, Herr Pfarrer, wie es Ihnen und meinem Amte
geziemt".

„Ich habe meine Amtswürde noch nie verletzt", er=
wiederte der Pfarrer. „So verletzen Sie auch die meine
nicht"! sagte der Vikar. Und lassen Sie mich jetzt des
kürzesten auf Ihre Anklagen antworten: Ihre Liturgie
und Ihren Konfirmationsunterricht brauche ich nicht,
weil beide durch und durch unevangelisch sind. Ich aber
habe einen theuern Eid geleistet: das Evangelium un=
verfälscht zu predigen.

„Also bin ich ein Verfälscher des Evangeliums"?
rief der Pfarrer.

„Ja! sagte der Vikar, und wie Sie die Kinderleh=
ren und Unterweisungen gehalten, die Hausbesuchungen
zwanzig und dreißig Jahre vernachlässigt, wie Sie ge=
predigt und die Sakramente verwaltet, das Alles war
eine Verfälschung des Evangeliums".

Der Pfarrer, der roth und blaß vor Zorn, immer
rascher auf und ab gegangen war, stand jetzt vor dem
ruhig dasitzenden Vikar still und sagte, indem er zitternd
beide Arme und Hände gegen ihn schüttelte: „Und das
sagen Sie mir, Sie, der kaum in den Anfängen der
Wissenschaft steht, der in Sachen der Gelehrsamkeit noch
nichts geleistet hat, das sagen Sie mir, einem im Dienst
der Wissenschaft ergrauten Mann, einem in den weite=
sten Kreisen bekannten und anerkannten Theologen, den
nennen Sie einen Verfälscher des Evangeliums; mich

nennen Sie so, mich einen Mann, der sein ganzes Leben
allen Fleiß, alles Nachdenken und Forschen gerade daran
gesetzt hat, das Evangelium von allen Verfälschungen
zu reinigen und es echt und lauter wieder herzustellen
und zu predigen, wie es aus dem Geiste des ersten
Lehrers der Vernunft gequollen ist. Wissen Sie denn
nicht, der Buchstabe tödtet, aber der Geist macht
lebendig“.

„Ja wohl, antwortete der Vikar; aber nicht der
Geist der Schriftgelehrten und der bloßen Gelehrsamkeit, diese kann auch ein Buchstabendienst sein. Man
könnte ebenso wohl sagen: der Buchstabe der Schrift
macht lebendig, hingegen euer Geist tödtet. Der Geist
eurer Meinungen, die ihr eine Philosophie nennt oder
das moderne Bewußtsein und die Anschauungen der
Jetztzeit. Herr Pfarrer, ich ehre die Wissenschaft und
Gelehrsamkeit, ich schätze Ihr reiches Wissen, ich aner-
kenne Ihren Eifer, Ihre Hingebung, mit welcher Sie
der Wissenschaft lebten und rastlos noch leben. Aber die
Wissenschaft ist nicht da, um das Licht der Welt auf-
zuhellen, um das Evangelium zu läutern. Ein Diener
des Evangeliums muß sich selbst allererst vom Evangelium läutern lassen“.

„Der Aberglauben kann mich nicht läutern“, sagte
der Pfarrer. „Und die Vernunft auch nicht, antwortete
der Vikar; will und kann die Vernunft sich selber helfen, so hat sie keinen Erlöser nöthig, sie glaubt nur
an sich und das ist auch ein Aberglauben. Ihr
bleibt vom apostolischen Glaubensbekenntniß nur das

erſte Wörtlein, das liebe Ich, ſtehen. Und kurz und gut,
wir ſind beſtellt, beeidigt und auch beſoldet, das Evangelium von der Gnade Gottes durch Jeſum Chriſtum
zu predigen. Und wer dieß nicht kann, noch mag, der
ſei ſo ehrlich und wende ſich einem andern Berufe zu
und beſteige einen andern Lehrſtuhl, er ſei ein Diener
irgend einer Wiſſenſchaft; denn ein Diener des Wortes iſt er nicht".

„Alſo Gnade ſollte ich predigen? ſagte lachend der
Pfarrer, Gnade! giebt es ein verrückteres Wort? Wer
von der Gnade leben kann, der hat ſich hingeworfen,
der läßt ſich treten, der iſt ein niederträchtiger Schuft".
Der Vikar antwortete: „Was ſagt denn der, den Sie
den höchſten Lehrer der Vernunft nennen, wir aber den
Mittler, den Erlöſer von Sünden, den Herzog unſrer
Seligkeit, was ſagt er: der Zöllner ſtand van ferne,
wollte auch ſeine Augen nicht aufheben gen Himmel,
ſondern ſchlug an ſeine Bruſt und ſprach: Gott ſei mir
Sünder gnädig. Ich ſage euch: dieſer ging hinab ge-
rechtfertigt in ſein Haus vor jenem". Und Jener würde
nach den Verhältniſſen der jetzigen Zeit ſagen: ich danke
Dir, Gott, daß ich nicht bin wie andre Leute, Orthodoxe, Wundergläubige, Sündenbekenner, von der Gnade
Lebende, Buchſtabenverehrer, Eiferer für den Kanon,
und die Bekenntnißſchriften und die alte verrottete Dog-
matik; ich reinige das Evangelium von allen Verfäl-
ſchungen, von allem Legendenkram, den die Evange-
liſten und Apoſtel von Anfang hineingetragen, ich reinige das Evangelium von Matthäus und Johannes,

von Paulus und Petrus. Aber, Herr Pfarrer, das Wort
sie sollen lassen stahn, und keinen Dank dazu haben.

„Und also verstehe ich demnach unsre Stellung:
Ich nehme rücksichtlich des Geistes meiner Amtsführung
von Ihnen keinerlei Weisung an, denn Sie haben den
Geist Christi nicht, und sind nicht sein. Und wie ich
mir vom Herrn alle Tage Buße predigen lasse und mich
vor ihm demüthige, daß er mich reinige durch sein
Blut, so fühle ich mich berufen, auch Ihnen Buße zu
predigen, daß Sie sich bekehren von Ihren selbstgemachten Götzen der Vernunft zum lebendigen Gott und als
ein irrendes Schaf zu Jesus Christus, zum Hirten und
Bischof unsrer Seelen“.

Mit diesem stand der Vikar auf und verließ das
Zimmer.

„Infam! rief der Pfarrer, hin und her rennend.
Ja das ist der Pharisäer-Hochmuth! Mir Buße predigen! Ich ein irrendes Schaf! Ich ein Götzendiener“!

Sabine hatte gehorcht. Sie kam herein. „Das ist
ein wüster Unflat das, sagte sie. Ich wollte, ich könnte
ihn mit dem Besen aus dem Haus wischen. Aber er
wäre auch nicht so, wenn ihn nicht die Jungfer Martha
aufgehetzt hätte. Sie stecken immer beisammen. Sie verstehen einander. Ihr hättet es schon lange auch am
Tische sehen können. Der Vikar redet ja meist nicht mit
Euch, sondern mit der Martha. Und wenn sie nicht so
alt wäre, so müßte man fast meinen, sie stelle ihm nach,
um ihn zu heirathen, und sie helfe Euch zum Tode
ärgern, damit sie bald Frau Pfarrerin sein könne. Das

ist gewiß, daß der Vikar Euch durch Verdruß tödten
will. Aber er ist noch nicht Pfarrer zu Waldbrunn, hat
auch der Rauber gesagt. Der Vikar will Euch tödten;
und da thäte ich an Eurem Plaße, Herr Pfarrer, ihm
nicht den Gefallen, mich so zu ärgern. Denn eben das
will er; er will Euch durch Aerger und Verdruß ver-
giften; er weiß, daß solche Hißen des Zornes Eurer
Gesundheit nachtheillg sind, er weiß, daß sie Euch leicht
wieder einen Schlagfluß bringen könnten".

„Du hast Recht, sagte der Pfarrer; aber wer sollte
über eine solche Unverschämtheit, Frechheit, über solchen
stinkenden Hochmuth und Stolz der gleißenden Demuth
nicht in Aufruhr kommen? Gieb mir ein Glas Zuckerwasser! fort muß mir der Bursche"!

„Uebereilet Euch nicht, fuhr Sabine fort, denn
wolltet Ihr schon jetzt wieder selber predigen und Unterweisungen halten, könntet Ihr leicht durch Ueberan-
strengung einen Rückfall erleiden, wie ja der Arzt immer
sagt, und dann müßte wieder ein Vikar kommen, und
dessen würdet Ihr dann nicht wieder los. Zudem wißt
Ihr, der Candidat Heuerling wäre auch nicht für uns;
und wie ich vernommen, wäre er jetzt gar nicht zu haben. Ihr habet ja immer gesagt: Ihr werdet den Aberglauben bis zum letzten Athemzug bekämpfen; so werdet
Ihr Euch jetzt nicht vor dem Vikar fürchten"!

„Meinst Du, ich fürchte mich"? sagte der Pfarrer.
„Du hast aber Recht, im Vikar tritt mir wie in meinem Leben noch nie der Aberglauben, die Unvernunft,
die Scheinheiligkeit, die Hierarchie und das Pfaffthum

entgegen und diesen Ungeheuern, diesen Plagegeistern der
Menschheit weiche ich keinen Schritt bis zu meinem
letzten Athemzug; keine Todesfurcht, keine Todesangst
soll mich übermannen; ich werde der Unvernunft trotzen
bis zum letzten Hauch; ich bin mir selber seit meinen
Jünglingsjahren nie untreu geworden; ich habe der
Wahrheit und Wissenschaft gelebt, ich habe ein gutes
Gewissen, und jetzt in meinen alten Tagen sollte ich
noch Buße thun und mich bekehren"?

„Aergert Euch doch nicht, sagte Sabine nochmals
und wiederholt, indem sie ihm das Zuckerwasser reichte.
„Er ist ein hochmüthiger Narr, der von nichts als Buße
zu predigen weiß und die alten Weiber damit erschreckt".
Auch der Räuber hat gesagt: „Der Vikar hat gemeint,
er erschrecke mich, indem er mir den Teufel vorgehalten,
aber einen Räuber schreckt man mit dem Teufel und
mit den Teufelspossen nicht".

„Räuber hat Recht, antwortete der Pfarrer; der
einzige Teufel ist die Unvernunft. Leben wir vernünftig,
so leben wir einig mit unsern eigenen Denkgesetzen in
einem Frieden, den uns die Unvernunft nicht nehmen
kann, wenn sie uns auch Buße und den Teufel predigt".

So hatte sich im Gespräch mit der Sabine des
Pfarrers Zorn vom ersten Aufwallen etwas gelegt, und
dann setzte er sich hin, seinem Freunde, dem Schulrath
Kleiner zu schreiben und klagte ihm seinen mannigfachen
durch den Vikar täglich erregten Verdruß.

XXV.

Der Schulrath kam nach einigen Tagen nach Waldbrunn heraus und nachdem er mit seinem Freunde Alles
besprochen, trat er dann auch bei dem Vikar selber ein.
„Sie werden es erlauben, sagte er, wenn ich als viel-
jähriger Freund des Herrn Pfarrers versuche, zwischen
ihm und Ihnen zu vermitteln. Sie sind im Eifer
gegen ihn wol zu weit gegangen. Es wäre auch nicht
geschehen, wenn Sie hätten wissen können, was Alles
schon der gelehrte Herr Kiesel während seines langen
Lebens als ein wahrer Patriot seinem Vaterlande, unsrer
gemeinschaftlichen Heimat, schon geleistet nicht nur in
der Kirche, sondern fast noch mehr in der Schule, besonders durch Hebung der Volksschule. Er hat sich auch
von je der Armen sehr angenommen. Er zuerst hat
viel und anregend geschrieben und gesprochen von der
Nothwendigkeit, Rettungsanstalten für Waisen und andre
verlassene und verwahrlosete Kinder zu stiften. Er hat
hiefür Gesellschaften zusammengebracht. Als Schriftsteller, wissen Sie, ist er der gelehrten Welt bekannt.
Er hat aber auch für's Volk manche lehrreiche Schrift
verfaßt und auch für die Volksschule einige gute Lese-
bücher. Es war daher wol stark, das werden Sie doch
zugeben, Herr Vikar, einem solchen wohlverdienten, un-
bescholtenen Manne, der als Gelehrter ein stilles, zurück-
gezogenes, harmloses Leben mit Ehren und Segen gelebt hat und noch lebt, einem solchen Manne ins Gesicht zu sagen: er sei ein Verfälscher des Evangeliums

und er folle Buße thun und sich bekehren von seinem
selbstgemachten Götzen der Vernunft zu dem lebendigen
Gott und zu Christus dem Hirten unsrer Seelen. Ist
denn der gelehrte Herr Kiesel nicht selber ein Hirte, ein
Kinder- und Armenfreund? Hat denn nicht Jesus gesagt! was ihr dem geringsten dieser gethan, das habt
ihr mir gethan? Ist denn ein der Wissenschaft und
Wahrheit geweihetes Leben sündenbefleckt? Ist denn das
Christenthum etwas andres als die edelste Humanität?
Sagt denn Jesus nicht: wer den Willen thut des
himmlischen Vaters, der ist mir Mutter und Bruder
und Schwester? Und: Nicht alle, die zu mir sagen,
Herr, Herr, werden ins Himmelreich eingehen, sondern
die den Willen thun meines himmlischen Vaters. Und
sagt nicht Petrus, mit dessen Worten Sie dem Herrn
Pfarrer Bekehrung predigen wollten, sagt nicht dieser
Petrus selbst: Nun erfahre ich mit der Wahrheit, daß
Gott die Person nicht ansieht, sondern in allerlei Volk,
wer ihn fürchtet und recht thut, der ist ihm angenehm?
Und sagt nicht auch Paulus: In Jesu gilt nur d e r
Glaube, der durch die Liebe thätig ist. Und war denn
unsers gelehrten Kiesels Leben nicht ein der edelsten
Menschenliebe gewidmetes und hat er nicht nach den
Worten des Apostel Jakobus seinen Glauben, seinen
rechten und wahren Glauben durch seine Werke erwiesen"?

„Nein, sagte der Vikar; alle seine Schriftsteller-
werke sind nicht Glaubenswerke, sondern vielmehr Un-
glaubenswerke. Sie haben alle die Absicht, den Glauben
an Jesum, als an den Christus, den Welterlöser aus-

zutilgen, den Stuhl seiner Herrlichkeit, wenn es möglich
wäre, umzustoßen und die eigene Vernunft, seine eigene
bloße Meinung, seine eigene pharisäische Selbstgerechtig-
keit als einzigen und höchsten Gott auf den Thron zu
erheben. Selber in seinen Volksschriften ist ihm Christus
nur ein Lehrer der reinen Vernunft. Er heißt ihn überall
den Nazarener und statt Gott sagt er überall Gottheit
und Vorsehung und lehrt, die Gottheit sei unser
höchster Gedanke, und weil die Vernunft zu allen Zeiten
und überall dieselbe gewesen und dieselbe bleibe, so und
so nur sei die Gottheit auch ewig".

„Aber ist es nicht so"? sagte der Schulrath.

„Sie sollten mich nicht unterbrechen, antwortete der
Vikar; auch ich habe Sie ungestört zu Ende reden lassen.
Aber es ist eben nicht so; auch der Gottesläugner hat
Vernunft und in ihm ist der höchste Ausspruch dersel-
ben: es ist kein Gott".

„Wir reden nicht von der ungebildeten unentwickel-
ten Vernunft, fuhr der Schulrath fort; die Vernunft
der Denker aller Zeiten und aller Völker hat nur Eine
Wahrheit ausgesprochen; auch in Sokrates, Plato, Ari-
stoteles, Cicero ist der Eine und derselbe Logos wie in
den vernünftigeren Gedanken des Alten und Neuen
Testaments; es giebt keine specifisch christliche Wahrheit,
so wenig als eine christliche Mathematik, so wenig als
ein christlich Schönes. Das höchste Wahre, Schöne,
Gute ist überall dasselbe. Und diesem hat auch unser
Kiesel immer nachgestrebt. Sie selber, Herr Vikar, suchen
es ja auch nicht nur im Evangelium; ich sehe zu mei-

ner Freude den Sophokles auf Ihrem Tische aufgeschlagen".

„Warum sollte ich mich des Schönen nicht freuen,
antwortete der Vikar, wo immer es sich mir darbietet?
Ich lese auch die griechischen Dichter, schon damit ich
mein Griechisch nicht verlerne; ich finde mannigfachen
Genuß an der Composition, an der Darstellung der
Charakter, an der Sprache. Ich sehe ein Ringen nach
Wahrheit, aber sie haben sie noch nicht; um so mehr
freue ich mich des Besitzes derselben. Ich weiß zwar
wohl, man hält uns Orthodoxe nicht einmal für fähig,
selber einen Lessing, Göthe, Schiller zu genießen. Die
kritische d. h. die ungläubige Theologie sagt: es ist eine
Schmach: die engherzige, orthodoxe Kirche schätzt die
größten Heroen der deutschen Wissenschaft und Kunst
gering, weil sie nicht streng gläubig gewesen, ja der
Orthodoxe hält sie nicht einmal für Christen. Er sieht
nicht ein, daß sie unmöglich diese hohen und hehren
Künstler, diese Fürsten im Reich der Gedanken und
Wissenschaften hätten sein können, wenn sie sich nicht
von den Fesseln des Kirchenglaubens los gemacht hätten. Die genannten großen Geister gelten der kritischen
Theologie mehr als die Evangelisten und Apostel. Sie
sagt: alle diese hocherleuchteten Männer haben nicht an
Christus geglaubt, wie es die orthodoxe Kirche will;
sie stehen alle auf der Seite der kritischen Theologie;
ihr Orthodoxe schließt sie aus, so gehören sie euch eben
nicht an, sie sind aber unser Licht und Stolz, unsre
Rechtfertigung und unser Sieg. Wir Orthodoxe aber

sagen: Wir schließen sie nicht aus; sie selber wollen
ja nicht zu uns gerechnet sein. Aber wir zählen zu den
Unsern Männer, die nicht minder begabt, ja die an
Geisteskräften und Kenntnissen und Leistungen wol noch
höher stehen; die Kopernikus, Keppler, Newton, Leib-
nitz, Haller, Gauß, Schubert, R. Wagner waren und
sind auch Heroen und glauben doch an Jesus Christus
als an ihren Erlöser. Sie waren auch Männer des
Fortschritts; ja sie legten gerade in den Naturwissen-
schaften den Grund zu allem, deß sich die jetzige Zeit
als einer eigenen Erfindung rühmt. Diese alten und
hehren Meister, die Stifter und Väter der neueren Naturkunde stehen auf unsrer Seite und so sind wir un-
beschämt und von keinerlei Zweifel angefochten, wenn
ihre noch so hoch begabten Schüler den Glauben ihrer
Väter nicht theilen; wir sind im Gegentheil überzeugt,
die Söhne und Schüler seien hierin hinter ihren gepriesenen Vätern und Meistern zurückgeblieben und diese
ihre Schüler stehen uns auch nicht da in der ganzen
Ehrwürdigkeit ihrer Väter. Und ich scheue mich nicht,
es zu sagen, eure gepriesenen Heroen unsrer Literatur
haben nicht die volle Wahrheit und gerade bei dem,
welchen ihr am höchsten preist, hat sich die bewunderns-
würdige Höhe seiner Wissenschaft nicht als eine Ver-
edlung auch seiner Gesinnung gezeigt. Aber ich lese, ich
studire diese Heroen, ich lerne immer wieder von ihnen;
allein ganz und gar können sie mich nicht befriedigen.
Ich weiß auch unsre großen Tondichter zu schätzen;
aber wenn sie unkirchlich und unevangelisch sind, wo sie

doch in Kirchenmusiken beides sein sollten, da weiß ich
gar wol ihre Composition in ihrer Originalität, in ihrer
kunstreichen Fügung zu genießen bis ins Einzelne; ich
habe solches verstehen zu lernen das Glück gehabt; aber
was mich nicht über mich selbst erhebt, erbaut, erquickt,
tröstet und reinigt und beseligt, das befriedigt mich
nicht, das ist mir nicht das höchste Schöne. Denn ja,
Herr Schulrath, es giebt eine specifisch christliche Wahrheit, Güte, Schönheit und Heiligkeit und die ist Christus selber in seiner ganzen Erscheinung, das Wunder
der Wunder, die neue Schöpfung; im höchsten und
einzigen und unvergleichlichen Sinne der Weg, die
Wahrheit und das Leben. Und diesen Christus hat der
gelehrte Herr Kiesel nie gekannt und hat ihn nie kennen lernen wollen, er hat im Gegentheil durch Gelehrsamkeit ihn von sich ferne gehalten. Er wollte nicht
ins Himmelreich und bemühte sich auch, daß, die er
hätte hineinführen sollen, nicht hinein kämen. Das ist
die Verblendung seines Lebens. Ich will gerne glauben,
daß er in seinen früheren Jahren und Anstellungen für
das Wohl der ihm anvertrauten Gemeinden thätiger
gewesen sei. Aber wenn er es gewesen wäre um des
Herrn willen, gedrungen von der Liebe Christi, so hätte
diese Thätigkeit nie aufgehört. Im Gegentheil sie wäre
immer reiner, uneigennütziger und inniger geworden.
Jetzt muß ich schließen, er habe früher Manches gethan
auch aus Ehrgeiz und in der Absicht, durch seine Vernunftlehre das Evangelium zu verdrängen. Aber seit er
in Waldbrunn ist, hat er ausschließlich seiner Schrift-

stellerei gelebt, die Haushaltungen ihrem Schicksal über-
laffen; dreißig Jahre ist er nie auf den Berghöfen
gewesen. Er hat immer nur Vernunft und Vernunft
geprebigt und von Jahr zu Jahr mehr geklagt, wie die
Walbbrunner unvernünftiger werden. Er hat von seinem
Prebigen und Unterweisen ganz und gar keinen Segen
gesehen und ist doch immer in seiner zur todten Form
gewordenen Weise geblieben; er ist, wie er sich ausschließlich nur der kritischen Theologie hingegeben, ge-
müth- und herzloser geworden, was er an Scharfsinn
gewonnen, hat er an Tiefsinn verloren und ist in einen
Vernunft-Fanatismus hineingerathen. Und damit ich's
kurz sage, Herr Schulrath, ich habe ihm Buße geprebigt und werde fortfahren, ihm Buße zu prebigen, weil
er dem Himmelreich ferne steht und näher dem Pantheismus, und — so viel ich in dies Hauswesen hin-
einblicke, näher dem Sabuzäismus".

„Sie urtheilen schroff, Herr Vikar; sagte der Schulrath, ja ungerecht. Man kann nicht nüchterner, einfacher, eingezogener leben, als unser gelehrter Kiesel;
daher auch bis in sein hohes Alter seine unerschütterte
Gesundheit, daher auch jetzt sein sichtbares Genesen.
Möchten Sie dieses durch ein so schonungsloses Richten
nicht hindern! Auch ich bin in Manchem durchaus nicht
Ihrer Ansicht und doch weder ein Pantheist noch Epi-
kurder. Es giebt allgemeine ewige Wahrheiten, an diese
glaube ich, sie sind auch im Alten und Neuen Testament, aber nicht weil sie in der Bibel sind, glaube ich
ihnen, denn in derselben ist auch viel Unwahres; die

jetzige Wissenschaft kann es als solches erweisen, so wie
sie das Unechte auch im Neuen Testament aufgedeckt
hat. Und der gelehrte Kiesel hat am Werke dieser Ent-
hüllung, dieser Offenbarung möchte ich sagen, viel gearbeitet".

Der Vikar antwortete: „Christus ward von Anfang
prophezeit als das Zeichen, dem widersprochen wird, als
vieler Fall und Auferstehn. Die kritische Theologie lehrt
keinen einzigen Satz, der nicht schon in den ältesten
Zeiten der Kirche von Christi Feinden wäre gelehrt
worden. Die kritische Theologie hat, freilich ohne es zu
wollen, der Wahrheit große Dienste geleistet, Arius und
Pelagius, und Socinus und Reimarus und Lessing und
Strauß und Baur und alle andern haben nur geholfen,
die Echtheit der Schrift zu beweisen. Wer Christus
erkannt, hat nie an derselben gezweifelt; der Kenner
weiß, daß das Gemälde echt ist, die Geschichte des Rahmens bleibt ihm ganz gleichgültig und läßt ihn unbe-
irrt. Aber eine traurige Gelehrsamkeit, die sich ausschließlich beschäftigt mit der Geschichte des Rahmens
und sich nicht erfreuen und erquicken kann am herzer-
freuenden Gemälde selbst, oder die aus irgend einer
Falte, aus irgend einer Verkürzung beweisen will, das
Gemälde sei unecht"!

„Aber es ist weder Beschränkung noch Unglauben
zu nennen, Herr Vikar, sagte der Schulrath, wenn wir
das Herzerfreuende nicht nur in alt- und neutestamentlichen Gemälden finden, sondern auch in Homer und
Pindar".

12 *

„Allein merkwürdig bleibt es immer, entgegnete der Vikar, und es fordert Sie, Herr Schulrath, zu ernstem Nachdenken auf: wenn in den antiken Philosophen, Dichtern, Rednern, Geschichtschreibern die h ö ch st e Wahr= heit, Gerechtigkeit und Schönheit zu finden ist, warum hat sich denn neben ihnen das Evangelium ausgebrei= tet? warum hat der euch ungenießbare Paulus bei den feingebildeten Griechen Gehör gefunden? warum hat das Evangelium sich so himmelweit über die Klassiker erhoben? warum hat nur es zu Stande gebracht all das Herrliche, woran die alte Welt nicht einmal dachte? und warum bringt das Evangelium noch immer zu Stande so Vieles, wovon auch die neueren Philosophen, Dichter und Redner gar nichts=hervorbringen? und warum verschwinden auch in neueren Zeiten philoso= phische Systeme eins nach dem andern, und eine kritische Theologie nach der andern? und warum wendet sich das Volk, die Kraft und der Kern des Volkes immer wie= der dem Evangelium und den aus demselben geflossenen Schriften der Erbauung und den alten Kirchenlieder= Dichtern zu? Und warum hat die kritische Theologie gar keine Erbauungs=Literatur und kein einziges, kein einziges brauchbares Kirchenlied? Und wie stellt sich diese kritische Theologie mit ihrem Läugnen der geschichtlichen Wahrheit dem gepriesenen Rabbi von Nazaret vorüber? Haben denn in seiner Schule die Jünger nicht einmal unterscheiden lernen Geschichte und Gedichte, Wirklichkeit und Mährchen, haben sie nicht einmal gelernt im Zu= sammenhange zu denken und zu schreiben? Hat der

Lehrer der Lehrer sogar nicht dafür gesorgt, daß seine Lehre echt überliefert werde? Und wie stellt sich diese neuere Theologie mit ihrem aberwitzigen Allegorisiren der Geschichte vorüber der neunzehn Jahrhunderte, wie vorüber den Millionen gläubiger Christen, vorüber der gelehrtesten, tieffinnigsten theologischen Wissenschaft? und mit was für einem unerträglichen Hoch- und Uebermuth stellt sich ein gelehrter Kiesel vorüber seiner trostbedürftigen Gemeinde? Auf alle diese Fragen werden wir eben immer wieder mit dem Wort des Herrn antworten: hier ist mehr als der Tempel, mehr als der antike Tempel der Wahrheit und Schönheit, hier ist mehr selber denn Salomo".

Der Schulrath antwortete: „Sie sind einseitig eingenommen für Ihr Evangelium, der Derwisch ist es für seine Suren, der Brahmine für seine Sastras. Sie übersehen die unabweislichen Forderungen unsrer in allem Wissen und Können so außerordentlich fortgeschrittenen Zeit. Einem vernünftigen Manne dieser Zeit kann man unmöglich zumuthen, die Wundergeschichten des alten und neuen Testaments und die Rechtfertigungslehre eines Paulus anzunehmen, oder an ein jüngstes Gericht zu glauben, an einen künftigen Weltbrand, an eine Verklärung des ganzen Erdkörpers durch das Evangelium, an ein himmlisches Jerusalem herniedergefahren aus dem Himmel".

„Sie glauben doch, sagte der Vikar, auch an eine Weltverklärung, Sie sind ein Mann des Fortschritts. Auch wir Orthodoxe sind im Stande, uns jeden Fort-

schrittes in Wissenschaft und Kunst zu freuen. Auch wir
studiren allen Ernstes. Aber meinen Sie, die Weltverklärung komme durch die Physik und Chemie, durch die
Dampfschiffe, die Eisenbahnen, die Telegraphie? Alles
das kommt freilich von Gott und dient auch Gott.
Aber mit allen neuen Erfindungen in welche Zustände
sind wir hineingerathen? Sklavisch gehorchen Millionen
der Willkür Eines Verbrechers und folgen demselben
willenlos ins Gemetzel, gerade nicht anders als wie die
wildeste Horde der Kanibalen dem Häuptlinge folgt, der
über sie Macht errungen und der ihr Gelüsten nach
Menschenfleisch und Ruhm und Beute zu befriedigen
weiß. Sind das Fortschritte? sind das Wege zur Weltverklärung? Geht der Weg zur Weltverklärung durch
diese in der Weltgeschichte noch nie vorgekommenen
Metzeleien und Schlächtereien, durch tiefes, tiefes Blut,
das verströmt wird hier für die schlaue Herrsch-, Erobe-
rungs- und Ruhmsucht und dort für die Ränke, Par-
teiungen und den Jesuitismus des Hofes? Oder der,
keiner höheren Idee mehr fähige, das Gemüth tödtende
Materialismus ist der ein Weg zur Weltverklärung?
Wird das Gold die Welt verklären? Eher geht ein
Kameel durch ein Nadelöhr. Wahrlich, wenn irgend eine
Zeit das Evangelium nöthig hat als das einzige Heil-
mittel, so ist es die unsre. Ich weiß zwar wohl, Herr
Schulrath, Sie sind durchaus nicht meiner Ansicht. Sie
dulden es nicht nur, daß das Neue Testament in der
Volksschule nicht gelesen werde, Sie begünstigen sogar
den ungläubigen Lehrer und Sie sind Mitglied einer

oberſten Schulbehörde, welche im Gymnaſium unſers
Landes einen Religionslehrer duldet, der ſich breit und
ungeſchlacht vor ſeine Schüler hinſtellt und ſagt: es
giebt keinen Himmel, auch keine Hölle; es giebt keine
Unſterblichkeit, keine perſönliche Fortdauer des Menſchen;
dieſe iſt ein Traum der beſchränkteſten Selbſtſucht. Dieſer Flachkopf, dieſer gemüthloſe, trockene, lederne und
dürre, aber höchſt übermüthige Menſch war leider auch
mein Lehrer; ich bedaure ihn als Menſchen, als Lehrer
verabſcheue ich ihn wie noch andre Lehrer, die mich in
den Jahren der Unreifheit wollten kritiſiren lehren, die
mich verführten, das Maul zu brauchen, die je das
Höchſte und Heiligſte verhöhnten. Gottvergeßne, heilloſe
Menſchen, Buben; und viele ihrer Schüler bleiben
Buben! Wer giebt mir jene Jahre zurück, da die in
friſchem, überquellendem Safte treibende, blühende Jugend
für alles Edle ſchwärmen, jede Kraft, welcher ſie mehr
und mehr bewußt wird, üben und im erſten Gelingen
eigener Verſuche ſelig ſein, da ihr der Meiſter ehrwür-
dig, ſein Beiſpiel, ſein Rath und ſeine Zucht heilig
ſein ſollte. Statt all deſſen lernten wir über Alles, das
wir weder kannten noch konnten, losziehen und drüber
her fahren; kritiſiren nannte dieſes unbeſcheidene, freche
Abſprechen der Lehrer, welcher ſelber nichts gründlich
wußte, etwas Tüchtiges hervorzubringen gar nicht im
Stande und überhaupt ein gemeiner, verſchrobener,
aberwitziger Menſch war. Er buhlte aufs ſchändlichſte
um die Gunſt ſeiner Schüler, machte uns den Glauben
unſers Vaters und unſrer Mutter und zumal die Kirche

lächerlich, faß mit uns ins Wirthshaus, hatte Freude
an Zoten, ja mißbrauchte uns auf die verruchteste Weise,
solche zu sammeln und sie ihm mitzutheilen, da er
Sammlungen angelegt hatte von allerlei Geschwätz unter
dem Volk, von allerlei Spruch und Schwank und Un-
fläterei; wobei wir ihn denn freilich auch oft zum Narren hielten, selber allerlei Mährchen und Sagen erfan-
den und zusammenflickten und sie ihm aufschrieben, als
hätten wir sie aus dem Munde unsrer Großmutter.
Und der Herr Professor stellte solchen Quark als wie
ein System zusammen und schrieb darüber philosophische
Einleitungen und Abhandlungen und gab diese Sammlung, einzig in ihrer Art, heraus und wurde, wie man
sagt, von der obersten Schulbehörde sogar dafür belobt.
So wurden wir von diesem Menschen etliche Jahre aufs
schändlichste mißbraucht; seine Unterrichts- oder viel mehr
Schwatz- und Plauderstunden waren uns kurzweilig,
weil immer alte und neue Anekdoten erzählt und durch
allerlei Haus- und Privatgeschichten je die gefeiertesten
Schriftsteller lächerlich gemacht wurden. Dieser Mensch
schien so uns weit der geistreichste Lehrer, besonders da
er es auch verstand, gerade die wahrhaft gelehrten, verdienten, ernsten und gewissenhaften Mitlehrer als Pe-
danten darzustellen und sie uns verächtlich zu machen.
Noch einer seiner Mitlehrer war seines Unglaubens und
ebenfalls ein Buhler um die Gunst der Jugend und
dieser machte uns mit den Leichtfertigkeiten der fran-
zösischen Literatur bekannt. In allen den Jahren, welche
ich auf unserm Gymnasium zugebracht, wurde mit uns

kein einziger deutscher oder französischer Klassiker gründlich gelesen, keine einzige klassische Stelle, kein einziges
klassisches Gedicht wurde von uns auswendig gelernt;
aber über Alles und Jegliches, was wir selber nie gesehen, nie gelesen oder gehört, hatten wir gelernt, weid-
lich das Maul zu brauchen und wie Narren über Alles
abzusprechen. Jeder von uns hielt sich für einen Klassiker.
Verdienten Männern begegneten wir mit der unver-
schämtesten Grobheit. Das war unsre Erziehung! O
Herr Schulrath, wie können Sie es einst verantworten,
dazu geholfen zu haben, solche als Lehrer so abscheu-
liche und verwerfliche Menschen anzustellen, Jahrzehnde
lang gegen alle noch so gerechten Klagen zu vertheidigen, sie immer wieder in Schutz zu nehmen und zu
vertheidigen? Es wird allgemein geklagt, unsrer Zeit
mangeln die großen Charakter. Woher sollen sie kommen, wenn im Hause und in der Schule das Gemüths-
leben nicht gepflegt, wenn der Glaube verhöhnt, der
Wille nicht durch den Glauben geweiht und gestärkt
und einseitig nur der Verstand geübt und das Wissen
vermehrt wird"?

„Es dünkt mich, sagte der Schulrath, Sie hätten
Lust, auch mir Buße zu predigen. Aber ich möchte fast
mit Festus sagen: Paule, du rasest".

„Und ich spreche auch mit Paulus, antwortete der
Vikar, mein theurer Festus, ich rase nicht, sondern ich
rede wahre und vernünftige Worte. Und es bleibt dabei,
Herr Schulrath, entweder raset Paulus, oder er redet
wahre und vernünftige Worte. Mir redet er solche, und

ich stehe mit ihm auf der Seite der durch Christus er-
leuchteten Vernunft, des durch ihn geheiligten Willens,
des durch ihn gewordenen Heils. Und der ganzen kritischen Theologie und dem ganzen Sabucäismus und
Pantheismus gegenüber ist und bleibt es ein weltge-
schichtliches Wort: Saul, Saul, was verfolgst du mich?
Ich bin Christus, den du verfolgst. Saulus aber war
ein selbstgerechter Pharisäer, ein Eiferer für das Gesetz
wie der kritische Theologe für das Vernunftgesetz eifert,
und Saulus hatte bis er bekehrt wurde, Ohren und
hörte nicht und Augen und sah nicht. Aber die kritische
Theologie wird den Saulus nicht aus der Weltgeschichte
wegwischen und in ihm verfolgt sie auch Jesum".

„Wer denkt daran, Jesum zu verfolgen? sagte der
Schulrath. Auch wir lehren Jesum. Und es ist hinwieder eine Ungerechtigkeit der Orthodoxen, über uns zu
sagen: wir seien nicht im Stande, Jesu Ideen zu
fassen".

„Das sagen wir nicht, antwortete der Vikar, aber
Ihr fasset ihn nicht, wie er in der Geschichte steht,
Ihr lasset euch von ihm nicht fassen, ihr prediget euch,
nur euch, nicht ihn; so sehr ihr euch anstrengt von ihm
feurig zu reden; dieß ist ein künstliches Feuer, oft auch
nur eine Anhäufung der Redensarten von Feuer und
Begeisterung; ein chinesisches Verbrennen von wohl-
riechendem Goldpapier zu Ehren des Menschengeistes.
Euer Verstand ist euch euer und der Welt Heil und
nicht der Heiland ist es; vielen ja den meisten von
euch ist Jesus der Heiland zuwider und ihr verfolget

ihn, wenn auch nicht schnaubend mit Morden, doch auf eine andre Art schnaubend und „überaus unsinnig". Und wie Saulus einst „eiferte über die Maße um das väterliche Gesetz", so eifert ihr um die Gesetze eurer Compendien und ABC = Bücher der Logik und der Physik".

„Das ist eben der Streit, sagte der Schulrath, den wir hier nicht lösen: wir sehen in euren Dogmen viele Satzungen und wir halten uns an die ewigen Gesetze".

„Durch des Gesetzes Werke, antwortete der Vikar, wird aber kein Fleisch gerecht".

„Brechen wir ab, sagte der Schulrath, wir kämen da auf jenes Dogma, dem mein ganzes Wesen widerstrebt. Eins aber bitte ich noch, berücksichtigen Sie die Gesundheit des Herrn Pfarrers und machen Sie ihm selber keinen Verdruß".

„Es soll geschehen, antwortete der Vikar, wenn er auch mich ungehindert meine Wege gehen läßt".

XXVI.

Der Pfarrer grollte noch ein Paar Tage und aß auf seinem Zimmer, dann befahl er, daß man dem Vikar in dessen Stube besonders tische. Martha machte Vorstellungen. Auch Sabine sagte: „Das will ich nicht, das gäbe viel zu viel Mühe; ich müßte da das Essen abtheilen in besondre Schüsseln, es hinauftragen, das Geschirr wieder holen; das will ich nicht. Der Vikar muß wie bisher mit uns essen. Schmeckt's ihm nicht so, so kann er sich streichen und in der Kehre essen bald beim Peter, dann bei Walter und bei der Salome. Wollet Ihr während des Essens nicht mit ihm reden, Herr Pfarrer, so könnet Ihr schweigen oder ein Buch neben den Teller legen und lesen".

Der Pfarrer erschien wieder am Tisch. Der Vikar wußte ihn zum Erzählen zu bringen und fragte viel über frühere Zustände und über ausgezeichnete Männer, mit denen Kiesel schon in Verbindung gestanden. Der Vikar selber wußte eine Menge Anekdoten und erzählte gut. Der Pfarrer hatte sich zwar vorgenommen, über keinen Witz und Scherz mehr zu lachen, den der Vikar vorbringe, allein dieser hatte bisweilen Einfälle und erzählte Dinge, daß auch der Pfarrer hellauf lachen mußte. Und so brachte das Mittag- und Nachtessen bisweilen heitere Augenblicke. Wollte das Gespräche stocken, so wußte es Martha wieder in Gang zu bringen; sie selbst war nicht ohne Witz; und antwortete der Vikar mit einer treffenden Wendung, so wollte auch der Pfarrer nicht zurück bleiben. Und fing er an zu erzählen, so war er oft auch nicht wenig lehrreich.

Nach einiger Zeit machte der Ammann Rauber dem Pfarrer wieder einen Besuch. Er hatte mit ihm über Schul- und Armensachen, über die Verwaltung des Kirchengutes und dergleichen zu reden. Nach Beendigung der Geschäfte sagte Rauber: „Wir freuen uns, Herr Pfarrer, wenn Ihr bald wieder selber predigen könnet. Unter dem Vikar nimmt das Stündlerwesen überhand.

Alle Sonntage sind fremde Sektirer in der Kirche; er
hält ihnen sonntäglich noch eine Bibelstunde in Peters
Stube; und es heißt schon, er wolle, da ihrer zu viel
geworden sind, in die untere Schule oder, wenn es das
Wetter erlaube, gar noch in die Kirche; er will also
eigenmächtig einen dritten Gottesdienst einführen. Auch
die Unterweisungskinder werden unter ihm kopfhänge-
risch, sie knieen, wenn sie beten, sie kommen zusammen,
um Büchlein zu lesen, die er ihnen giebt, oder um zu
singen, sie haben auch viel auswendig zu lernen. Mich
plagt er, besser für unsre Waisenkinder zu sorgen; er
hat sie alle aufgesucht und klagt nun, sie seien in den
schlechtesten Häusern untergebracht, wo und wie wir sie
aufs wohlfeilste hätten verdingen können. Zu diesem
Auskundschaften hilft ihm voraus der Peter und der
alte Schulmeister Walter, bei dem ja auch die Schulkinder, wie Ihr selber wißt, Herr Pfarrer, am
schlimmsten versorgt sind. Wir Gemeinderäthe meinen,
Walter und der Vikar seien so bald als möglich zu
entfernen".

„Dann werdet Ihr aber nur wieder einen andern
Vikar wollen"? sagte der Pfarrer.

„Behüte nein, antwortete Rauber. Könnet Ihr wieder selbst predigen, so verlangen wir keinen Vikar, so
sind wir mit Euch lange zufrieden".

„Nun, antwortete der Pfarrer, Euer Zutrauen freut
mich. Der Arzt zwar will mich nicht vor dem Frühling
an meine Amtsgeschäfte lassen, und den Konfirmationsunterricht muß leider der Vikar fort ertheilen. Aber sind

einmal die Kinder konfirmirt, so werde ich auf Ostern
oder bald nachher den Vikar entlassen können".

„Wir sind alle froh, wenn er fort ist, sagte Rauber. Jetzt aber hat der Gemeinderath noch ein Anliegen
an Euch, wohlehrwürdiger Herr Pfarrer, der Gemeinderath hat gerade jetzt fünfhundert Franken nöthig, und
da haben wir Euch fragen wollen, ob Ihr uns dieß
Geld nicht leihen wolltet? es versteht sich nicht ohne
den Zins zu fünf vom hundert. Ihr habt uns auch
schon geholfen und Ihr wisset, wir haben das Geld
immer wieder zu rechter Zeit zurückbezahlt".

Der Pfarrer sagte: „Ich habe gerade so viel Geld
vorräthig und wenn Ihr es gegen eine Obligation
sogleich mitnehmen wollt, so steht es zu Diensten".

Der Ammann empfing es so und schied vom Pfarrer mit den besten Wünschen und als ein theilnehmender Freund.

Sabine hatte wieder gehorcht, und sagte zum Pfarrer: „Es ist dumm gewesen, daß Ihr dem Ammann
das Geld gegeben. Er ist ein Schelm". Der Pfarrer
zeigte der Sabine die Obligation.

Der Vikar hatte bis zur Weihnacht ungestört seine
Predigten und Unterweisungen gehalten. In den wenigen Wochen war er in alle Häuser des Dorfes und
öfter in die Schulen gekommen. Der Kirchenbesuch hatte
noch immer zugenommen; selbst ältere und jüngere
Männer kamen zahlreich auch in die Kinderlehre. Die
Kinder antworteten .immer besser; und da der Vikar
angefangen hatte, Gesangstunden zu halten, die auch

von Jünglingen und Töchtern besucht wurden, so hatte
sich auch der Kirchengesang merklich gebessert. Ries erschien in jeder Kinderlehre und war sehr aufmerksam
und erzeigte dem Vikar auch bei dessen Schulbesuchen
mehr Achtung.

XXVII.

Am Weihnachttage war milde Witterung, das Land
zwar schneebedeckt, aber der Himmel heiter, die Wege
trocken, von früh bis spät der klarste Sonnenschein:
Man mochte sich nicht erinnern, so viele Festfeiernde in
der Kirche gesehen zu haben. Die gefallene Liebessteuer
war in den letzten dreißig Jahren nie so groß gewesen.
Es war des Pfarrers Sache, sie mit dem Kirchenpfleger
zu zählen und einzuschreiben; dieß war ihm jetzt keine
Weihnachtfreude so wenig als die Menge der Leute, die
er auch in die Nachmittagspredigt heraufkommen sah. Er
selber vermochte es nicht über sich, dem Gottesdienste
beizuwohnen, obwohl es ihm Gesundheit und Witterung
erlaubt hätte; aber er wußte, daß er geärgert würde
nicht minder durch die Menge und die Aufmerksamkeit
des Volkes als durch des Vikars Predigten.

Es war dagegen nur Eine Stimme durchs Dorf
und unter den in die benachbarten Dörfer Heimkehren-
den: Wir haben seit vielen vielen Jahren einen heiligen
Tag nie so erbaulich feiern können. Auch blieb das

Wirthshaus zu Waldbrunn am Weihnachtabend un-
besucht.

Aus der Nachmittagspredigt empfing Verena nach
Abrede aus den Händen der Martha das Abendmahls-
geräthe und trug es in einem Deckelkörbchen wohl verwahrt auf die Berghöfe. Ihm folgte bald der Vikar
und holte es ein. Es war ihm ein Beweis, daß er be-
haltbar gepredigt, als seine Schülerin den Inhalt seiner
beiden Predigten ziemlich genau wiederholen konnte.

Mit was für einer Freude empfing ihn die Großmutter Salome! Er hatte noch Zeit, in dem ihm bereit
gehaltenen warmen Stübchen bei einer Tasse Kaffe auszuruhen. Die zwei Fenster des Schimmerchens sahen
eins gegen Mittag, das andre gegen Abend. Eben schaute
die Sonne mit ihren letzten Blicken über den Berg.
Die Sonne des Geburtstages Jesu Christi wie hat sie
die Herzen der Christenheit heute wieder erheitert und
erquickt, wie ist sie das einzig tröstende und stärkende
Licht in dem dunkeln Aus- und Eingang eines Jahres!
Gegen Mittag leuchteten noch die letzten Augenblicke des
Festtages auf den Gipfeln des Gebirges wie Freuden-
feuer und glänzte noch ein Streifen des von dort das
Land herab strömenden Flusses; das dankende Auge sah
den Strom des Heils und die Berge, von denen die
Hülfe kommt.

Verena meldete, die Leute seien versammelt. Die
große, von Zuhörern erfüllte Stube war hinlänglich
erleuchtet. Die Reihe der Hochbetagten saß zunächst dem
Tischchen, an das sich der Vikar stellte; auf demselben

glänzte der goldene Kelch und die silberne Platte mit dem heiligen Brot; links und rechts standen je drei blank gescheuerte, zinnerne Leuchter mit hohen Kerzen. Die hellen messingenen Kerzenstöcke, welche Salome von der Nachbarschaft entlehnt hatte, standen oben auf der Leiste des rings die Stube bekleidenden, nicht ganz zur Decke reichenden Getäfels, so daß die Köpfe der Versammlung alle von oben beleuchtet waren.

Das Weihnachtslied:

Gelobet seist du Jesus Christ,
Daß Du ein Mensch geworden bist,

wurde ernst und feierlich gesungen. Der Vikar sprach dann darüber, wie die Geburt des Herrn unsre Wiedergeburt sei und tröstete die Hochbetagten mit der Verheißung der nahen Verwandlung nach der Entbindung von dem Leibe dieses Todes.

Es war der Versammlung gegenwärtig, das werde wol für die meisten der Hochbetagten das letzte Weihnachtsfest hienieden sein und das letzte Mal, daß ihnen der Kelch des Herrn gereicht werde, bis sie ihn mit Ihm neu trinken werden in seines Vaters Reich.

Feierlicher als selber in der Kirche tönte ihnen das Abendmahlsgebet und sie beteten es mit ihren greisen Vätern und Müttern inniger und auf eine Weise wie noch nie.

Die Augen der alten Leute leuchteten, als ihnen der Kelch erhoben und gesegnet wurde.

Da die greisen Väter und Mütter ganz nahe vor ihm standen, konnte ihnen der Vikar von seiner Stelle

aus das Sakrament reichen. Er brach jedem der alten
Männer und Frauen das Brot und reichte es mit einem
passenden Bibelspruche und dann den Kelch, indem er
auch zu diesem eine geeignete Stelle der Schrift dem
Kommunizirenden in der Versammlung zu Gemüthe
führte.

Das Dankgebet darnach beteten, die das Abendmahl so genossen, mit einer Inbrunst und Freude, wie
wol nur selten einmal in ihrem langen Leben.

Zum Schlusse wurde noch mehr als Ein Weihnacht-
lied gesungen.

Einen Weihnachtabend, der ihn höher gestimmt,
hatte auch der Vikar noch nie gefeiert.

In dieser Festfreude gingen die Leute in ihre Wohnungen stille zurück. Die Weihnachtbäume wurden den
Kindern angezündet. Die Großeltern wie verjüngt durch
das Christkind freuten sich ihrer Enkel wie selten mehr.
Festlichkeit waltete in allen Häusern der Berghöfe.

„Ich vermag Euch nicht genug zu danken, mein
lieber Herr Vikar, sagte Salome. Jetzt kann auch ich
sprechen: Herr, nun lässest Du Deine Dienerin im Frieden fahren, denn meine Augen haben Deinen Heiland
gesehen“.

Dann führte sie ihn in die kleine Stube neben der
Küche. Da schimmerte der Weihnachtbaum, den sie ihrer
Verena und den zwei jüngern Kindern gerüstet hatte.
„Wir wollen uns noch freuen wie die Kinder, sagte
Salome. Ich weiß es wieder von neuem und empfinde
es in heiliger Freude, daß ich ein Kind Gottes bin

durch sein Blut. Es ist wol der letzte Weihnachtsbaum,
liebe Verena, den ich Dir gerüstet, denn übers Jahr
bist Du eine erwachsene Tochter, und ich wol, Gott
gebe es, an einem schöneren Weihnachtsfeste. Aber das
heutige wirst Du nie vergessen und von demselben und
auch von Deiner Großmutter Salome erzählen in Dei=
nen spätesten Jahren. O mögest Du immer mehr ein
Kind Gottes werden und bleiben und immer in Dei=
nem Geiste, wenn das Ohr nicht mehr hört, Deinen
Herren vernehmen, der Dir sagt: Du bist ein Kind
Gottes. Nicht wahr, Du Kind Gottes"! „Ja, ja, sagte
Verena mit nassem Auge und gab der Großmutter die
Hand, ich will beten und betet auch ihr alle für mich,
daß ich ein Kind Gottes werde und bleibe".

Jetzt fanden die Kinder und fand auch Verena am
Weihnachtbaum eine reiche Bescherung; mancherlei, das
ihr noch die Großmutter gesponnen, gestrickt und ge=
näht, auch schon das neue schwarze Kleid, das es am
nächsten Osterfest, dann konfirmirt, bei seinem ersten
Abendmahlsgenusse tragen sollte. So hatte die Groß=
mütter auch ihren Tochtermann und die andern Haus=
genossen, auch Knecht und Magd mit Nöthigem und
Nützlichem bedacht. Selber der Vikar fand eine Gabe,
einige weiße Nastücher von feinem flächsenen Tuche, das
die Großmutter noch selber gesponnen.

Dann wurden Kuchen herumgeboten und vom vier=
undbreißiger, und sie blieben noch eine Weile in heiterm
Gespräch. Salome erzählte Mancherlei aus ihrem Leben
und aus dem Munde ihrer Eltern und Großeltern.

Oefter mahnte sie daran, der Vikar werde gewiß nach
Ruhe verlangen. Er aber bat sie, fortzufahren. Ihre
Erzählungen waren ihm wie eine köstliche Chronik.
Endlich aber wollte er selber sie nicht mehr ermüden.
Er ging in sein Stübchen. Die Sterne schienen herein,
des Himmels Weihnacht= und Lebensbaum, dessen Lich=
ter nicht erlöschen, der ewige Glanz, welcher dem Got=
teskind entgegenleuchtet.

XXVIII.

In den ersten Tagen nach Weihnacht hatte Sabine
noch nicht erfahren, daß der Vikar am Feste auf den
Berghöfen gepredigt und das Abendmahl gehalten, son=
dern nur, daß er dort eine Bibelstunde gehalten habe
und droben übernachtet sei.

Die Leute ab den Höfen hielten Wort und redeten
nicht viel von der Sache.

Es kam der Neujahrstag; sonst war an diesem die
Kirche fast leer, jetzt aber wieder ganz erfüllt. Martha
besonders fühlte sich durch die Predigt erheitert, denn
ihr waren seit vielen Jahren die letzten Tage und der
Anfang des Jahres die traurigsten. Sie empfand dann
schmerzlicher als nie den Verlust ihres Lebens und ihrer
besten Jahre, die sie dem Dienste eines Verwandten
geopfert, und am Ende einzig noch etwas Trost in der
Hoffnung, seine Erbin und im Alter nicht ganz hülf=
los zu werden.

Der Vikar, dem sie nach der Predigt für dieselbe
dankte und ihm Glück wünschte, sprach ihr noch besonders Muth ein, beschenkte sie auch mit Gerhards Liedern und mit einem seidenen Tuche. Sabine war mit
dem halbseidenen, das sie von ihm erhielt, auch nur
halb zufrieden.

Als er dem Pfarrer einen guten Tag und Glück
wünschte, sagte dieser: „Mir ist ein Tag wie der andre
und wenigstens hierin kann ich mit Paulus überein-
stimmen, ich halte nicht Feiertage, Neumonden und
Jahre. Und ich muß wirken, so lange es Tag ist“.

„Ich wünsche auch Ihnen Glück“, sagte er dem
Vikar, aber äußerst kalt. Es waren die leersten Worte.
Dann gab er ihm in Papier gewickelt etwas Geld: das
sei die geordnete Vikarsbesoldung für den Theil des
Vierteljahrs, den er bisher gedient.

Auf seinem Zimmer zählte der Vikar das Geld, es
traf auf Einen Tag nicht Einen Franken. Er sagte der
Martha: „Der Pfarrer hält mich geringer denn einen
Taglöhner. Er giebt mir kaum die Hälfte dessen, was
nach dem Gesetz ein Vikar fordern darf“.

„Ich habe das befürchtet, sagte Martha; trösten Sie
sich mit mir“.

„Ich bin bald getröstet, antwortete der Vikar; ich
habe, Gott sei Dank, selber noch etwas Vermögen.
Allein der Mann des Vernunftgesetzes und der Gerechtigkeit, der soll wenigstens das gemeinste Recht üben
und dem Arbeiter den verdienten Lohn geben. Allein
die Stellen: Ein Arbeiter ist seiner Speise werth; und:

also hat auch der Herr verordnet, daß die das Evangelium verkündigen, sollen sich vom Evangelio nähren;
und: so wir euch das Geistliche säen, ist es ein groß
Ding, ob wir euer Leibliches ernten? und: siehe der
Arbeiter Lohn, die euer Land eingeerntet haben, der
von euch abgebrochen ist, schreiet; und das Rufen der
Schnitter ist gekommen vor die Ohren des Herrn Ze-
baoth: diese und ähnliche Stellen werden, wenn sich
ein Vikar darauf berufen wollte, wol unecht sein, Verfälschungen des wahren Evangeliums, wahrscheinlich von
armen und hungrigen, geldgierigen Vikaren des zweiten
Jahrhunderts als heilige Aussprüche des Herrn und
seiner Apostel eingeschwärzt. Allein ich weiß, etliche der
philosophischen Pfarrer erwarten für alle Amtsverrich-
tungen Gebühren, wie wenn geschrieben wäre: taufet alle
Völker und beziehet dafür Taxen. Aber wie soll ich mich
mit Ihnen trösten? Sie werden doch als Haushälterin,
die sogar noch die schwersten Dienste einer Magd verrichtet, einen angemessenen Jahrlohn erhalten"?

„Ich rede nicht gerne davon, sagte Martha; allein
sehr jung ins Haus gekommen, war ich Magd schon
als Kind, und da die Frau Pfarrerin fast immer krank
gewesen, bin ich die Haushälterin wol schon länger als
dreißig Jahre und habe nie einen Kreuzer Lohn erhalten, kaum die nöthigsten Kleider; ich bekam nur Trink-
gelder und kleine Geschenke von Verwandten, und hatte
stets nur über wenige Franken zu verfügen. Dagegen
werde ich des Herrn Vermögen erben". „Wissen Sie
dieses mit Sicherheit? fragte der Vikar; haben Sie

deſſen eine Urkunde in Händen? Hat der Pfarrer ein Teſtament geſchrieben und haben Sie es geſehen"? „Geſehen nicht, antwortete Martha, aber verſichert hat mir der Herr Pfarrer öfter, ich allein werde ſeine Erbin ſein". „Ich bin, fuhr der Bikar fort, durch ſo Vieles hier vorſichtiger geworden und ich rathe Ihnen, ver= ſchaffen Sie ſich über das Erbe die nöthige Verſicherung"! „Ich darf nicht davon reden, ſagte Martha; er geräth in Zorn, wenn ich dieſe Sache berühre". Deſto ver= dächtiger iſt ſie, ſagte der Vikar. Sie müſſen durchaus darauf bringen, daß er Sie ſicher ſtelle, daß er Ihnen allerwenigſtens die Jahrlöhne der letzten dreißig Jahre ſammt den Zinſen auszahle oder verſchreibe, immerhin eine Summe von mehr als 7000 Franken, denn um weniger als 200 Franken dient ihm keine Haushälterin. Und wollte er weder zahlen noch verſichern, ſo drohen Sie ihm, ihn zu verlaſſen". „Dann enterbt er mich ganz, ſagte Martha. Jetzt kann und mag ich ihm nicht Verdruß machen; ich will ſeine völlige Wiederherſtellung abwarten. Mein himmliſcher Vater wird mich auch im Alter nicht verlaſſen".

In dieſem Troſte beſtärkte ſie der Vikar auch noch in der Bibelſtunde, die er am Abende des Neujahrtages hielt. Sie war ſehr beſucht. Es wurden am Schluſſe zur Nachfeier der Weihnacht noch einige Weihnachts= lieder geſungen und alle Neujahrgeſänge und: Befiehl du deine Wege; und: wer nur den lieben Gott läßt walten und: was Gott thut, das iſt wohlgethan und der 23ſte Pſalm und andre Glauben ſtärkende Lieder.

Ehe die Versammlung auseinander ging, sprach der
Vikar noch: „Ich bitte um des Herren willen, wenn
sich nun Jünglinge und Jungfrauen, Hausväter und
Hausmütter diesen Abend oder morgen eine Neujahrs-
freude erlauben, daß dieß doch geschehe mit Mäßigkeit
und Sittsamkeit. Am besten, ihr freuet euch unter einander in euren Haushaltungen und Nachbarschaften und
nicht im Wirthshause“.

Nicht wenige folgten der Mahnung ihres Seelsorgers. Der Wirth vermißte manchen bisherigen Gast,
der sonst in der Neujahrsnacht zehn und mehr Franken
hatte drauf gehen lassen. Der Ammann Rauber, dem
Wirthe verwandt, theilte dessen Verdruß, zudem er wohl
wußte, daß der verschuldete und von Gläubigern ge-
drängte Wirth, dem er überdieß Bürge war, das Geld
sehr nöthig hatte.

Einige Tage nach dem Neujahr erfuhr Sabine, der
Vikar habe auf den Berghöfen Kommunion gehalten.
Sie berichtete es sogleich dem Pfarrer mit Zusätzen und
Entstellungen, wie schon des Vikars Gegner sie erson-
nen: der Vikar wolle offenbar die Leute katholisch
machen, Jeder alt und jung habe eine Kerze mitgebracht.
Der Vikar habe in die Stube einen kleinen Altar hinstellen lassen und den mit einem feinen von Spitzen
umfransten Altartuche bedeckt, und auf dem Altare eine
Menge Lichter angezündet und ein Chorknabe habe ihm
zudienen müssen; und die Leute haben das Abendmahl
knieend empfangen, und die im Dorfe schon einmal am
Morgen kommunizirt, hätten es am Abend auf den

Höfen nochmals gethan, gleich als ob die Kommunion in der Kirche nur eine gemeine, die auf den Höfen aber erst die rechte und die für die Auserwählten sei. Er führe einen nächtlichen Gottesdienst ein. Er habe auch heimlich den goldenen Kelch und die silberne Platte und auch das heilige Abendmahlsbrot aus dem Pfarrhause so viel als entwendet, und was nur in die Kirche gehöre, sogar außer das Dorf in das Haus einer alten Frau, einer Stündlerin tragen laffen; und es heiße, er werde nächstens bei jeder Versammlung in Peters Stube eine Messe lesen".

XXIX.

Der Pfarrer wartete nicht lange! Wie sie zum Mittageffen saßen, sagte er: „Das Unglaublichste wird erzählt, Herr Vikar, Sie sollen am Weihnachtabend auf den Berghöfen geprediget und ein Winkel-Abendmahl gehalten haben. Es wird nicht wahr sein"? „Ich that beides", sagte der Vikar. „Was, brannte der Pfarrer auf; und wer hat Ihnen Erlaubniß dazu gegeben"?
„Mein Amt, antwortete der Vikar, und der, dem ich diene". „Wiffen Sie denn nicht, was eine Kommunion ist"? fragte der Pfarrer. „Freilich, antwortete der Vikar, sie ist die Union, die unio mystica deffen, der da sprach: „So oft ihr von diesem Kelch trinket, sollt ihr des Herrn Tod verkündigen, bis daß er kommt, und der spricht: wo zwei oder drei in meinem Namen

verſammelt ſind, bin ich mitten unter ihnen. Und ſelig
ſind, die da hungern und dürſten nach der Gerechtigkeit,
denn ſie ſollen ſatt werden. Und: Siehe, ich ſtehe vor
der Thür und klopfe an. So Jemand meine Stimme
hören wird, und die Thüre aufthun, zu dem werde ich
eingehen und Abendmahl mit ihm halten und er mit
mir".

„Das iſt der alte ſchreckliche Aberglauben; ſagte
der Pfarrer; die humanſte, lieblichſte Stiftung eines
Gedächtnißmahles, eines freundlichen Beiſammenſeins in
Erinnerung an die um uns höchſt Verdienten, haben
die finſtern Theologen — ja was Theologen? die un-
wiſſenden und das Volk verführenden Pfaffen zu einem
ſcheußlichen Eſſen des Fleiſches und zu einem Trinken
des Blutes gemacht. Und daher eben auch das Viatikum
und die Kranken- und Winkel-Kommunion. Wiſſen Sie,
nicht, daß ſie verboten iſt"?

Der Vikar antwortete: „Die Krankenkommunion iſt
bei uns gar nicht verboten, ſie iſt nur nicht bräuchlich;
im bringendſten Nothfall werde ich ſie halten, aber nicht
helfen, ſie zum Brauche machen. Aber das Abendmahl,
das wir auf den Berghöfen hielten, war keine Winkel-
Kommunion; die ganze Gemeinde der Höfe war an-
weſend. Können die Kranken und Greiſe nicht mehr zu
uns kommen, ſo müſſen wir zu ihnen, das iſt unſre
Hirtenpflicht, wie auch in den älteſten Zeiten der Kirche
der Leib des Herrn aus der Kirche den Kranken und
Schwachen in die Häuſer iſt gebracht worden". „Und
wer hat Ihnen erlaubt, den goldenen Kelch, und die

silberne Platte und das Abendmahlbrot aus dem Pfarrhause wegzunehmen? Wem gehört das Geräthe"?

„Weder Ihnen noch mir; es gehört der Kirche, und
auch ich bin ein Diener der Kirche und habe über ihr
Geräthe so gut zu verfügen wie Sie".

„Aber verschleppen sollen Sie es nicht, nicht in
Privathäuser mitnehmen zum Privatgebrauch, das ist
Entweihung". „Entweihung? Nein! Aber das ist Entweihung des goldenen Kelches und der silbernen Platte
und des heiligen Weines und Brotes, von der ich Ihnen
nun erzählen will, Herr Pfarrer. Ich hatte schon vor
der Weihnacht vernommen, daß in der hiesigen Kirche
und hier in Ihrem Pfarrhause und hier in dieser Stube
Unfug getrieben werde mit dem vom heiligen Mahle
übrig gebliebenen Wein und Brot. Ich ging daher
sogleich nach Beendigung des Gottesdienstes wieder
in die Kirche zurück, und siehe, der Sigrist und der
Kirchmeier und zwei oder drei ihrer guten Freunde
tranken aus dem Abendmahlskelch am Abendmahlstische
vom übrig gebliebenen Wein in vollen Zügen, kaum
ließen sie sich durch mein Eintreten stören. Ihre Kameraden gingen; der Kirchmeier und der Sigrist trugen
das Geräthe ins Pfarrhaus zurück; hier tranken sie
wieder, dann holte jeder eine große Flasche hervor, und
sie theilten den Rest des Weines unter sich und so auch
das Abendmahlsbrot und schoben es in ihre Säcke und
was dort nicht Platz hatte, in das Futter ihrer Hüte
und wischten das Maul und gingen und der Sigrist

sagte: das ist unser Lohn, Herr Vikar; wir haben sonst
nichts für das Abendmahl.

Dieses, dieses ist Entweihung, Herr Pfarrer und
Unfug, und er war von je verboten, und wäre auch
unverboten nie zu dulden gewesen und Sie haben ihn
dreißig Jahre lang geduldet. Es war eben nur Brot
und Wein und die Fortsetzung eines humanen und
freundlichen Beisammenseins, die Fortsetzung des Ver-
einsessens zur Pflegung und Veranschaulichung einer
socialen Idee, ein symbolisches Hinaustragen dieser socialen Ideen aus dem Vereinshause in das Privathaus,
eine unverfälschte Nachfeier der humanen Stiftung. Sie
sollen nicht etwa meinen, Herr Pfarrer, ich drohe Ihnen
damit, Sie hinwieder zu verklagen, wenn Sie mich
wegen des auf den Höfen gehaltenen Abendmahls verklagen wollten. Sie würden mich nämlich umsonst verklagen; denn Alles, was ich der Art bis jetzt vorgenommen, geschah im Einverständniß mit dem Vorsteher
des Kirchenrathes. Uebrigens liegt es gar nicht in meinem Sinn, Ihnen unser Essen zu verbittern; aber ich
lasse es auch mir nicht verbittern. Es wird zu einer
friedlicheren Stimmung auch während des Essens helfen,
wenn ich in Zukunft ein kurzes Tischgebet halte. Es
gehört sich, daß Hausgenossen und zumal die eines
Pfarrhauses wenigstens Ein Mal des Tages gemeinschaftlich beten".

Der Pfarrer schwieg. Er wagte auch nicht, das
Tischgebet zu wehren, obschon es ihm zuwider war. Der
einzige Trost war, des Vikars in einigen Wochen los

zu werden. Aber Verdruß gab es für ihn noch mancherlei.

Epiphania, der Tag der sogenannten heiligen drei Könige, fiel auf einen Sonntag. Der Vikar predigte über die Weisen aus Morgenland und da er über die Gaben sprach, welche von jenen dem Gottessohne dargereicht wurden, forderte er auf, in der Gemeinde einen Verein zu bilden für die äußere Mission. Er stellte vor, es sei eine Schande, daß das nicht arme Waldbrunn fast die einzige Gemeinde sei, welche für die Mission noch gar nichts gethan habe.

Die Sabine berichtete wieder aus der Predigt: der Vikar wolle eine Steuer sammeln für die Heiden; und wer sich der Heiden nicht annehmen wolle, sei selber ein Heide; und an ihren Früchten werde man die Gläubigen erkennen; wem Jesus nur der Rabbiner von Nazaret sei, der werde nichts für die Mission thun; der Vikar habe damit offenbar wider den Pfarrer gepredigt.

Bei gegebener Gelegenheit sprach sich dann der Pfarrer wider die Mission aus und brachte die gewöhnlichsten Einwürfe dagegen vor und sagte am Ende: „die Missionare richten doch nichts aus; das Geld für sie ist verschleudert". „Wenn sie nichts ausrichten, antwortete der Vikar, was aber aller Geschichte und auch der Geschichte des Christenthums widerspricht, so muß sich der arme Missionar mit dem Pfarrer trösten, der auf seiner Station auch dreißig Jahre gepredigt und auch nichts ausgerichtet hat und wo also das Geld für ihn auch verschleudert war". Der Pfarrer schwieg.

Noch einen größern Verdruß hatte er, als nicht lange nachher ihm Rauber den neuen Steuerzettel zuschickte. Nicht nur wurde der Pfarrer wieder höher belegt, sondern Rauber schrieb ihm im Namen des Gemeinderathes: Sie haben, wie wir Ihnen das beweisen können, Ihr Vermögen bisher zu gering angegeben, daher haben Sie an Steuern nachzuzahlen eine Summe von wenigstens 500 Franken. Wir gleichen daher unsre gegenseitigen Forderungen aus, wenn Sie mir die Ihnen ausgestellte Obligation zurückschicken und den Empfang der 500 Franken bescheinigen, wogegen ich dann auch Ihnen bezeugen werde, daß Sie Ihre der Gemeinde schuldigen Steuern bezahlt. Es wäre mir leid, wenn Sie gegen die Gemeinde einen Prozeß anheben würden. Wir sind aber darauf gefaßt, und Sie müßten dann erwarten, daß Ihnen Ihre Vermögenszustände amtlich untersucht würden.

„Hatte ich nicht Recht? sagte Sabine; der Rauber ist ein Schelm, und Ihr hättet ihm keinen Kreuzer geben sollen".

Es war dem Pfarrer kein Trost, als Rauber bald nachher in traurige Zustände kam. Der ihm verwandte Wirth im Dorfe, dem er Bürge war, wurde vergantet. Der Ammann selbst erlitt bedeutenden Verlust; er mußte bei der Besorgung dieses vielschichtigen Geschäftes, bei den Steigerungen und Anweisungen viel und oft Tag und Nacht im Wirthshaus sein, er trank unmäßig, auch,

um den Verdruß sich wegzutrinken und verfiel endlich
in den Wahnsinn der Trinker, wurde zu allen Geschäften untüchtig und sah überall nur den Teufel, der ihn
holen wollte.

„Ich bedaure seinen Aberglauben, sagte der Pfarrer.
Rauber hat zwar etwas verdient auch um meinetwillen;
er hat überhaupt viele Gewaltthaten und Ungerechtig-
keiten verübt, aber daß der noch soll von Teufelsfurcht
geplagt werden, der doch hierin vernünftig schien, und
so lange ich ihn kenne, des Teufels gelacht hat, das ist
mir unbegreiflich und doch wieder sehr begreiflich, denn
er ist auch einer von denen, die in ihrer Jugend den
Heidelberger Katechismus auswendig gelernt haben und
der lehrt schon in der ersten Frage von der Gewalt des
Teufels. Aber wenn jetzt schon ein andrer Ammann gewählt wird, meine Steuer werden sie doch nicht er-
mäßigen und es wird überhaupt nicht besser; unbedingte
Volkswahlen geben alles in die Hände einer herrschen-
den Partei und es ging Alles besser, da diejenigen
regierten, welche durch Erziehung, Anlagen, Erfahrung
und die nöthige Unabhängigkeit zum Regieren berufen
sind. Die Aristokratie ist die einzig vernünftige Ver-
fassung“.

„Dem Sinne des Wortes nach wohl, sagte der
Vikar; aber die Aristokraten zeigten sich nicht immer
als die besten, obschon auch die Demokraten und die
auf allen Wegen der Demagogie und Volksbethörung
und Volksverachtung zu den Aemtern Gekommenen sich
jeder Zeit für die bessern halten und fast ohne Aus-

nahme in Gewinn-, Herrschsucht und Anmaßung wieder
die alten Aristokraten werden, nur nicht die Würde und
Weisheit der besseren derselben erweisen. Aber das wun=
dert mich, Herr Pfarrer, daß Sie im Politischen so
konservativ sind und hingegen in Ihrem eigentlichen
Beruf so radikal, so grundstürzend, daß Sie in Ihrem
Amt das Herkommen, den Urbestand so wenig achten
als ein Wühler, daß Sie in den ältesten und ehrwür=
digsten Urkunden das Radiermesser brauchen, oder daß
Sie sich das noch viel bequemer machen. Gefällt Ihnen
im Kanon eine ganze Schrift nicht, so wird sie als
unecht nachgewiesen, und auch in den Synoptikern strei=
chen Sie die Stellen, welche nicht in das System der
reinen Vernunft passen, mit dem nassen Finger durch.
Keiner der profanen Schriftsteller ist je so mißhandelt
worden wie Sie und Ihre Partei die heilige Schrift
mißhandeln. Da herrscht denn doch in dieser heiligen
Schrift eine durchgehendere Harmonie als in Ihren
Ansichten und Schriften".

Der Pfarrer schwieg eine Weile; dieser sein Wider=
spruch war ihm noch nie so vorgehalten worden. End=
lich sagte er: „Ich stand von je auf der Seite der
Wahrheit. In der Ochlokratie sehe ich keine Wahrheit
so wenig als in den Wundermährchen und in vielen
unvernünftigen Dogmen der Schrift. Ich bin daher mit
mir nicht im Widerspruch. Ich bestreite die Unvernunft
wie in der Theologie so auch in der Politik".

XXX.

Der Winter war vergangen. Der Pfarrer fühlte
sich wieder gesund und ließ in der Zuversicht, den Vikar
bald entlassen zu können, ihn ohne Rüge schalten und
walten.

Wie es wärmer geworden war, saß dieser Nachmittags bisweilen an die Orgel in der Kirche. Daß er sie
spiele, hatte Niemand gewußt. Ihm aber war es den
Winter über ein schmerzliches Entbehren gewesen, im
Pfarrhause kein Klavier gefunden zu haben. Jetzt aber
bot ihm das Orgelspiel das, was dem Durstenden ein
frischer Quell. Er war freilich kein Virtuose, aber ein
kontrapunktisch geschriebenes Adagio oder auch Andante
und eine nicht allzuschwierige Fuge konnte er richtig
und mit Geschmack spielen. Der Dorforganist hatte dergleichen noch nie gehört, und begriff jetzt einigermaßen,
warum der Vikar ihn so oft gebeten, er möchte doch
die Vor= und Nachspiele weg und gar nichts anderes
hören lassen als den Choral und diesen nach den Noten
so einfach als möglich spielen.

Auch Martha hörte nun des Vikars Spiel. Solche
Musik war ihr neu. Sie schämte sich fast, daß der Vikar
sie die wenigen Choräle einige Male hatte spielen hören,
während die Kinder dazu sangen. „Keinen Ton hätte
ich gespielt, sagte sie, wenn ich hätte wissen können,
daß Sie ein so geschickter Orgelspieler". „Es soll Sie
nicht verdrießen, antwortete der Vikar. Es war mir
rührend, Ihre Kinder um Sie bei der Orgel zu sehen

und zu hören, und wie Sie sich selber dabei erheiterten
und erbauten. Bald verlasse ich die Gemeinde; und
dann den Sommer über spielen und singen Sie ja recht
oft mit Ihren Kindern". „Das wolle Gott nicht, antwortete sie, daß Sie Waldbrunn verlassen. Ich darf an
die Einsamkeit nicht denken, die dann wieder um mich
sein wird".

Durch den Dorforganisten hatte auch Ries von des
Vikars Orgelspiel erzählen hören. Er trat daher eines
Nachmittags, als er Orgeltöne hörte, in die Kirche. Es
war ihm, als wäre das Instrument verbessert worden.
Der Organist hatte immer nur die schreienden Pfeifen
gellen lassen. In der Orgel befanden sich aber auch
einige sanftere und edlere Register und diese wußte der
Vikar geschickt anzuwenden und zu verbinden. Ries hatte
im Seminar auch etwas Orgel spielen lernen und dort
seinen Lehrer oft kontrapunktisch spielen hören; er wußte
etwas weniges von der Theorie solcher Fügungen, konnte
aber selber nichts der Art spielen. Nun hörte er, wie
unter des Vikars Fingern die Melodieen gleich großen
und kleinen Bächen rein und lauter hinglitten; das
machte ihm großes Vergnügen, zumal der Vikar mit-
unter auch eine heitere und freudige Weise hören ließ.

„O daß ich das so könnte", sagte er dem Vikar.
„Ich wollte es Euch lehren, antwortete dieser, wenn ich
länger hier bliebe". „Wir wollen nicht fürchten, daß
Sie uns je verlassen, Herr Vikar; die Meisten haben
Sie lieb gewonnen und auch ich habe von Ihnen be-
sonders in den Kinderlehren viel gelernt. Ich bereue es,

daß ich Ihnen im Anfang weniger freundlich begegnete. Ich hatte mich von verbreiteten Gerüchten und auch von Rauber verführen lassen".

: So war ein freundlicheres Verhältniß mit Ries eingeleitet. Dieser sah, als im April die Bäume blüheten und Birken und Buchen Laub gewannen, den Vikar bisweilen zeichnen. Der Vikar brachte ihm von seinen Spaziergängen etwa auch einen seltenen Stein oder eine merkwürdige Versteinerung oder ein feines Frühblümchen; und Ries, welcher Botanik und Mineralogie wirklich etwas besser verstand und mit Vorliebe betrieb, wunderte sich, daß der Theologe auch in diesen Wissenschaften sich nicht unerfahren erzeigte. Ries fing so auch an, dem Vikar in Schulsachen mehr Gehör zu geben; er hielt mehr auf Stille, Zucht und Ordnung, er las wieder mit den Schülern in der Bibel und ließ Kirchenlieder auswendig lernen. Er hatte aus des Vikars Kinderlehren sich gemerkt, daß das Beispiel die meiste Beweis- und Bildungskraft habe, daß alle wahre Bildung bedingt sei durch Christi Bild, daß nur das in Spruch und Lied edel und rein und unvergleichlich Geprägte sich tief einpräge und wiederum präge, daß ein großer Theil des Unterrichts in der immer neu belebenden und tiefer gehenden Wiederholung bestehe, daß nur der Ergriffene ergreife und daß nur das Bleibende Werth habe. Die Predigten des Vikars hatten ihm wieder Achtung vor der heiligen Schrift eingeflößt, vor dieser Tiefe des Reichthums beides der Weisheit und der Erkenntniß Gottes.

14 *

. Ja zu Jedermanns Verwunderung fing Ries an, den Vikar zu besuchen und erschien sogar in dessen sonntäglichen Bibelstunden und übte auch in seiner Schule die Lieder, welche beim Gottesdienste gesungen werden sollten.

Dem Pfarrer und seinem Freunde dem Schulrath Kleiner und auch der Sabine schien des Vikars Einfluß immer verderblicher. Auch der alte Walter galt jetzt wieder mehr bei der Gemeinde, weil er selber von Ries gelobt und unterstützt wurde.

Beim Pfarrer stand der Entschluß fest, den Vikar nach Ostern zu entlassen.

Höchst feierlich war im Nachmittagsgottesdienst am Palmsonntag die Konfirmation der Unterweisungskinder. Da es ein sehr schöner Aprilsonntag war, der Weg trocken, die Luft still und warm, vermochte es selber die Großmutter Salome, von ihrer Verena geführt, den Berg hinabzusteigen. Sie ließ sich dann vom Fuße des Berges zur Kirche fahren und konnte am Morgen selber zum Tische des Herren gehen; sie war dann über Mittag bei ihrer ältesten Tochter und Mittags wohnte sie zu ihrer höchsten Erbauung der Konfirmationsfeierlichkeit bei und sah auch ihre Verena vor dem Herren knieen.

Der Vikar versprach ihr, in der Charwoche einmal auf den Höfen zu predigen. Er that es auch und die Großmutter war dessen froh, denn das Hinab- und Heraufsteigen hatte sie doch sehr ermüdet.

•

XXXI.

Der Gemeinde zu zeigen, daß er wieder vollkommen hergestellt sei, erschien der Pfarrer zu Jedermanns Erstaunen am Charfreitag auch in der Predigt. Er saß so nahe an die Kanzel, als er konnte, um besser zu hören, und verstand auch Alles, da sein Ohr weniger befangen war und der Vikar ihm Manches auf den Kopf predigte. Kiesel ärgerte sich über die Predigt aufs tiefste; denn der Vikar sprach, wie der Pfarrer meinte, durchaus unvernünftig, abergläubisch, schwärmerisch ja pfäffisch und in der Art eines Fakirs von Christi Versöhnungstode.

Daß viele Zuhörer weinten, daß die Gemeinde sichtlich ergriffen und erschüttert war, dieß zu sehen, war dem Pfarrer ein Greuel.

Er sagte nichts. Als aber am Ostermorgen der Vikar in die Kirche wollte, trat der Pfarrer mit dem Mäntelchen und dem Beschen und mit den Büchern unter dem Arm aus seinem Zimmer und sagte: „Ich werde heute wieder zum ersten Male predigen. Ich will auch meine Auferstehung feiern. Die Predigt, die Sie studirt haben, Herr Vikar, können Sie dann Nachmittags halten; und haben Sie auch eine zweite schon studirt, so sind Sie dann ja schon auf Ihre Bibelstunde vorbereitet".

„Es wäre allerdings, sagte der Vikar, anständiger gewesen, Sie hätten mir das schon vor einigen Tagen

gesagt. Doch ich schweige und füge mich. Den Ostermorgen entweihe kein Wortwechsel"!

Es war vielen gar nicht recht, den Pfarrer die Kan-
zel besteigen zu sehen. Er brauchte seine verbesserte
Liturgie. Die Feier der Geschichte der Auferstehung,
Lobpreisung und Dank dafür hatte er durchgestrichen.
Sein Gebet war eine Betrachtung über die wieder
blühende und grünende Natur.

Zum Texte hatte er gewählt die Worte aus Lukas:
Was suchet ihr den Lebendigen bei den Todten?

Er begann die Predigt sehr laut mit dem Satze:
„Wir befinden uns in dem, was von Jesu Auferstehung
erzählt ist, nicht auf dem Boden der Geschichte, sondern
auf dem Boden der Dichtung. Das sind wohl gemeinte
Träume und Phantasieen, welche davon reden, daß der
gekreuzigte Nazarener aus seinem Grabe auferstanden
sei. Denn eine solche Auferstehung widerspricht allen
Erfahrungen, allen Gesetzen der Natur; todt ist todt.
Das anerkennen je die Einsichtsvollsten dieser Zeit.
Unsre in Wissenschaften und Künsten so unendlich weit
vorgeschrittene Zeit muß protestiren gegen die Behaup-
tung, es seien die Mährchen eines noch kindlichen und
in vielen Beziehungen kindischen Zeitalters Wahrheit
und Wirklichkeit. Es muß immer offener und lauter
und allgemeiner gepredigt werden: Christus ist nicht
auferstanden".

Dieses rief er mächtig durch die Kirche. Der Vikar,
der in seinem Chorrocke vor aller Augen seitwärts unter
der Kanzel saß, wurde unruhig. Er dachte daran, den

Pfarrer zu unterbrechen und ihn der Lüge zu zeihen. Martha war erblaßt. Schadenfroh sah Sabine des Vikars Unruhe.

Auch Ries und andre besonders Peter und Walter und die Neokommunikanten blickten auf den Vikar. Sie erwarteten, er werde sich erheben. Er aber wußte wohl, daß jede Störung des öffentlichen Gottesdienstes durch das Gesetz bestraft werde, und daß so eigentlich nur der Pfarrer ein Vorrecht habe, durch dergleichen Frechheiten und lästerliche Aeußerungen die Gemüther aller Andächtigen auf eine empörende und auf die strafwürdigste Weise zu beunruhigen und zu ärgern. Der Vikar nahm sich zusammen. Er spürte das Zucken seiner Gesichtsmuskeln, stützte den Ellbogen auf die Lehne und bedeckte mit seiner Hand das Gesicht; er wollte nicht, daß sein Mienenspiel beobachtet werde. Der Pfarrer aber wollte mit seiner, von Frechheit überströmenden Einleitung offenbar seinem lange verhaltenen Zorne Luft machen und recht absichtlich reizen und ärgern, und dachte nicht daran, daß er vom Kirchenrath, wenn dieser seine Pflicht erfüllte, schon dieser unevangelischen, Aergerniß gebenden, sein Amt höhnenden Einleitung wegen, müßte abberufen werden. Er kündete dann an: er wolle nachweisen, wie im Christenthum noch so oft das Leben im Tode gesucht werde und wie es nur zu finden sei in Allem Wahren, Guten und Schönen. Er zeigte, wie noch immer das Leben im Buchstaben der Schrift gesucht werde und der sei doch der Tod; wie man das Leben suche in vielen und langen Gebeten

und Gebetstunden und diese seien das heidnische Ge-
plapper und der Tod; wie man das Leben suche im
Kirchenlaufen, im abergläubischen Genuß des Abendmahls. „Das Sakrament, wenn es sein soll die Ab-
waschung der Sünden durch Christi Blut: das ist der
Tod", rief er, und so laut er konnte: „Es steht im
ganzen Evangelium kein einziges echtes Wort aus Jesu
Munde, daß er habe sterben wollen für die Sünden der
Menschen".

Unwillkürlich erhob der Vikar bei diesen Worten den
Kopf und schaute an den Pfarrer hinauf. Es kostete
ihn Ueberwindung, ihm nicht laut zu widersprechen und
hinauf zu rufen: Du lügst, Du lügst. Der zweite Theil
dann der Predigt bestand aus den gemeinsten Platt-
heiten. Der Pfarrer aber strengte sich möglichst an, seinen Waldbrunnern das Wahre, Gute und Schöne zu
empfehlen.

Nach der Predigt trat er an den Abendmahlstisch,
um das Weihegebet zu halten.

Viele, welche gekommen waren, um zur Kommunion
zu gehen, waren entschlossen, nach dem Gebet die Kirche
zu verlassen.

Der Pfarrer begann aus seiner verbesserten Liturgie
zu lesen. Er kam zu der Stelle: „In der Nacht, da
Jesus verrathen ward; und der Pfarrer las dann so:
Jesus nahm das Brot, dankete und brach es und gab
es ihnen und sprach, nehmet esset, das thut zu meiner
Gedächtniß; und Jesus nahm den Kelch und dankte
und gab ihnen denselben und sprach: trinket alle daraus,

das ist der Kelch des neuen Testaments. Die andern
Worte der Einsetzung hatte er von je für unecht gehalten. Er hatte auch, so oft er die Einsetzungsworte
des Abendmahles im Gottesdienst anführte, noch gar
nie die Worte hören lassen: das ist mein Leib, und das
ist mein Blut, das Blut des neuen Testaments, das
vergossen wird für Viele zur Vergebung der Sünden.

Wie er nun jetzt gelesen hatte: das ist der Kelch
des neuen Testaments, erblaßte er, er legte das Buch
ab und hielt sich mit beiden Händen am Tisch, er
zitterte und wankte. Man sah, er werde einsinken. Der
zunächst stehende Sigrist umfaßte und hielt ihn.

Der Pfarrer wurde aus der Kirche mehr weggetra-
gen als weggeführt. Martha und Sabine folgten. Die
Gemeinde war in großer Bewegung.

Der Vikar trat nun an den gerüsteten Tisch. Daß
sich die Gemeinde wieder sammle, betete er jetzt zuerst
ein Vorbereitungsgebet zum Abendmahl und erst darnach
zu diesem das Weihegebet.

Nach demselben entfernte sich gar Niemand aus der
Kirche, und Alles kommunizirte mit einem Ernste, wie
noch selten.

Mit Würde und Nachdruck und nicht ohne selbst
tief ergriffen zu sein, las der Lehrer Ries während der
Kommunion der Gemeinde vor das 15. Kapitel des
ersten Briefes an die Korinther. Und hinwieder sang
die Gemeinde

Komm mein Herz, in Jesu Leiden
Dich zu laben und zu weiden.

Wie das, was dem Pfarrer begegnet, zu verstehen
sei, darüber war die ganze Gemeinde einstimmig; selber
Leichtfertige waren nachdenklicher.

In Peters Stube traten seine Freunde zusammen
und auch die vielen Gläubigen, welche aus andern Gemeinden hergekommen, um des Vikars Osterpredigt zu
hören und nun so arg getäuscht worden waren.

Der alte Walter sagte: „Ach, daß ich dieses noch
erleben mußte. Wenn man so predigen darf, so wird
eine spätere Zeit gar nicht mehr an Christum glauben.
Die Kinder ihm zuzuführen, habe ich mich durch mein
ganzes Leben bemüht. Ich habe meinen Kindern alle
Jahre einen Weihnachtsbaum gerüstet und an jedem
Ostertag Ostereier und ein Osterbüchlein geschenkt. Wie
haben sie sich jeder Zeit gefreut, daß der Heiland geboren ward und daß der Heiland nach seinem Leiden
und Sterben wieder auferstanden. Und jetzt soll das
Alles eine Fabel sein! Müssen jetzt, die noch nicht im
Glauben befestigt sind, nicht in allerlei Zweifel verfal-
len? und werden die Ungläubigen nicht sagen: der
alte Pfarrer hat doch Recht, er ist der gescheidere und
gelehrtere und nicht ein Heuchler und Kopfhänger wie
der Vikar? Wahrlich der Pfarrer hat auch mir die
Osterfreude schrecklich verderbt, und ich wollte doch auch
dieses Jahr wieder jedes meiner Schulkinder mit einem
Osterei und einem Osterbüchlein erfreuen“.

„Thut ihr das gleichwohl, sagte Peter. Ein Kiesel
und hundert und tausend Kiesel werden die Weihnachtbäume in der Christenheit nicht auslöschen; und die

Kiesel mögen noch so lange und noch so eifrig predigen:
auch die Auferstehung unsers Heilandes sei eine Fabelei,
so wird man sich, wenn alle Kiesel längst zu Staub
geworden und namenlos vergessen sind, am Ostertag
durch die ganze Christenheit sich grüßen: der Herr ist
auferstanden und wird man in der ganzen Christenheit
singen:

Erstanden ist der heil'ge Christ,
Der aller Welt ein Tröster ist.

Daß Kiesel dem Evangelium nicht glaubt, das habe ich
schon lange gewußt. Er ist mit seinem Unglauben nur
noch nie so herausgerückt wie heute. Er hatte von je
an den Festtagen am schlechtesten gepredigt. Er hatte
nicht nur keine Festfreude sondern, wie man gar wohl
hörte, nur Festpein. Die Festgeschichte war ihm der
Stein des Anstoßes und des Aergernisses. Er ging um
ihn herum, als ob dieser Eckstein der Kirche gar nicht
da wäre. Er drückte die Augen zu und meinte, er drücke
sie damit auch uns zu. Die Frucht vom Baume der
Erkenntniß würgte ihn. Die Sadducäer sagen: es sei
keine Auferstehung, noch Engel, noch Geist. Und doch
ist es der Engel, der sie nicht in das Paradies der
Festfreude hineinläßt. Und weil sie selber nicht in dem
Garten stehen, wo der Herr auferstand, so sagen sie:
es gebe überhaupt keinen solchen Garten und habe nie
ein solches Paradies gegeben. Aber da sie sich rühmten,
Weise zu sein, sind sie zu Narren geworden. Gott hat
es so gefügt: der Kiesel mußte so predigen; diese Osterpredigt und sie wird wol seine letzte Predigt gewesen

fein, ift gleichfam das Inhaltsverzeichniß alles feines Predigens. Und doch wäre er auch noch heute klug geblieben, wenn ihn nicht der Zorn über den Vikar fo hingeriffen hätte und wenn er nicht wüßte, daß mit Ausnahme weniger Kirchenräthe und des Vorfteher des Kirchenrathes die Mehrheit der Mitglieder deffelben und die des Erziehungsrathes feines Vernunftglaubens wären.

Wo aber die Glieder der Kirche wiffen, wer ihr Haupt ift, da werden fie einen folchen Prediger nicht dulden. Denn die Kirche ift nicht auf Fabeleien gegründet. Entweder treiben die Fabelmänner uns aus der Kirche und fie bemächtigen fich der Kirche, wie die Diebe und Mörder des Schafftalls, dann müffen wir Geplünderte und Ausgetriebene eine neue, freie, von einem ungläubig gewordenen Staate unabhängige Kirche gründen, oder die bisherige, alte, uranfängliche, aufs Evangelium gegründete und nur auf ihm fortbeftehende Kirche kann fich diefer Eindringlinge erwehren. Denn wo in einer Kirche noch chriftliche Erkenntniß ift, da muß ein folcher Kiefel für ein und alle Mal ausgepredigt haben. Die Steine der Kirchenmauer müffen gegen ihn fchreien und die Balken am Gefperre müffen ihm antworten".

Einige der frechften jungen Männer fagten dem Ries auf der Straße: „Heute wird Dir doch Kiefels Predigt wieder gefallen haben; er hats dem Vikar recht gefagt; und es ift doch fo, wie der alte Pfarrer immer zu verftehen gegeben und es jeßt rund heraus erklärt

hat: es ist nichts mit der Bibel; es sind Alles Mährchen. Kein Gescheiber hält die Bibel für Gottes Wort,
keiner unserer höheren Beamten glaubt mehr an alles
das alte, dumme Zeug, kein Zeitungsschreiber, kein
rechter Gelehrter, unfre reichsten Kaufleute und Fabrikherren nicht, kein freisinniger Schulmeister und Du auch
nicht, wenn Du schon in der letzten Zeit dem Bikar nach-
gelaufen bist in die Kinderlehre und in die Bibelstunden".

Ries antwortete: „Wenn ich nicht schon früher andern Sinns geworden wäre, so müßte mich das auf
andre Gedanken bringen und mich bekehren, was wir
heute gehört und erlebt haben. Heute ruft mir Alles zu:
nicht Gedichte, nicht Gedichte! nein Geschichte, Geschichte! Sehet ihr denn nicht den Finger Gottes? Ist
denn Gott mit Kiesel? Hat ihm nicht Gott selbst das
freche Maul verhalten und nun verschlossen für immer?
Hat ihn nicht der Engel des Herrn geschlagen"?

„Ach, wie redest Du so dumm, sagte der frechste,
es giebt keinen Gott; hier die Natur ringsum grünt
und blüht, und giebt, je nachdem sie in guter oder
übler Laune ist, viel oder wenig und verspricht uns jetzt
einen reichen Herbst, wenn es sie in diesen Tagen ihres
Blühens nicht zufällig fröstelt. Der Glaube an Gott
und Christus und Auferstehung ist wie ein Kinder-
Osterei, aber der alte Kiesel hat ihm Gupfe und Spitze
eingeschlagen".

„Und hat's doch verspielt, sagte Ries, Kiesel ist aber
mit verantwortlich für eure schreckliche Leichtfertigkeit.
Und auch ich bin durch meinen früheren Uebermuth und

verführt von Kiesel mit Schuld an vieler Unglauben und um so mehr werde ich es von nun an für meine heilige Pflicht halten, euch und euersgleichen zu widersprechen, und suchen gut zu machen, was ich bisher geholfen habe zu zerstören und verderben. Und so gut ich andern Sinnes geworden bin, so könnet und sollet auch ihr es werden. Es ist ganz gewiß, der heutige Ostertag wird Manchem ein Tag der Auferstehung; sei er es auch euch, das wünsche ich euch von Herzen".

Als Verena seiner Großmutter erzählte, was Kiesel geprebigt und was ihm dann am Abendmahlstische widerfahren, sagte sie: "Unser Herr und Heiland, der Herr Jesus Christus, der heute auferstanden ist und die Hölle und den Tod überwunden, der hat eben noch immer Gewalt über die unsaubern Geister und spricht: Verstumme"!

Der Pfarrer war zu Bett gebracht und der Arzt gerufen worden. Die Schlaganfälle wiederholten sich; der Pfarrer war auf der rechten Seite gelähmt und erst nach einiger Zeit kehrte die Besinnung und konnte er wieder vernehmlich reden.

Was nun der Vikar in der Ostermittagsprebigt vorbringen werde, darauf war Jedermann gespannt und mehr Leute kamen, als die Kirche fassen konnte. Der Vikar sprach über die Morgenprebigt und über das, was dem Pfarrer begegnet war, gar nichts, sondern stellte nach den Evangelien die Auferstehungsgeschichte des Herrn dar, so lebendig er konnte, von der Wahr-

heit und Herrlichkeit derselben selber ergriffen wie
noch nie.

Viele Zuhörer verstanden die Absicht des Predigers
gar wohl. Peter sagte: „Der Stein, den die Bauleute
verworfen, ist eben zum Eckstein geworden und an dem
wird noch mancher Kiesel zerschellen und von dem Eckstein noch mancher Kiesel zermalmt werden".

Der Pfarrer erholte sich wieder: er konnte das Bett
verlassen, sich nach und nach durchs Zimmer bewegen,
wenn auch mühsam, er kam wieder zum Lesen und zum
Arbeiten und da er selbst nicht mehr schreiben konnte,
diktirte er der Martha.

XXXII.

Umsonst hatte der Vikar gehofft, das so ernste Er-
eigniß werde den Pfarrer bewegen, in sich zu gehen und
sich von der kritischen Theologie ab- und den Gedanken
an die Auflösung und die nahe Rechenschaft zuzuwen-
den. Allein Winke darüber wollte der Pfarrer nicht
verstehen. Im Gegentheil er bezeugte große Freude über
neue Schriften eines immer frecheren Unglaubens, der
sich das Recht anmaßte, in der Kirche Gewalt zu üben,
die Erkenntnißschriften zu verdrängen und das sogenannte geläuterte Evangelium einzuführen. Er zählte
die Geistlichen seines Landes und freute sich, daß die
Anhänger der kritischen Theologie nun bald die Mehr-

zahl sein werden; er war glücklich zu sehen, wie sie sich
vereinigen und in Predigten und Schriften den Aberglauben nicht mehr mit der ehemaligen Schüchternheit
und wie von ferne angreifen, daß sie auch aufhören zu
symbolisiren und zu allegorisiren, sondern mit Selbst-
gefühl hervortreten und von den Kanzeln laut und im
Siegeston verkünden, Jesus ist der Nazarener, der
Rabbi, der den Muth hatte, den Wundersüchtigen und
Zeichen fordernden Heuchlern vorüber für die ewigen
Wahrheiten der Vernunft zu sterben. Der Pfarrer sagte:
„So sehe ich doch am Abend meiner Tage, daß wir
nicht umsonst gelebt und gestrebt; und ich darf sagen,
daß in diesem Kampfe für das Licht auch ich redlich
ausgehalten". In dieser Freude erhielt ihn auch der ihn
oft besuchende Schulrath Kleiner.

„Das muß man uns doch nachrühmen, sagte der
Pfarrer einst in Gegenwart des Vikars zum Schulrath:
seit unsern Studienjahren haben wir unsre Ansichten
und Grundsätze nie geändert; und sollten wir auch
Martyrer werden, wir verleugnen unsre Ueberzeugung
nicht". Der Vikar bemerkte: „Das kann freilich ein in
Sachen der Gelehrsamkeit noch junger und dazu ein
orthodoxer Vikar nicht verstehen, wie Sie, Herr Pfarrer,
und Sie, Herr Schulrath, als Männer des entschiedenen
Fortschritts sich rühmen, von Jugend auf bei den nämlichen Ansichten stehen geblieben zu sein. Ich sage Ihnen
mit der Freimüthigkeit, mit welcher auch wir immer
muthiger hervortreten: Ihr ganzes Leben war Eine
Negation, und Sie und Ihre ganze Schule haben neben

der Kritik auch nicht eine einzige Idee ins Leben gebracht, die das chriſtliche Leben gefördert". „Unſer Leben,
ſagte der Pfarrer, war nicht zunächſt, das chriſtliche
Leben zu heben, ſondern das ſittliche, das vernünftige;
und jeder neue Gedanke der Wiſſenſchaft iſt eine För-
derung der Sittlichkeit; wer der Wiſſenſchaft, hat auch
der Tugend gelebt; Dogmen ſind keine Ideen". „Aber
was ihr Ideen nennt, ſagte der Vikar, und diejenigen
Ideen, welche ihr meint, aus euch geſchöpft zu haben,
und welche das Heil des Einzelnen und Ganzen fördern, das ſind gar nichts anders als weſentlich chriſtliche Dogmen und ſind nicht der Herrn Erfindungen,
ſondern ſie ſind auch euch durch Gottes Gnaden geworden. Was haſt du, das du nicht empfangen? Und
Eure Kritik — ſie iſt auf Sand gebaut; das wird euch auch
der eben ſo gelehrte als beſcheidene und chriſtlich fromme
Profeſſor Bleek, welchen zu hören ich in Bonn das
Glück hatte, gründlich beweiſen, wenn er einmal ſeine
Einleitungen ins A. und N. Teſtament herausgiebt".
So dauerte der Streit zwiſchen dem Pfarrer und
dem Vikar fort. Jener konnte dieſen nun nicht entlaſſen,
und wurde auch beßwegen gegen ihn ſchroffer und pochte
auf ſeine eigene Tugend, und ſeine Gerechtigkeit und
auf ſein gutes Gewiſſen, während er ungeachtet der
endlichen Mahnungen und Bitten der Martha, ſie das
Erbe betreffend ſicher zu ſtellen, ſie mit ſeinem Teſtament vertröſtete, und während er auch fortfuhr, den
Vikar auf eine bis zum Lächerlichen knickeriſche Weiſe
zu beſolden.

Und doch hatte Martha jetzt mit der Pflege des kranken Greisen doppelte Arbeit besonders auch wegen seiner Schlaflosigkeit. Er klagte oft, das mache ihm in den schlaflosen Nächten die schwersten Stunden, daß er des Gedankens nicht los werden könne, wie in kurzer Zeit ihm der frömmelnde Vikar seine ganze Lebens- arbeit in Waldbrunn zerstört habe. Diese seine nächt- liche Unruhe war aber oft so groß, daß er beide, die Martha und Sabine weckte und daß sie neben ihm wachen und mit ihm schwatzen mußten.

Für die Wiederherstellung seiner Gesundheit war er ängstlich besorgt; pünktlich befolgte er die ärztlichen Verordnungen, er ging auch beim schönsten Frühlings- wetter nicht mehr in den Garten und fürchtete sich vor jedem Luftzug. Um aber in den Baumgarten zu kom- men, mußte er neben den Gräbern des Kirchhofes vor- bei. Und als ihn Martha öfter mahnte, doch an die frische Luft zu gehen, sagte er: „Ich komme noch frühe genug hinaus".

Endlich erlitt er den letzten Schlag, der ihm die Lungen lähmte. Er fühlte sein Ende. Auf dem Sterbe- bette liegend und immer mühsamer athmend ordnete er bei vollem Bewußtsein noch Alles an über seine Papiere und sein Testament, er diktirte und unterschrieb zu die- sem wenige Stunden vor seinem Tode noch mehrere Zusätze und besiegelte sie; er befahl, daß noch einige seiner auf seinem Arbeitstische liegende Handschriften sollen verpackt und seinen Verlegern zugeschickt werden; er dachte an jedes von ihm in der letzten Zeit beschrie-

bene und noch umherliegende Blatt und ließ es auf-
bewahren. Er zählte noch das Geld, das er der Martha
gab zur Fortsetzung der Haushaltung in der nächsten
Zeit.

Die Sabine lauerte auf Alles, was mit dem Testament und dem Gelde vorging.

Der Martha war es schmerzlich, zu sehen, wie der
Sterbende sich so gar nicht vom Irdischen ab- und dem
Ewigen zuwenden konnte.

Sie stand neben ihm und kühlte ihm öfter den heißen Kopf mit einem nassen Schwamm.

Auch der Vikar trat an das Bette. Der Pfarrer sah
ihn an und sagte: „Ich bin am Ende". Der Vikar
wollte mit ihm beten und fing an: „Vater, in Deine
Hände befehle ich meinen Geist".

Der Pfarrer sagte abweisend noch mit lauter herzloser Stimme: „Ich habe das gethan"!

Mit traurigem Blicke sah ihn der Vikar noch an
und verließ dann das Zimmer.

Kaum war er draußen, sagte der Pfarrer zur Martha:
„Er hat mich noch bekehren wollen". Fürchtend, der
Vikar höre es noch und der Pfarrer wolle mehr der
Art sagen, hielt ihm Martha den Schwamm vor den
Mund.

Einige Augenblicke darnach rief der Sterbende: „Helfet, helfet"! und faßte die Hand der Martha und that
den letzten Athemzug.

Beim Leichenbegängnisse wollte der Schulrath am
Grabe eine Lobrede halten; der Vikar gestattete es nicht,

weil das im ganzen Lande nirgend bräuchlich sei. Er selber hielt das gewöhnliche Leichengebet und gab einleitend bloß den Namen und das Alter des Bestatteten an.

Das Testament, welches darnach eröffnet wurde, nannte als Haupterbin die Sabine; der Martha hatte der Pfarrer nicht einmal den dritten Theil der Summe vermacht, die sie als wohlverdienten Lohn von Rechtes wegen hätte fordern können.

www.ingramcontent.com/pod-product-compliance
Lightning Source LLC
Chambersburg PA
CBHW030106030726
47498CB00007B/2273